U0688711

岁月如歌

如歌

从象牙塔到媒体圈

王祥龙 ◎ 著

中国文史出版社

图书在版编目（CIP）数据

岁月如歌：从象牙塔到媒体圈 / 王祥龙著. —北京：中国文史出版社，2023.8

ISBN 978-7-5205-4185-5

Ⅰ.①岁… Ⅱ.①王… Ⅲ.①散文集–中国–当代 Ⅳ.①I267

中国国家版本馆 CIP 数据核字（2023）第 134144 号

责任编辑：赵姣娇　　　　　　装帧设计：程　跃　王　琳

出版发行：中国文史出版社

社　　址：北京市海淀区西八里庄路 69 号　　邮编：100142
电　　话：010 – 81136606　81136602　81136603（发行部）
传　　真：010 – 81136655
印　　装：廊坊市海涛印刷有限公司
经　　销：全国新华书店
开　　本：787mm×1092mm　1/16
印　　张：22
字　　数：256 千字
版　　次：2024 年 1 月北京第 1 版
印　　次：2024 年 1 月第 1 次印刷
定　　价：68.00 元

序

查振科

2023 年 5 月，在同学群里见到一篇散文，是篇不可多得的清新自然之作，作者与我曾经的学生王祥龙同名，便询问他是不是他的手笔，他说是，免不了夸赞一番。他告诉我这些年一直努力写作，积累了些篇什，拟将付梓，期望我能为之写几句话放在前面。我自然是满口应承。

我和祥龙相识结缘已是四十多年前的事了。1982 年他考入安徽师范大学中文系，我做了他的辅导员。在我印象中，祥龙寡言少语，略带几分忧郁色彩。也得知他家境贫寒，又经历父亲早逝的家庭变故。后来母亲为了孩子，重新组建家庭。在艰辛的生活中，他努力干活，为母亲与继父分忧，并且刻苦读书，终于考上了大学。然而生活的沉重让他过早感受到人生的不易，而无力卸下思想上的压迫感，使得他即使上了大学也没能让自己完全轻松起来。为此我还上他铜陵的家中做过家访。也常找他聊天，缓释他的情绪，讨论怎样过好大学四年生活。在他大学第四个年头时我离开了原来的工作岗位，没将他们这届学生带到毕业。后来知道他分配回了家乡，先后在省属高校和市级党委机关报工作。再后来，因工作几次出差到铜陵，都见到了祥龙，也让我发现了一个全新的祥龙，开朗、平和、儒雅、健谈。这让我感到十分的欣喜。几十年来与祥龙真正见面的次数有限，但一直保持着联系。知道他工作勤勉，人际和谐，结婚生子，家庭顺遂。以文字自适，不忧不惧。也由此对他寄系着一份宁和的惦念。

现在，王祥龙的散文集《岁月如歌：从象牙塔到媒体圈》将由中国文史出版社出版，我为他感到高兴。匆匆阅读了他发给我的书稿，感觉他的这本书内容丰富，有自己的特色。上篇《流年碎影》是记录作者个人独特成长经历、见闻、收获和人生感悟的纪实散文。这些非虚构系列作品，让我有机会更深入地窥见那些世俗人生的喜怒哀乐，平凡而善良的生命跳动，真实且有痛感。下篇《陋室散墨》是一些杂文随笔等作品，这些作品无疑都是他写作中的精致之作。有他对社会诸种现象、事件的逻辑思辨，透析与态度。总体来说，书稿的上篇偏于感性，下篇偏于理性。上篇那些非虚构系列作品，内容更生动，特色也更加鲜明。这是他的自我救赎和心灵成长史，一个右派家庭在特殊历史时期的生存、挣扎和新生的真实记录。作品由一个独特个体的生命历程和深切体验出发，从一个比较特殊的角度，反映了其在特定的社会发展进程和起伏变换的背景下，艰难生存和自我救赎的心路历程，因此也就有了其不可替代的独特价值和思想内涵。

从年岁上我略长于祥龙，但有着与他相似的乡村经历与成长背景，我很清楚，这些对自己意味着什么，同样，也就能切身体会祥龙所描述的、所感受到的在自己生命中的位置与意义。时间的步伐缓慢而又坚定，当年青涩的学子如今也一样迈进了退休的行列。对于始终钟情于写作的祥龙来说，可以恣意地享受、扩展属于自己的那份优雅与从容，在思考与写作中不断升华境界，在心灵自由的海洋里惬意遨游。

（作者为文学博士，中国现当代文学研究学者，文艺评论家、诗人、散文家、书法家，中国艺术研究院研究员，曾任文化艺术出版社总编辑）

目录

流年碎影

家在太阳岛

陋 室 散 墨

茗窗清谈

论文书评

流年碎影

有一种起源于心理学的写作理论认为，表达性写作和疗愈性写作具有其特定的功能和价值，我非常认同这种理论和观点，并且有具体的实践和深刻的体验。

这种写作理论认为，表达性写作能帮助受伤的人从一个更大的心理距离去调节自我的情绪和认知过程。表达性写作可以形成完整、连贯的自传体叙事，重建事件的时空结构。将创伤事件放回原有自传体叙事的时空结构，使创伤真正过去，而不是停留在昨天。

跟往事干杯，与不堪回首的过去告别。我以《流年碎影》这个非虚构系列写作为契机，对过去几十年的人生岁月做个总结，放下过往，轻松上阵，以新的姿态走向未来，走向退休后的人生新阶段。

《跟往事干杯》是姜育恒演唱的歌曲，我一直很喜欢。歌声悠扬动听，满满都是回忆。跟往事干杯，所有的心酸与无奈都是过往，整理好心情迎接美好明天。

家在太阳岛

家在太阳岛

网上有个段子，进入任何一个单位，门口的保安总会对陌生人提出"灵魂三问"，也就是三个哲学上的终极问题："你是谁？""你从哪里来？""你要到哪里去？"

开宗明义，首先我要向读者诸君回答三个"灵魂之问"的其中之一——我从哪里来？直截了当地说，我是安徽铜陵人，1963年3月出生于安徽省铜陵市铜陵县老洲公社光辉大队（现铜陵市义安区老洲乡光辉村）。

滚滚长江，蜿蜒曲折。波澜不惊的浪花，裹挟着亿万泥沙缓缓东流，在万里江面上洒落下难以计数的明珠——江心岛。老洲乡与上游的和悦洲、下游的胥坝乡一样，都是这样一个四面环水的江心岛。

老洲乡又称曹韩洲，位于胥坝乡西南侧江中，东与铜陵市隔江相望，西与无为市、枞阳县隔江相邻。和悦洲形如荷叶，初始得名荷叶洲。老洲乡则状似一片柳叶，漂浮在波光粼粼的江面。

老洲乡现辖光辉、中心、和平、民主、成德 5 个行政村，123 个村民组，人口 1.4 万。早在 1958 年老洲乡就被国务院授予"全国文化之乡"的光荣称号，是安徽省非物质文化遗产"铜陵牛歌"的重要传习地。

20 世纪 50 年代末，有文化有知识，年轻有为、风华正茂、刚刚 30 岁出头的父亲被划为"右派分子"和"反动党团骨干"，从当时的安徽省铜陵县某机关单位，名为自愿实为强制地下放到铜陵县老洲公社光辉大队（现义安区老洲乡光辉村），跟随他一起下乡落户的有我年近六旬的奶奶，正当青春好年华的母亲和两个年幼的姐姐。母亲说，下放初期，一家五口连一个暂时居住的窝棚都没有，后来经大队和生产队协商，紧邻着某生产队关了好几头牛的牛棚临时搭建了一个草屋暂时栖身。草屋雨天漏水，蚊虫遍地，牛的叫声、牛身上和牛粪混合的气味让一家人夜里无法入睡。这样的"牛棚"生活我没有赶上，但通过母亲的描述和一些影视剧的镜头，我大体能够想象得到，那是怎样一个不堪回首的"悲惨世界"。

20 世纪 60 年代初，三年自然灾害结束后，作为父母下放后孕育的第一个、同时也是家中唯一的男孩，我在铜陵县老洲公社光辉大队（现义安区老洲乡光辉村）光荣地诞生了。母亲没有告诉我，我出生时，是否出现过什么不同寻常的情况，比如满屋红光、天有异象之类。很多书上都说，出现这类异乎寻常的现象，往往预示着一个天赋异禀、非同寻常的大人物降生了。很遗憾，我没有听母亲说过一丝半点。

实事求是地说，从反右运动到"文革"期间，父母和我的两个姐姐经受了很多打击和磨难。我出生稍迟，长大后已经是"文革"末期，政治和社会环境已与"文革"前期有所不同，遭受的歧视和恶意刁难较少。我的生活环境，和当时村里其他家庭的孩子差别不大，学习和生产活动，与其他小伙伴也没有太明显的区别。

与两个姐姐和那个时代年长一些的很多青年相比，我都算是十分幸运的。从 20 世纪 70 年代初到 80 年代初，我先后在老洲公社光辉学校和铜陵县一中（现铜陵中学）读完了连续十多年的小学和中学。"文革"期间教育系统受到很大冲击，学习的内容很有限，但我毕竟和那些幸运的少年伙伴一起，接受了相对比较完整的中小学教育。

20 世纪 80 年代初，我考入安徽师范大学，离开铜陵去芜湖读书。在此之前，我在老洲公社光辉大队（现老洲乡光辉村）和县城中学学习生活了 19 年。这 19 年，是我人生的起点和加油站。老洲乡光辉村，那个美丽如画的太阳岛，是生我养我的故乡。那里，留下了我成长的足迹、少年的烦恼和青春的迷惘，留下了我许许多多苦涩、忧伤和温馨的回忆。那里，有和我一起玩耍、成长的伙伴，有给予我启蒙和亲切关怀的老师，也留下了我学习之余参加生产劳动的辛勤汗水。

20 世纪 80 年代初，一首《年轻的朋友来相会》的歌曲广为流行，传唱在广场、校园、大街小巷：

> 年轻的朋友们，今天来相会
> 荡起小船儿，暖风轻轻吹
> 花儿香，鸟儿鸣，春光惹人醉
> 欢歌笑语绕着彩云飞
> ……
> 啊，亲爱的朋友们
> 让我们自豪地举起杯

挺胸膛，笑扬眉

光荣属于八十年代的新一辈！

作为"八十年代新一辈"的一员，改革开放、朝气蓬勃的时代主旋律，给刚刚进入青春期的我带来了无尽的期待和梦想。

严冬过后，春暖花开，万物复苏生长，一切都焕发出春天和生命的气息。中国迎来了历史大转折的新时期。年轻的我们，面对的是遥不可及但却欣欣向荣、充满生机和希望的未来。

电视剧《人世间》第一轮热播结束了，但剧中的主题曲依然时时在我的脑海中激荡、回响——

草木会发芽，孩子会长大

岁月的列车，不为谁停下

命运的站台，悲欢离合，都是刹那

人像雪花一样，飞很高，又融化

世间的苦啊，爱要离散雨要下

……

有多少苦乐，就有多少种活法

有多少变化，太阳都会升起落下

平凡的我们，一身雨雪风霜不问去哪

随四季枯荣，依然迎风歌唱

祝你踏过千重浪

能留在爱人的身旁

在妈妈老去的时光

听她把儿时慢慢讲

也祝你，不忘少年样

也无惧那白发苍苍

我们啊像种子一样

一生向阳

在这片土壤

随万物生长！

20世纪80年代初，高考刚刚恢复不久，竞争异常激烈，在学校和众多老师的接力培养和精心哺育下，通过自己的拼搏和努力，我十分幸运地考上了大学，成为时代骄子和家庭的希望。大学毕业后我从象牙塔到媒体圈，从大学老师到资深编辑，先后在两个单位多个岗位工作，评上了新闻类副高级职称主任编辑。

我和我的姐妹们一起，在日新月异的祖国大家庭里，"像种子一样，一生向阳，在这片土壤，随万物生长"！

我有一个曾用名

我的生父姓王，我现在的名字也是姓王。但在我上大学之前的中小学阶段，我一直姓张，以至于大学毕业参加工作后，很多当年的同学和老师都一时不能准确地叫出我的名字。

为什么会出现这种不同寻常的情况呢？

我的生父1958年被划为"右派分子"，1959年带着家人一起下放到安徽省铜陵县老洲公社光辉大队（现义安区老洲乡光辉村）。母亲说，下乡后，他根本不会做农活，家务事也很少做，家庭因为他的原因突然遭受重大变故和打击，他心理上接受不了，身体也渐渐垮了，染上了肺结核。1966年秋天的一个雨夜，他狂吐半脸盆鲜血气绝身亡。父亲去世前一两年，奶奶清晨起床时突发脑溢血已经先他而去了。

父亲去世那年，我只有3周岁，对他没有一点印象。不久，母亲生下了他的遗腹子，我的大妹妹。于是，我上有两个姐姐下有一个妹妹。失去丈夫，家里的顶梁柱倒了，母亲孤身一人怎么能承担得了我们4个孩子的抚养重担？母亲内心的煎熬和伤痛可想而知。两年后，经人介绍，一个从安徽省无为县（现芜湖市无为市）逃荒在此落户的张姓农民走进我家，和母亲结婚，承担了一个丈夫的责任，从此我们兄妹4人有了这个姓张的继父。1969年，母亲和继父有了他们自己的女儿，也就是我们同母异父的小妹妹。我们兄妹5个只有小妹一人姓张。

两个姐姐与读书无缘，从小就做家务，干农活，协助母亲养家糊口。一转眼，我和大妹妹先后都到了读书的年龄。为了减少村里人和老师、同学对我们的歧视，母亲和继父商量上学报名时，我们都随继父姓张。这样，从小学到高中，这十几年时间里，我一直是姓张。

1978年，中央决定，在全国范围内改正错划"右派"。这个政策从上到下，层层落实，母亲也先后从公社和大队干部的手里，收到了有关给我的父亲"摘帽"的通知。于是，20世纪80年代初，高考报名时我改回姓王。

对于生父，我没有一点印象

对于我的生父，我没有一点印象。母亲告诉我，父亲家是三代单传，亲友本就不多，落难下放农村，更是谁也靠不上。父亲去世时，母亲一时慌乱无措，只得求人找了几块木板做了一个木盒子，用芦席一裹就将他匆匆安葬了。母亲说，父亲身材瘦高，木板短了一点，收殓时他的双腿还是弯曲着的。

父亲去世时我仅有 3 岁多，少不更事。对于他短暂、曲折而悲哀的一生，除了母亲偶尔三言两语的介绍，我只能通过 40 多年前有关部门下发的两份"摘帽"通知书、一份复查改正报告略知一二。

第一份《通知书》比较简单随意，是 1978 年 11 月 20 日以中共铜陵县老洲公社名义下发的："根据一九七八年四月五日中共中央通知，摘掉王 ×× 右派分子帽子。特此通知。"

第二份《通知书》比第一份正规，有文件字号"（79）铜革字第 42 号"，是铜陵县革命委员会 1979 年 1 月 15 日正式下文的："兹查王 ×× 因右派而戴上反动党团骨干分子帽子。根据一九七八年九月十七日中央五十五号文件规定，现摘掉其反动党团骨干分子帽子，特此通知。"

关于其"右派"问题的复查改正报告，成稿于 1979 年 9 月。这是有关部门根据中央新的文件精神，进行认真调查核实后，写给中共铜陵县委摘掉"右派分子"帽子工作领导小组的专题报告。

根据这份报告，我大体了解了父亲的基本情况。报告说，父亲系"家庭小土地出租出身，本人学生成分，初中文化程度，铜陵县城关人"。"（19）50 年参加我革命队伍，任大通供销社主任……（19）58 年 3 月被定为右派分了，开除公职，送去劳动教养。（19）58 年 6 月 8 日经县法院判处管制五年，剥夺政治权利三年。（19）59 年 9 月 10 日县法院撤销原判处管制五年、剥夺政治权利三年之判决。"

复查改正报告对于父亲当年被定为"右派分子"的几点依

据，一一进行了调查复核，最终认定其有些言论"一度符合了右派思想，但可以不划为右派分子"。报告最后的结论是："根据上述材料，对照中央划右标准，王××的言论，有的符合了右派思想，但可以不定为右派分子，予以改正。"报告最后有我母亲作为家属表达的个人意见："感谢党中央，感谢华主席对我们全家的亲切关怀。今后，我和我全家一定为社会主义的'四化'建设贡献一切。"

我知道，母亲虽然认识不少字，但下放多年不可能说出这样恰当、得体的场面话，一定是在县城工作的舅舅代笔代劳的。舅舅先后在县水产公司和商业局工作，并担任过领导职务。父亲的平反、我的学习生活和升学，他都操了很多心。

除了这几个纸张已经发黄、很多字迹已经漫漶难辨的书面材料，与父亲有关的物品，我们能看到的仅有几张老照片，一个他使用过的砚台，以及被母亲剪做鞋样的书信。抚摸着它们，我偶尔会想象他伏案工作、磨墨写信的姿态。算起来，他1926年出生，如果他能活着，今天快到百岁的年纪了。

父亲草草安葬在现在的安徽省铜陵市天井湖公园天井书院后面的山坡上，据说那里当初就是王家山，附近有个孤儿院。那个朝南的山坡，前面有一汪清澈的湖水，附近是一片茂密的松林。在县城读高中时，母亲曾经多次带着我去寻访过，可惜时间久远，杂草丛生，当年的树木已经长大，周围的环境变化太多，母亲已经找不到父亲准确的坟茔了。

蓬山路远，阴阳相隔，早就回归自然连一个墓地也寻找不到的父亲，会不会责怪我这个不肖儿子呢？此后余生，我就像过去很多年那样，在每个冬至日，去你的骸骨安放之所、灵魂所归之处走走转转，去和你说说话、谈谈心。听听你的委屈和心声，谈谈我们今天的生活状况，谈谈我退休后的打算，也谈谈儿子、儿媳和可爱的宝贝孙女他们一家人幸福美满的新生活。

有人说，幸福的童年可以治愈一生，不幸的童年需要一生去治愈。我要用孙女天真可爱的笑容，治愈我前半生的所有伤痛和不甘，放下执念，心平气和地与自己和解，与这个社会和解。往后余生，我将和妻子一起好好照顾孙女，让儿子儿媳安心工作，同时尽享天伦之乐，弥补父母与我们两代人太多的缺失和遗憾，健康平安快乐地度过每一天。我想，这应该也是父亲九泉之下的期待和心愿。

继父的恩情

1958 年，我的生父被划为"右派分子"，带着全家下放农村。1966 年秋天他丢下一家老小，撒手人寰，母亲带着我们姐弟 4 个未成年的孩子艰难度日。正当风雨飘摇、一筹莫展时，经人介绍，继父来到我家，承担了丈夫和父亲的职责。从此，我们家迎来了柳暗花明、获得新生的转机。

继父姓张，原籍安徽省无为县（现安徽省芜湖市无为市）。他来我家是 1968 年，那年他 30 多岁。1969 年，他与母亲有了他们自己的亲生女儿，并和母亲一起生活了 30 多年，直到 2001 年去世，终年 68 岁。

继父是个种庄稼的好手，勤俭朴实，刻苦耐劳。他话不多，有时显得比较固执、严厉，平常我们几个孩子都是尽量回避，没事不去打扰他。

自从他来了以后，我家的生活条件逐步改善。当然，这其中也有我两个姐姐的功劳。她们渐渐长大，和母亲、继父一起在生产队参加劳动，挣的工分也不少。我依稀记得，20 世纪 70 年代初，每年年末结算分红时，很多人家因吃饭的人多劳动力少，忙了一年，反而是超支户，倒欠生产队里钱。继父来到我家后，我家没有发生过这种情况。大约是 1974 年，风调雨顺，遇到一个难得的丰收年，很多人家年底都进账不少。听大人们聊天得知，我家当年分红收入也很可观。因参加劳动的人多，收入相对较高。于是，我发现过去从没有见过的生活用品，也渐渐进入我们的视野。比如，放在堂屋里的非常好看的自鸣钟，刚刚在乡村流行的收音机等，继父都是跟着村里为数不多的人家一起，兴高采烈率先买回来的。这些新玩意儿，常常引起村民的围观，赞不绝口。每年春节，我们几个子女也都能穿上几件新衣服，感觉日子的确是越来越好了。

也就是那几年，父母商量着买砖买瓦买石料，在村子里率先建起了几间坚实牢固、砖砌瓦盖的好房子。当时，大部分人家住的都还是泥墙瓦房，只有少数干部家和劳动力多、经济条件好的大户人家，才有那么好的新房子。我们家这种领先一步的举动，比较扎眼，难免会引起一些村民的羡慕嫉妒恨。

这种兴旺景象，也就维持了五六年，到 20 世纪 70 年代末就结束了。原因有二：一是两个姐姐都是 50 年代出生，那时都先后到了出嫁的年龄，分别嫁到了江南和江北。二是我去县城读高中，随后又出去上大学。随着生父"摘帽"，大妹妹也落实政策进城上班了。短短几年，家里流失了好几个能下地干活的人。

父母年事渐高，繁重的农活仅仅依靠他们两人是不行的。于是，他们商量进城打零工谋生，当时进城务工人员，可以办理自理口粮户口。于是 20 世纪 80 年代初，包括还在读初中的小妹，他们 3 人都到县城租房居住，进城工作的大妹妹也正好能和他们住在一起，互相有个照应。当时，母亲做点小生意，继父靠拉板车卖苦力，给人家送煤谋生。

这里说个小插曲，可以体现继父不仅能够吃苦，似乎也有着某种超常记忆力。当时城里人生活燃料主要依靠煤，家家都需要，住户也比较分散。有时为了多揽生意，他一下接手四五家甚至七八家业务。他不会写字，单凭记忆，竟然能把分散在城区各个角落人家的购煤登记册、购买数量、具体地址记得清清楚楚，丝毫不乱。当然，他身上的口袋是不能动的，上下左右内外，各个部位的口袋里分别装着谁家的购煤册，都在他脑子里记着。有时，两个妹妹打趣说，这个老头子还真是神，这么多人家，他竟然都搞得清清楚楚，很少出错。

此后的十多年，继父一直就是这样靠着吃苦力、打零工过活。其间，除了大姐二姐早已出嫁，我们其他 3 个兄妹也都陆续结婚成家。那个时候，各自的条件都不太好，父母能够给我们的支持也很有限，但对于他们来说，也都尽到自己的最大能力了。

2001 年初，继父感觉身体不适，我们将他带到市人民医院检查，发现已经是胃癌晚期。我们一致意见，尽最大努力，让他住院手术治疗。结果医生开刀一看没有治疗价值了，建议回家休养。于是我们把他和母亲一起，送到无为二姐家暂住，当年 6 月继父病逝。

我至今依然记得，临终前一段时间，他盼着我们去看他的情景。我们平常都上班，到周末才有时间轮流过去。见到我们，他很高兴。临终前，我们没有到他一直不肯闭眼。看到我们来了，他张张嘴却说不出话来，一双浑浊的眼睛渐渐失去了光泽。我知道他为时不多了，在妹妹们的帮助下，及时给他穿上最后的老衣。不久，他终于慢慢停止了呼吸。后来姐姐妹妹问我，当时给他穿衣服怕不怕，我说事到临头没有退缩的理由，再怕也得硬着头皮上。

三天后，我们把他送到无为县城火化。目睹了火化过程并领出骨灰，看到还有一些比较大的碎块，我们也像其他人一样，直接用锤子在地上乒乒乓乓地敲碎，装进骨灰盒，随后就地在他老家无为安葬了。

回顾继父的一生，也正如他自己所说，他就是一个辛苦劳碌的命。他来我家后，吃了不少苦，做了很大的贡献。我和两个妹妹说，他来我们家也找到了一种归属感。虽然我们相处得不是那么亲密无间、无话不说，但总体还算不错。他对得起我们，我们也对得起他。尤其是后来我们都成家立业，他和母亲身上的担子轻了，心情也好了。周末和逢年过节，我们也经常带着孩子回家和他相聚，陪他喝几杯酒、聊聊天。唯一遗憾的就是，我们的生活条件慢慢好了，他却过早地病逝，没有更多地享受我们应该给予他的回报和安慰，这是我们深感内疚和遗憾的地方。

继父去世已经20多年了，这个老实本分、勤劳刻苦、纯朴善良，有几分严厉、也有几分固执的老人，值得我们家人永远地尊敬和怀念。每年清明节，只要有时间，我们都会去给他上坟、烧纸。在他的墓碑上，也理所当然地要刻上我们每个子女的名字。

母亲走过坎坷多难的人生

2022年1月8日凌晨，母亲走完了她坎坷多难的人生，永远地离开了我们，离开了这个给她带来无数忧患、伤痛和苦难的世界，终年 92 岁。

一、幼年失父，家道中落

母亲 1930 年 11 月出生在安徽省铜陵县大通镇（现铜陵市郊区大通镇），她的父亲也就是我的外公姓罗，她的母亲也就是我的外婆姓佘。

外公家原本是一个殷实的人家，在镇上有加工、售卖糕点的店铺，家里常年雇有几个干活打杂的帮工。外公本家有个兄长，兄弟二人各自成家后没有分家，一大家子人口众多，日子过得井然有序，蒸蒸日上。

母亲的苦难人生从我外公去世后开始，并且连绵不断，接踵而至。在我母亲和她唯一的弟弟都还很小的时候，我的外公不幸因病早逝。按照乡风民俗，没有分家的弟弟家两个未成年子女，被大伯家领回去抚养，外婆则在罗家和自己的娘家佘家两边走动，希望儿女成人后好歹还有个依靠。可是偏偏祸不单行，20 世纪 40 年代，母亲仅有十多岁的弟弟在大通镇江边洗澡时，不幸失足淹死。外婆失去了唯一的儿子，也失去了守望和依靠的柱石，于是改嫁到铜陵县大通镇董店乡（现铜陵市义安区天门镇）大山深处的一个朱姓人家。

从那以后，母亲就孤身一人留在她的伯父家，和伯父家的子女一起生活，一起成长。伯父家有 3 个子女，姐姐比母亲长 6 岁，妹妹比母亲小 6 岁，弟弟最小，当然也是一家人最为关心和疼爱的宝贝。他们 4 人虽然不是一母同胞，但毕竟从小就生活在一起，情同手足。大伯家的 3 个子女，也就分别成了我们的大姨、小姨和舅舅。母亲在大伯家生活，力所能及地帮忙做一些家务活。

二、中年丧夫，跌入深渊

20 世纪 50 年代初，母亲二十出头，到了该出嫁的时候了。伯父做主，陪嫁了一些嫁妆，把她嫁给了当时家在铜陵县城关镇的父亲。据母亲说，他们的姻缘与当时父亲在大通供销社工作有关。那时，父亲担任大通供销社主任，常年乘坐轮船往返于铜陵县大通镇（现郊区大通镇）和城关镇（现义安区五松镇），偶尔还要去安庆和芜湖出差。一个偶然的机会，大伯看到了父亲手书的几封信，看到他的毛笔字写得非常好，打听后得知他是县城一个王姓人家的独子，家庭是小土地出租出身，本人学生成分，初中文化。大伯觉得这个人有工作有文化，家庭情况也还不错，于是托人牵线搭桥，成全了他们的姻缘。

母亲嫁给父亲后，最初几年的日子应该还算称心。虽然父亲不太顾家，花钱大手大脚，但毕竟每个月有一些固定收入，我的奶奶、母亲和先后出生的我的两个姐姐的生活费用总还是要按时给的。母亲说，父亲给的钱虽不多，但她和奶奶节约着用，维持一家人的最低开销勉强可以度日。

父母的厄运，从父亲被划为"右派"下放农村开始。母亲说，父亲生前曾嘱咐过她，他自己身体虚弱，恐怕活不了多久，你要把几个孩子好好带大。

其实，母亲原本是可以不下放的，当初有人做她工作，只要和父亲离婚，她和两个年幼的孩子可以留在城里。20 世纪 50 年代初期，母亲就在街道参加过妇女工作，还先后学习认识了不少字。如果她愿意，留在城里找个工作是没有问题的。但柔弱、善良的本性，决定了她坎坷多难的人生。她不忍心抛弃落难的丈夫，也不舍得离开相依为命的婆婆，更不舍得两个年幼的孩子小小年纪遭遇父母离异、孤独凄苦的命运。

三、在风雨飘摇中走过艰难的人生岁月

父亲去世后，母亲孤身一人要养活 4 个未成年的孩子，其面临的困境和内心的伤痛不难想象。当时，大姨和小姨也曾建议，把刚刚出生的遗腹子即我的大妹妹送人或者由她们领养。送人母亲肯定不愿意，考虑到她们各自的家庭也分别有好几个孩子，这个建议最后不了了之。正当风雨飘摇、一筹莫展时，经人介绍，继父张某来到我们家，承担了丈夫和父亲的职责。从此，我们家迎来了柳暗花明、获得新生的转机。

20 世纪 70 年代，在继父、母亲和两个姐姐的共同努力下，我们家走过了一个从低谷到复苏的过程。那些年，继父、母亲和两个姐姐，都参加集体劳动，为家庭付出了很多心血和汗水。大妹妹读到小学三年级，也主动辍学回家务农，在两个姐姐出嫁后跟着继父，在自家责任田里捡棉花、种油菜，什么活都干，直到我们的生父摘帽平反，落实政策，才回到城里上班。虽然我曾经在假期也和其他小伙伴一样下地挣工分，但毕竟时间不多。在我们家，只有我和同母异父的小妹妹一直读书，参加集体生产劳动的时间比较少。

随着两个姐姐的出嫁，我去外地上大学，以及大妹妹进城工作，我们家的生活出现了新的拐点和曲折。20 世纪 80 年代初，继父和母亲一起进城谋生，此后他们吃了不少苦头，度过了一段十分艰难的日子。

母亲去世那天晚上，我们姐弟几人在给母亲守灵时，儿子说的一席话，又重新勾起了我们的伤心回忆。他说，就在奶奶去世前几天的一个晚上，他和儿媳一起在步行街闲逛。儿媳要吃烤山芋，他给她买了一个，看到那个伫立在寒风中的老人，他多付了几块钱。儿媳问他为什么要这样做，他回答说，奶奶当年就是

和这个老人一样，靠卖烤山芋，给爸爸付生活费支持他读完大学的。他说不知道这是巧合，还是冥冥之中的一种无言的暗示。

听了他的这些话，我们既十分感动和欣慰，又平添了几分伤感。的确如此。我读大学时，继父和母亲刚进城，母亲在县城街头卖过稀饭，卖过烤山芋，继父则卖苦力，给人家送煤，他们就这样辛苦地赚取微不足道的生活费。从盛夏酷暑，到寒冬腊月，他们每天都是早早起床，很晚才收工。

无论何时，一想到当年他们走过如此艰辛的岁月，我就情不自禁地潸然泪下。母亲偶尔和我谈起早逝的父亲，责骂他心太狠，丢卞我们早早去享福，让我们活在世上遭罪，我一般都不加阻拦，有时还附和几句。父亲对母亲和这个家庭的确是亏欠太多了，他的人生挫折和变故，带给母亲和我们几个孩子的苦难，实在太深重，对我们心灵造成的创伤和巨痛，需要我们用一生的时间去疗愈。

四、尽心赡养，安度晚年

继父 2001 年去世后，母亲在安徽省无为县（现芜湖市无为市）二姐家居住了近十年，我和其他姐妹经常过去看望。2009年 11 月，在她八十大寿之际，我们把她接到市里，请他们老一辈的姐弟 4 人和家人一起聚会，吃了一次团圆饭。当时，大姨86 岁，小姨 74 岁，舅舅也退休好几年了。经历过人生几十年的风风雨雨，几个一起在苦难中成长的亲人，身体或多或少都出现了不同的状况。我们借这个机会，把他们召集在一起见见面，叙叙旧，也是筹划很久，用心良苦。

此后，母亲在我和大妹妹、小妹妹家轮流居住。最后六七年，基本是我一人陪同她在我的一套闲置房子里住着，姐姐妹妹得空或者周末轮流过来，陪同母亲，为她洗澡洗衣做饭。应该说，最后 30 多年，母亲过得还算舒心，老有所养，衣食无忧。看着我们一个个成家立业，孙辈们健康成长，她深感安慰和满足。作为子女，我们在做好工作，照顾好孩子的同时，对于母亲也算是尽心尽力，陪她走完了人生的最后一程。

五、一捧骨灰，两处安放

对于母亲的去世，我们其实是有心理准备的。因为多年劳作，她很早就患有青光眼和白内障，前后两次手术效果不佳。医生说她的视神经萎缩了，达不到理想治疗效果。母亲晚年双目基本失明，长期卧床，最后几个月，生活已经不能自理。她去世时恰好春节临近，疫情也还没有结束，我们姐弟几人商量，不通知亲友，丧事一切从简。母亲本来就如同草芥一样普通，来自自然，静静地回归自然，就是一种最好的安排。

有人说，老人临终时，眼角会不知不觉地流出几滴泪水，那是辞母泪，是对自己母亲养育之恩的最后感恩和对这个世界的深情告别。我仔细观察，没有看到母亲眼角一丝一毫的泪痕。我猜想之所以会如此，一是她生前已经经历了人世间太多的苦难，伤心的泪水早已经流干。二是看到我们这一代几个子女都先后成家立业，第三代的几个孙辈也都健康长大，大姐二姐早就升级当了奶奶。特别是我也刚刚有了孙女，她得偿所愿地完成了父亲的临终嘱托，把孩子们好好带大，帮助他们成家立业。对于这个世界，她已经无所遗憾、无所留恋了。

母亲去世后，我们把她的骨灰送到无为市，和继父合葬在了一起。同时，我和大妹妹商量后，专门取了一小捧骨灰，带到铜陵市天井湖公园生父的归宿地，撒在他的坟茔所在的那片树林里。毕竟他们结婚后，同甘共苦一起生活了十多年，并且先后生育了我们 4 个子女。我们希望母亲在父亲沉冤得雪之后，偶尔也能听到父亲的心声和愿望，听到父亲对她的歉意、忏悔和深深的感激之情！

母亲走过了将近一个世纪的生命历程，历经近一个世纪的风风雨雨。她的一生随着时代风云跌宕起伏，艰难地度过了她平凡而又极其不平凡的一生。她柔弱如水，也坚如磐石。她走过热情似火的青春花季，经历过烈日炎炎的苦夏、疾风凛冽的深秋、冰天雪地的寒冬，也终于在生命的最后几十年迎来了春暖花开的时节。她的生命力之强盛也正说明，在我们这个民族底层百姓的血液和细胞中，蕴藏着一个民族生生不息的强大基因。

父亲，母亲，还有对我们恩重如山的继父，安息吧！如今，你们都已经长眠于地下，这标志着一个时代的结束。历史翻开了新的一页，正在书写新的篇章。你们的苦难经历和大恩大德将永远留存在我们的记忆深处，并将作为不可多得的宝贵财富，激励我们以及我们的后人，像你们一样，永远向善向上，自强不息。激励我们不忘过往，不畏将来，在漫长的人生旅途中，无论遇到怎样的困难和挫折，都要勇敢面对，踏踏实实地走好人生每一步。

"身似飘蓬逐水流"

我的两个姐姐原本也是可以像如今众多普通的城市女性那样，过上未必富裕但却宁静、安详的城市生活的。可是 60 多年前那场不测的政治风浪，打破了家庭的平静，也改变了两个姐姐一生的命运。

母亲说，在下放农村之前，两个姐姐都是父母的掌上明珠，父亲甚至在亲友和同事们面前夸过海口，一定要把她们培养成大学生。然而，难以预料的人生挫折击碎了父亲的雄心壮志，也击碎了姐姐们本该五彩斑斓的童年梦。

母亲曾经不止一次地对我说，刚下放时，两个姐姐都穿着白球鞋、毛线衣，打扮得像个公主。那时正是三年困难时期，无论城市还是乡村，很多人都吃不饱肚子，两个姐姐的穿戴，比很多乡村孩子要好得多。但现实很残酷，很快，我的两个姐姐就被完全不同的环境所征服，进入了与父母当初为她们设想的完全不同的人生轨道。

我和妹妹出生后，家庭生活更显艰难。在那种特殊的环境下，两个姐姐自小就和父母一起日出而作、日没而息，过早地承担了繁杂的生活重负。她们不仅没能读上大学，甚至连小学也没有读过一天。

20 世纪 70 年代末至 80 年代初，随着政治形势的好转和国民经济的逐步恢复，我们的家庭也走到了一个新的转折点，首先是父亲的历史问题得到了纠正，接着我考上大学率先跳出了"农门"，随后大妹妹又因落实政策回城当了一名工人。这时，两个姐姐仍然留在农村，因为她们已经先后嫁人、生儿育女，再也回不到城里去了。

日子像流水一样，不知不觉地流逝。转眼过去了十多年，到20 世纪 90 年代，我和两个妹妹先后在城市结婚成家，并都有了自己的孩子，过上了比较稳定的生活。看着我和妹妹们的日子一天天好起来，姐姐们一面替我们高兴，一面也为自己感到委屈和不平。有一次，大姐对母亲说："命运真是不公平，我们两个出生在城里，竟然要在农村待一辈子。他们三个都出生在农村，却一个个跑回城里来了。"这话我没有直接听到，但是当母亲向我转述时，我仿佛看见了姐姐那幽怨、黯然的神情。

说句实在话，大姐的抱怨是有道理的，两个姐姐对家庭做出了很大贡献，奉献得多，收获得少。但在那个特殊的时代，我们每个人都很难自我做主，都在随着飘忽不定的政治和社会的风云起起落落。

明代陆采有这样一句诗"身似飘蓬逐水流"，形容自身不能做主的人，只能像轻盈的蓬草，随风飘舞，逐水奔流。民间也有这样一个歇后语："女人就是菜籽命——落到肥处迎风长，落到瘦处苦一生。"我的两个姐姐，也正如随风飘散的蓬草和菜籽，因为父母下放农村，非常偶然地散落在了江南和江北两个不同的乡村，活在了她们各自不同的人生里。

2022年国庆期间，我突然接到一个令人震惊的噩耗，10月3日，我可怜的二姐在田里劳动时意外去世。仅仅时隔9个月，我的二姐就陪着母亲一起，隐入烟尘，去另一个世界做伴去了。

令人欣慰的是，两个姐姐的孩子们，却大都分别进入本地或者外地城市谋生，并且先后在城里买房、成家，生儿育女，过上了与姐姐们完全不同的生活。

一代人有一代人的命运，一代人有一代人的活法，或许这就是生活，这就是人生。

姐姐们自小遭受歧视和刁难

我出生于1963年3月，父亲被划为"右派"下放农村后于1966年去世。所以，从我记事时起，没有亲眼看到过父母和姐姐们被人批斗殴打的场面。当我渐渐长大，逐渐明白我们这个家庭与其他人家不一样时，就一直在心里疑惑，自己的家人是否受到过类似的打骂或者公开批斗？

母亲没有和我提到过这些事。母亲去世那天晚上，我们姐弟几人在一起谈到父母遭遇的人生磨难时，我再一次向两个姐姐提出了这个疑问。

大姐说，殴打好像没有，但大会小会上父母被拉去批斗、陪斗是有过的，不知道是民兵还是红卫兵，几人一伙来家里抄家和贴大字报也是有过的。

大姐这样说，我努力回忆，印象中隐约似乎是有那么一个模糊的场面，几个人围在家门口的墙外边一会弯腰一会站立，影影绰绰往墙上贴着什么。或许那就是他们刷糨糊贴大字报的场面，在我头脑中留下的最早痕迹？我猜想，即使有这些事，应该也是在父亲去世、"文革"进入高潮后的那几年，因为1966年秋天父亲去世时，当时3岁多的我没有一点印象。如果是一两年后，比如"文革"高潮的1968年发生的事，我5岁多了，影影绰绰有一些模糊印象应该是有可能的。

后来，我专门打电话向大姐询问核实这些情况时，她还特别提到了一个新的细节。她说，就在父亲去世不久，应该是1966年冬天，母亲怀着身孕，也就是父亲的遗腹子、我的大妹妹快要降生时，村里的几个年轻人要将母亲带到会场，和其他几个"黑五类"一起批斗。幸好一个好心的大婶，十分同情母亲的遭遇，专门找到住在我们一个生产小队的铜陵县老洲公社光辉大队（现义安区老洲乡光辉村）党支部书记徐家琪，说母亲现在挺着个大肚子，带到会场陪斗，万一出现什么意外，不好收场，影响也不好。徐书记听了她的话，觉得似乎的确有这种风险和隐忧，让人立即制止了那几个年轻人的鲁莽行为。母亲因此躲过了这次陪斗。

父母被打骂和批斗的情形我没有亲眼见过，但两个姐姐遭到歧视和恶意刁难，却是经常发生、确定无疑的。

母亲曾经和我说过，在村子里，一些年轻人经常欺负两个姐姐。母亲去世那天晚上，我们姐弟一起给母亲守灵时，二姐给我说了两个具体的事例。有一个时期村民们白天劳动，晚上去村里的"扫盲班"学习，跟着夜校老师读书识字。她俩去扫盲班听课时，带着的那种用玻璃瓶做的简易煤油灯，总是会被那些来听课的同伴故意撞翻在地。有人甚至公开说："你们这些'右派'的孩子不需要来扫盲，这个夜校识字班不是为你们开办的。"结果往往弄得姐姐们伤心地哭着回来。几次三番以后，她们就不愿意再去受气了。

还有一次，她们姐妹俩和村里差不多大的几个孩子一起，结伴去了一个离家很远的地方。那里有一道不太深的河沟，过了河沟可以抄近路回家。临近天黑时，村里一个在附近放牛的男青年，把其他所有的孩子一个个抱着放在牛背上渡过去，偏偏就不帮她们两个人过河，她俩只得沿着河边的大埝，沿着来时的原路绕了很大的一个圈才回到家。到家时天已经彻底黑了下来，母亲也正在四处寻找她们。回来后，她们也只能伤心委屈地哭一场，母亲除了劝慰也没有任何办法。

类似的情形还有很多，比如生产队集体出工，寒冬腊月偶尔会有一些在室内完成的比较轻松的手工活，不需要迎着刺骨的寒风在户外劳动，姐姐们说，这些相对舒服、轻巧又不影响挣工分的事，也从来轮不到母亲和她们姐妹俩。

以上种种，我听后心里多少还是有所触动。那个好心的大婶和通情达理的徐书记，有着做人的良知和道德底线，对于面临困境和特殊情况的母亲，有着基本的同情心。而那些故意刁难两个姐姐的乡村恶少，则缺少基本的教养，他们通过欺凌弱小的姐姐们，体现优越感，其所作所为，也正暴露了这一类人隐藏着的内心之恶。

写到这里，我突然想起，20世纪80年代初刚考上大学的那年春节，我去拜访村里同样考出去的几个同学，路过徐书记家门口时，他还专门出来和我交谈了几句，语多鼓励、嘉勉之词。他的小儿子比我大一岁，在同一个生产队，假期也曾一起参加劳动。我想有机会回到村里，见到徐书记或者那个长我一岁的儿时伙伴，我一定要表达一下感激之情，感谢当年徐书记的宽宏大度和高抬贵手，感谢他们包括那位好心的大婶，在父母和姐姐们遭难落户到他们村里时，在力所能及的范围内给予了一定的关照和体谅。

小儿郎，背着书包上学堂

"小么小儿郎，背着书包上学堂，不怕太阳晒，不怕风雨狂。只怕先生骂我懒，没有学问无颜见爹娘。"

这首名为《小二郎》的儿歌我自小就耳熟能详，歌词朗朗上口，曲调欢快流畅。20世纪70年代初，过了7周岁，我开始背着书包上学堂了。刚入小学时，母亲给我缝制了一个崭新的布袋书包。课本一拿回家，我就让母亲和姐姐帮忙，用厚厚的牛皮纸给每本书都包上封面外套。由于条件的限制，当时乡下很多人虽然没有读过书，但对于课本对于知识，还是十分向往和虔诚的。

我那时虽然不太明白读书意味着什么，但知道从此我面临的将是一个全新的环境，也有了更多年龄相仿、朝夕相处的小伙伴。

根据我后来上大学和参加工作的履历，我倒推了一下时间，把我从入学启蒙到高中毕业的时间线做了仔细梳理。

20 世纪 70 年代，小学五年，初中三年，高中两年，整个中小学时间是十年。我从 1970 年春季入学，到 1982 年秋天去大学报到，其间总共是 12 年半时间。这多出来的两年半，有两年是我在小学一年级和高中二年级，分别多上了一年。小学一年级，因教室和教师不足，升学名额有限，于是 1971 年春我和很多同学一起，被学校留下来继续读一年级。1981 年我高中毕业首次参加高考，达到中专录取分数线，但因某种偶然因素没有被录取，不得不复读了一年。还有半年大约是 1977 年我读初二时，春季入学改为秋季入学，延长了一学期。

我小学和初中都是在安徽省铜陵县老洲公社（现义安区老洲乡）光辉学校读的。学校是在村部附近的一个小院落，进入校园，周围一圈都是教室或者老师的办公室。学校距离我家所在的第十生产队不是很远，大约三公里，小孩子跑路快，从家中到学校不需要一小时。

我至今依然记得，当年小学一年级语文课本前三篇分别是配了插图的"毛主席万岁""中国共产党万岁""中华人民共和国万岁"。不知道从什么时候开始，有了算术科目，随后又增加了描红、体育（当时叫军体）等课程。描红和大字写得好，老师会用红毛笔在字上画个圈。算术题做得好，不出错，老师会用红钢笔打五角星。这些都是老师对学生作业的肯定，回家拿给母亲看，往往会得到母亲的鼓励和表扬。

我那时特别在乎老师给的这些红圈圈和红五角星，为此，我很用心很努力。想一想，这就如同后来幼儿园的老师给表现好的孩子奖励大红花，对于年幼、童蒙未开的孩子，的确具有很大的诱惑和激励作用。每次作业本一发下来，我就和小伙伴们争先恐后地翻看比较谁的红圈圈和红五角星多。我记得，和与我同一个生产队的小伙伴相比，我算术本上的红五角星数量总是遥遥领先。

那个教算术的女老师是个下放知青，姓翟，身材略胖。有一次她很偶然地从我家门前过，母亲请她进家来休息喝水。她当着母亲和其他村民的面，大大表扬了我，说我算术题做得又快又准确。我生性胆小、腼腆，怕见生人。看见老师来了，早就一溜烟跑得不见影子。但老师在母亲和其他村民们面前说的这些话，传到我耳中，我依然感到十分愉快和得意，它满足了我的小小虚荣心，让我这个从小就敏感内向、略显孤独的人，有了那么一点点的成就感。原来，会读书、学习好也能获得比其他孩子更多的关注和肯定。毫无疑问，这在我幼小的心灵里播下了激励上进的种子。

光辉学校办学几十年，在那所学校进进出出任教的老师有很多，从那里毕业后务农、当兵，或者通过升学考试走进各行各业的学生更是数不胜数。如今，经过教育资源的优化整合，光辉学校的教学点早已撤销，但它在我们这些学子的心里，依然占有非常神圣的一角。

2014年12月，我旧地重访，去老洲乡太阳岛和光辉村游览观光时，曾专门去探访这个40多年前我受教启蒙的学校，并在学校旧址门前照了一张相，以示留念。在那里，我有过很多一起学习一起玩耍的伙伴，度过了从小学到初中共9年快乐的学习时光。进学校时，我是一个懵懂无知的儿童，离开学校时，我已经是十六七岁的花季少年。当时，作为一个长大未成年的青少年，我对未来和远方，似乎有了某种朦胧的憧憬。当然，同时伴随着我的，还有几分忧郁、留恋和彷徨。

难忘我们的启蒙老师

我小学和初中都是在安徽省铜陵县老洲公社（现义安区老洲乡）光辉学校读的，在这里，我和许许多多小伙伴一起，度过了9年多快乐的学习时光，接受过很多老师的亲切关怀和无私教诲。

回想起来，在老洲光辉学校，从小学到初中，任课的老师大体分三类，一类是从县城中学下放到乡村学校的老教师，他们一般都是正规师范学校科班出身，由于某种原因被派到基层乡镇学校担当重任。第二类是回乡知青，本土初高中毕业的优秀学生，学校教师不足时，被选中当了民办代课教师。第三类，就是从下放知青中选拔的优秀青年，和第二类一样，进入学校弥补农村学校师资的缺口。

在我的记忆里，忘不了的老教师首先是陶惠恩、曹昌福两位老师，他们分别是我们初中高年级的语文和数学老师。这两个老师功底扎实，教学认真，据说当年都是从池州师范学校毕业的。我们读初二、初三的那两年，正赶上恢复高考，教育事业蓬勃发展，社会各界高度关注。在此背景下，陶惠恩、曹昌福两位老师及时建议学校开展晚自习活动，要求我们晚上到学校，他们给我们义务补课。

值得一提的是，他们还根据学生的整体状况，物色了一批基础好的优秀学生。他们一起对这些学生一一进行家访，与家长沟通交流，说明中考、高考对于一个农村孩子意味着跳出农门、改变命运，希望家长和老师好好配合，一起促进有发展前途的学生，珍惜来之不易的大好机会。我当时就有幸与其他少数学生一起，进入了这两个老师的视野，被重点关照和培养。遗憾的是当年中考我发挥不好，英语底子差直接就弃考了。后来只上了铜陵县一中（现铜陵中学），与考上中专直接去外地上学，或者考入省重点中学铜陵市一中的其他几个同学相比，我让老师和父母都感到失望和遗憾了。

多年后我大学毕业回到家乡铜陵市一所省属高校工作，大约是 20 世纪 90 年代初期的某一天，我突然听说陶老师病危。打听消息属实后，那个周末我专程回了一次老洲乡光辉村，去陶老师家看了他最后一眼。当时，他已经躺在床上奄奄一息，见到我他极力起身伸出手，声音嘶哑地连声说："你是我的好学生，你是我的好学生啊！"我紧紧握着他的手，喉咙哽咽，竟然一时说不出话来。想当年，陶老师在课堂上是那么气定神闲、神采飞扬，他的形象深深地刻在了我的脑海里。

在光辉学校读书期间，给我留下深刻印象的还有左惠芳、潘光升、徐光临和姚根来老师等。姚老师教我们初中低年级的数学。其他几位则先后担任过我们小学到初中的语文老师。

左惠芳老师是我同桌的妈妈，或许她知道我们家的特殊境遇，平常对我特别关注和关心。我在左老师身上，感受到的不仅仅是老师对学生的关爱，还有亲人般的温暖，以至于很多年后我都不能忘记她。

徐光临老师与我是一个生产队的，他高中毕业后学业成绩优秀，被学校挑选担任语文老师。后来，他和姚根来等很多年轻老师一道,通过考试转为正式公办教师,直至在教学工作岗位光荣退休。

潘光升老师,后来则和我有了更加亲密的接触。他是铜陵县老洲公社新庄大队(现义安区老洲乡中心村)人,父亲是公社的领导。大约是1974年,他在光辉学校教过我们半年时间的语文课。高考制度恢复后,1978年他考上了安庆师范学院(现安庆师范大学)中文系,成为当时为数不多的天之骄子。

大学毕业后,潘光升老师先后在安徽省铜陵县一中(现铜陵中学)、铜陵县委宣传部工作。后来调到市级党委机关报当记者,从事新闻采访等工作。我1986年大学毕业后,先是在某省属高校工作15年,2001年也调到同一家报社从事新闻编辑工作。这样的因缘际会,我和潘老师就从当年的师生关系,发展成了同事关系。

2019年3月的一天,我与铜陵市疾控中心的汪道法科长、铜陵市一中的沈新彬老师相约,邀请4位当年的任课老师一起见面聚谈。我们几位都是当年一起从铜陵县老洲公社光辉学校考出来的发小和同学。20世纪70年代初,我们入读老洲公社光辉学校时,都还是七八岁的孩子,一转眼都过去近半个世纪了。那天应邀参加聚会的是当年的语文老师左惠芳、潘光升、徐光临,数学老师姚根来。

几十年的风风雨雨,接近半个世纪的时光流逝,我们依然难忘当年老师们的谆谆教诲和悉心指导。感恩改革开放的新时代,感谢引领我们成长进步的老师们!

无论什么时候,走得多远,我们都不能忘记来时的路。

温暖我一生的点灯人

在安徽省铜陵市铜陵县老洲公社（现义安区老洲乡）光辉学校读书时，教过我们的知青老师更换频繁，几乎每个学期都会调整。所以，对于知青老师，我印象深刻的不多。其中唯一让我难以忘却、埋藏在记忆深处的，就是最先插队在我们生产队，随后被选调当老师，最后又被抽调到公社文艺宣传队的女知青袁老师。

袁老师身材匀称，方形脸，眼睛很大，皮肤白皙，说一口标准的普通话。大约是20世纪70年代中期，她和好几个女知青一起来我们生产队插队。那时候我们十三四岁，已经成为半大小伙子，周末和假期也参加集体劳动了。

因为在一个生产队，平常偶尔能见到袁老师，从父母和其他大人的口中，也能听到与她有关的一些事。本村一个和我一样大、属兔的同班同学，上学后一直叫周小兔。长大了父母觉得再叫这个名字不好听，就委托袁老师取个名字。袁老师给他取名叫周成，于是就这样传开，成为他的正式学名。还听大人们说，袁老师是干部家庭出身，父亲是市里或者县里某机关的一名干部。

有一次参加集体劳动，我刚好穿了一件新的海魂衫。袁老师和几个女知青在一起，不知道是谁看了后低声议论说："他穿那件海魂衫还挺好看啊，就是人显得太瘦削。"那时我正在抽条长身体，乡下条件不好，营养肯定跟不上，身体单薄瘦弱很正常。但我听了有点不好意思，脸颊一红紧张地躲开了。

不久，袁老师被安排到学校当老师，还正好就是教我们语文课兼班主任。因为她对我比较熟悉了，班里有些事偶尔也会吩咐我帮忙做一些。那时候我语文、数学成绩都还不错，作文尤其用功。平常走在上下学的路上或在做一些不是特别需要集中注意力的事时，我总是会在心里对刚写的作文反复琢磨，不断推敲哪个句子哪个用词不太好，应该怎么改才更加顺畅，得空后就立即修改。

这样的习惯形成后，就一直改不掉。每次作文我都会尽最大努力改到不能再改为止。这样做，最大好处就是文从字顺，条理清楚。老师们给我作文的评语中，"语句通顺""语言流畅"等词语出现的频率也最高。你想，每次作文几乎每个段落每个句子都在我脑子里反反复复默诵了几十回，早就不断推敲调整、烂熟于心了，怎么会不通顺呢？袁老师不仅常常在课堂上讲评我的作文，也在我母亲和其他村民面前表扬过。一些同学记不住她说的原话，在向其他人转述时，说我的作文写得特别好，"滚瓜烂熟"，老师经常表扬。我听了既高兴又好笑。"通顺、流畅"，到了他们嘴里就变成"滚瓜烂熟"了。

因为这些因素，我对袁老师渐渐产生了一种特别的亲切感。作为父母下放农村后出生的一个特殊家庭的孩子，我天生就十分自卑，缺少自信，对于来自他人的鼓励、肯定和赞赏，总会不自觉地产生一种特别的感激之情。

这期间，有一次我们因为逃课去看电影，被袁老师知道后狠狠批评了一回。

那天，我们几个同学相约去县城看正在播放的电影《刘三姐》。当时，这部电影重新公映，轰动一时，刘三姐的对歌一时十分流行。我们抵挡不住诱惑，查看课表趁着一天下午没有什么主课，上午一放学就走，过轮渡看完电影立即返回，正常放学时间回到家。

原本以为神不知鬼不觉，结果不知道是任课老师发现还是其他同学告发，被袁老师知道了。第二天我们几个被她叫到办公室问话。知道错了，我们只能低着头挨训，一言不发。袁老师反复问："你们胆子不小啊，竟然不上课结伴去看电影，说说你们到底怎么想的？"同办公室的一个男老师听了，阴阳怪气插科打诨地说："怎么想的？左想右想，最后还是想想刘三姐啊！"

袁老师和我们一起都忍不住笑了。

后来，袁老师被抽调到公社的文艺宣传队，要经常排练或者去县城参加汇报演出，给我们上课的时间越来越少。不久又隐约地听说，她很快就要离开学校了。一个对我特别关注和关爱的老师要走了，从此我可能再也见不到她了，一种非常强烈的失落和伤感在我心里油然而生。沉浸在这个情绪之中久了，有一天我竟然做出了一个异乎寻常的举动。我从日记本上撕下一页，在家提前写好一段文字，趁教师办公室里没人，偷偷从抽屉缝隙塞进了她的办公桌抽屉。

看到这里读者朋友请不要误会，我不是给老师写什么情诗，虽然那时候群众赛诗会很流行，我也写过一些"站在桥头望北京"之类的顺口溜，但写诗的才能我是没有的。仔细回想，这个纸条也就相当于新春来临之际，或者是老师临别之时，学生送给老师的贺卡，是十分正常的事。只是当年没有这类专用贺卡，恰恰我天才地创新了这一做法而已。纸条上写的应该是，我对袁老师给予我的关注关心，表示真诚的感谢，对她不久即将离开学校表达了一种依依不舍之情。面对一个对自己特别关爱的老师，想到她很快就要离开学校，可能永远也不会再见到，心里隐隐约约产生某种失落甚至更加复杂一些的情感波澜，不是很正常的事情吗？

其实，最重要的因素还是，我从小生长在一个缺乏安全感的环境，又来自那样一个特殊的家庭，内心极其自卑、脆弱和敏感。来自外界的点滴关心和爱护，都会拨动我的心弦。仿佛漫漫长夜，一盏微弱的灯火，就会照亮我的心扉，温暖我的内心世界，让我情不自禁地产生一种特别感激和依恋的情感。

记得是袁老师调离学校前的某个周末，她和几个女知青一起从县城里演出回来。那天我们正好在路边的一块地里劳动，远远看到她们姗姗而来，几个伙伴都在猜是哪些人。渐渐走近，我认出了袁老师正在其中，心跳立刻加速，既想多看她们几眼，又不敢让她们发现我在偷看她们。目送她们渐渐远去的背影，我心中突然产生了一种恍恍惚惚、怅然若失的感觉。

我曾经想过，如果她回城后在本市工作，或许我们会在街头偶然遇见。那样，我可以大大方方地上前，叫她一声老师，感谢她在那个特殊的年代，曾经给过我这个特别孤独、寂寞的少年，一种特别的关怀。在那些特别的日子里，她如同一个点灯人，用那盏微弱的灯火，照亮过我的心扉，温暖了我的一生。

袁老师回城后，我一直没有再见到过她。据热心人多方打听告知，袁老师在安徽省铜陵县一中（现义安区铜陵中学）读书时是学校女子篮球队队员，下乡插队后曾在安徽省铜陵县老洲公社（现义安区老洲乡）光辉学校教过书，后来随父亲调动去了安徽省滁州市，在滁州市工作直至退休。

我们在游戏中健康快乐地成长

在一个人的成长过程中，特别是儿童到少年阶段，游戏总是不可缺少的一部分。即使在 20 世纪 70 年代，经济条件极其有限，来自民间、简单而朴素的游戏，依然受到我和小伙伴们的欢迎，成为我们健康快乐成长过程中不可缺少的一部分。

我们的儿童和少年时代，没有什么学业压力，作业量很少。上课回家甚至在学校，学习生活之余，有不少时间就是在和小伙伴们一起玩游戏中度过的。

记得小时候我们玩过的游戏，有抓石子、跳房子、滚铁环、打陀螺、折纸飞机、踢毽子等等，都非常简单，不需要特别复杂的材料和环境。只要有个合适的场地，有几个小伙伴，随时随地就可以一起玩，一起度过充满童真和乐趣的时光。

抓石子一开始会不熟练，总会接不住抛到空中的石子，或者手小石子过大，一手抓不住散乱在地上的石子。为了减少石子对于手掌的伤害，有些小朋友还让家长用一个个小布片将石子包裹起来，这样抓起来石子就不会太硬，不会一不小心把手掌磨出血印。

跳房子也很简单，在一片稍稍开阔的场地上，画出固定的格子，每个人按照规则从近处到远处，从简单到复杂，完成升级过程。谁最先升级到顶谁就算是赢家。规则透明，简单易学。

那时，生产队的晒场是我们滚铁环的最佳场所。有时，我们也在房前屋后或者狭窄的路上玩，这样一不小心就会把铁环玩丢了，让人后悔不已。我就曾经把家里一个小木盆底部用于固定木板的铁环，偷偷卸下拿出去玩，结果一不小心就滚到路边一个深水潭里去了。急不可耐之下，急忙和小伙伴一起用竹耙等工具打捞，怎么也打捞不上来，铁环一下滚到深水区去了。晚上回家，还不敢和父母说。父母看到木盆上少了一道铁箍，猜到是我干的好事，问我我也装作不知道，企图蒙混过去。像我这样为了贪玩，将家里的木桶、澡盆等凡是能找得到的铁环，偷偷取下并滚进河里的小伙伴，估计还有不少，他们大都也和我一样回家不敢声张。

打陀螺，互相比的是谁的陀螺好看，转的时间长。为此，我们往往会找那种外部光滑的圆钉钉在陀螺旋转的部位，这样陀螺就会转得更加顺畅，转的时间也会更长久。

折纸飞机主要是看谁折得更好看，甩出去飞得距离更远，飞行的弧度更漂亮。为了折出好看而又飞得更高远的飞机，当年我和那些小伙伴们，不知道偷偷撕碎了多少新买的练习本。

可能很多人都会认为，踢毽子是女孩子才玩的游戏，其实不然。乡下的孩子可玩的东西不多，踢毽子就是男女都适宜，而且可以大家一起玩的游戏。为了制作一个好看的毽子，我们常常央求家人帮忙，设法寻找那种公鸡羽毛。如果发现村里谁家要杀公鸡，小伙伴们早早就盯着，还没等公鸡被杀死，就急急忙忙要去拔公鸡尾巴上的那些羽毛。那种羽毛顺滑、漂亮，是做毽子的上等材料，小伙伴们都喜欢。拥有这种羽毛做的毽子，会受到大家的特别羡慕。

踢毽子不仅仅是放学在家玩，我们读初一初二了，有时三四个男生一下课还找个固定场地玩。互相比赛谁连续踢的次数多，包括前踢后挑，看谁踢的花样多，连续后挑的次数多。大家一个一个地踢，互相竞争，乐此不疲。有时玩得入迷，甚至忘了上课的铃声，一个个满头大汗、气喘吁吁地匆匆赶回教室，坐回自己的座位上。

这些游戏，让我们的童年和少年时代充满了欢乐，也让我们的生活变得丰富多彩。游戏让我结识了很多一起成长的伙伴，也让我们初步感知到以后行走社会时，必须遵循的平等竞争的规则。跳房子、踢毽子等活动量较大的游戏，则更加带有体育健身的功能，让我们从小就在这些活动中，体验到运动和健康的可贵，感受到运动后那种特别的舒展和放松。

游戏，还让我们学会如何与小伙伴们友好相处，这对于我们的身心健康也都产生了非常积极的影响。

集体劳动磨炼了我们的意志

在我们家的姐弟 5 人中，我读书时间最长，不像两个姐姐，从小就随着母亲一起做家务、干农活，经受了很多磨难。但十三四岁时，村里同样大的小伙伴都陆续参加生产劳动。于是我也闲不住，也要求和他们一样，开始参加村里的集体劳动了。

那时候，农村实行工分制，就是每个家庭每个人每天干了多少活，该记多少工分，生产队的会计都有记录，每个家庭一个工分本，家庭和集体的计分一致，日积月累，每月对账。年底就根据每个家庭的工分总额，结合平时每个家庭从生产队支取的现金和有关生活物资等，一起结算。

刚开始我们的工分不高，一个男劳力一天 10 分工，一个妇女一天只有 8 分工，而我们刚参加集体劳动的半大小子最多只能记 4 到 5 分工。刚参加劳动不久的年轻人，每年年初有一次调整工分的机会，具体怎么调整要根据上一年的劳动表现情况，由生产队召集有关人员集体研究决定。

参加集体劳动后，队长会根据实际需要，给我们分派一些比较轻便的活。比如捡棉花、锄草、铲草皮等。捡棉花、锄草，大多是在植物茂密的庄稼地里进行，夏天头顶烈日密不透风，那种全身燥热的感觉的确不好受。铲草皮烧成灰是为了做肥料。这活看上去不难，但对我们这些新手来说，也是一种考验，往往半天不到，手掌上就磨出几个血泡。

对于还比较稚嫩的我们来说，最吃力的活还是挖河泥、挑大堤。冬天农闲时节，整理地块、兴修水利时，周末和寒假我们也和大人一起挖河泥、挑大堤。河沟里的烂泥比较肥沃，需要送到地里去做肥料，我们稚嫩的肩膀每次一前一后两个泥筐里只能挑起不大的泥块。挑河堤，更是将低处的泥土不断累加到需要加高或者有些破损的大堤上，加固增高大堤，以防来年不期而遇的洪水。这些活对于人的体力和耐力都是一种极大的考验。做累了，我们可以稍稍休息调整一下继续干。

暑假期间，时间比较长，队长则会安排专人做我们这些劳动后备军的领队，负责做一些专项工作。跟着领队和那些男男女女、年龄差不多大的伙伴一起干活，我们还是很开心的。第一，我们不需要跟着大人干一样的重活。第二，我们这个小分队相对有一些灵活机动的安排。比如，夏天出工去给花生地锄草，那是要直接用手拔除的。午后的阳光太毒辣，领队往往让我们先去树荫下休息，直到太阳西斜，阳光不再灼热逼人才开始干活。午休时，领队偶尔从地里拿一些南瓜、山芋等，在田间地头的土灶上蒸煮，当我们休息好了，煮熟的南瓜、山芋也正飘出一股带有焦煳味的清香，十分诱人。我们每人分食一些后就下地干活，直到天快黑了才回家。

在乡村，一年到头总有干不完的活。我们多多少少参加了村集体的一些农活后，内心的感受其实是很复杂的。一方面，劳动让我们亲身体验了农民生活的艰辛，日常生活的劳累，充分感受到了包括父母家人在内的村民生活的不易。另一方面，劳动对于我们个人意志和劳动观念的培养，也有实实在在的帮助。它对于我们认清现实，了解当今的实际生存环境，怎样面对今后的人生，都会引发更深层次的思考。而对于像我这样身体瘦弱，只是擅长读书，并被老师和家庭寄予厚望，希望通过读书改变前途和命运的人来说，考虑的问题往往也会更多更加长远了。总之，就如同母亲和很多村民教训子女时所说的那样，吃不得农家的苦，你就得选一条另外的出路。路怎么走自己要想好，漫长的人生之路都靠自己走，没有人能扶持你一辈子。如此看来，参加生产队的集体劳动，不仅磨炼了我们的意志，也非常及时地给我们上了一堂生动、直观的人生教育课。

阅读，让我走进崭新的世界

20 世纪 70 年代初期，进入小学阶段学习时，除了课本，我们能够看到的课外读物很少。最先接触到的课外读物，是以样板戏为主的各类小画书。记得陆续看过的有《红灯记》《沙家浜》《智取威虎山》《鸡毛信》等等，这些小画书，文字不多，情节生动，画面直观，阅读起来很轻松。

大约是小学五年级以后，那些以图画为主的读物似乎就不那么解馋，不那么吸引我了。于是，包括一些残缺不全、来历各异的小说在内的文学类读物渐渐进入我的阅读视野。从此，仿佛在我面前打开了一个天窗，顿时感受到来自另一个世界的新鲜气息。这些纯粹用文字构建的想象世界，使我们在学习、劳动和游戏之余，精神世界也渐渐丰润起来，平淡的生活顿时增添了别样的色彩。

一次，我从一个同村小伙伴那里，看到一本残缺不全、没有前后封面的书，看他读得津津有味，我也要过来看。谁知一看，立即就被里面几个热血青年积极投身学生运动和抗日救亡的事迹所吸引。当然，书中一些男女青年交往、恋爱的情节也首次以那么细致、真实的场景进入我的视野，仿佛一下看到了一个完全不同的世界。直到上了高中以后我才知道，那是小说《青春之歌》的残缺本，虽然当时看得不完整，但故事情节和书中林道静、卢嘉川、江华和余永泽等几个主要人物的鲜明形象，已经深深地印在我的脑海里。

初中以后，和我同桌的同学父亲是军人，母亲是老师，家里有不少藏书，他的书包里经常会出现一些我们连听都没有听说过的书。在他的友情支持下，我先后看了《苦菜花》《山菊花》等一般人看不到的小说。书中那些从没有见到过的情节描写，包括男女情事部分绘声绘色的描述，给我这个正在成长中的少年，带来了不小的刺激和震撼。这些书，不知不觉中也充当了那个特殊年代，我们这些青少年性启蒙的教科书。在和小伙伴们一起参加劳动时，大家也经常交流一些读书见闻，他们很喜欢听我讲述书中那些精彩的片段和情节。

读初中时，除了在学校上课，周末和假期都要参加集体劳动了。这些闲书大多数都是在放学的路上，或者晚上做完不多的作业后抽空看的。有时，我在家一边吃饭还一边看书，为此遭到母亲的多次批评。在那些漫长、沉闷的日子里，让我感到最快乐、最期待的时光，是不用上学的周末和假期，恰好遇到下雨也不用出工的日子。这样，我就完全可以无忧无虑、自由放任地在家看小说，那真是逍遥自在、心情极度轻松，仿佛神仙一般的日子。

偶尔找不到新书看了，有些看过的也不妨拿来再看，消磨无聊的时间。记得当时我二姐夫，从一家造纸厂收来准备化成纸浆的旧书堆里，给我抢回了一本名为《春潮急》的小说，厚厚一大本，共几十万字，我津津有味地看完了。有一个暑假，没有新书可看，我竟然把这本书拿出来又重新看了一遍。《春潮急》和《艳阳天》《金光大道》等小说题材接近，都是描写农业合作社时期的乡村故事，与我的生活环境很接近，读起来感觉十分亲切，就像在看自己身边的人和事。几年前，我获悉这本书的作者克非去世的消息，竟然一下子就联想到他写的那本书，以及在读那本书时所度过的艰辛而又充实的乡村岁月。

我后来之所以作文写得还不错，至少文从字顺、表达流畅，大约与我当时读了不少课外书有点关系。阅读，不仅打开了我的视野，让我看到了完全不同的另一个世界，也让我对于中国文字的神奇魅力，产生了浓厚的兴趣。读高中时考大学填报志愿，我首选中文系，潜意识里与青少年时期的阅读经历，以及由此产生的对于文字的敏感，对文学所营造的那种全新世界的向往和迷恋，也有或多或少、直接与间接的关系。

评书，伴我共度快乐难忘好时光

中学期间，包括初中和高中阶段，我除了喜欢阅读小说等课外书，另一个值得一提的爱好是听评书。在文化贫瘠、精神食粮十分匮乏的日子里，评书伴随我度过了许多快乐、难忘的时光，它曾经是那样令我如醉如痴、心驰神往。

20 世纪 70 年代初，难得遇上一个风调雨顺的年份。秋冬时节，满怀喜悦之情的继父，去县城买回了一部半导体收音机。从此，它每天按时播出的评书即小说连播节目，给我少儿时期的生活增添了许多新的内容和色彩。

每天傍晚，节目还没开始，我就端个凳子早早地守候在收音机旁。当时，我刚入小学，最早听到的是什么故事，现在我已记不真切了。记得真切的是，自那以后，我陆续听过《新来的小石柱》《暴风骤雨》《野火春风斗古城》《林海雪原》《杨家将》《岳飞传》等等。

上初中时，周末或假期我已和村里年龄相近的伙伴一起下地挣工分。每到傍晚时分，还没到收工时间，我们便一个个向领队的负责人鼓动说："评书时间到了，小说连播开始了。"这还真管用，在我们的鼓动下，领队的负责人往往早早收工，让我们回家了，因为他也和我们一样喜欢听评书。

20 世纪 80 年代初去县城读高中时，由于条件的限制和升学考试的压力，我已不能像过去那样每天都能听评书，但对评书的依恋和痴迷却一如既往。更何况当时那位名闻遐迩的鞍山市曲艺团刘兰芳播演的《岳飞传》是那样扣人心弦、引人入胜。

一个春寒料峭、细雨绵绵的周末，我去一位同乡的寝室听评书——他有一个当作宝贝一样的收音机。不巧的是，这一天他的"宝贝"恰好出了故障。我去时，他正和其他几位"发烧友"焦虑万分地摆弄它。左弄右弄，"宝贝"就是不出声，大家不免有几分失望和扫兴。此时，我的这位同乡突然灵机一动说："我有办法了！跟我走，我带你们去一个地方听。""去哪儿听？"大家忙问。"县广播站。"他回答说。

县广播站离学校不太远，我们冒雨赶到时，节目刚刚开始，但天色已渐渐黑了下来。一位过路的中年男子见我们毕恭毕敬地站在广播站的屋檐下，感到很好奇，探头探脑地想来弄个究竟。当他发现我们冒着春寒站在这儿，仅仅只是为了听一段"岳飞大战金兀术"的故事时，情不自禁地哈哈大笑起来。但他哪里知道我们内心深处的渴求以及这种渴求得到满足后的欣慰与陶醉！

时光飞逝，岁月无痕，如今，随着传播媒介的不断增多和艺术品类的日益丰富，评书这一曾经风靡一时的艺术形式已渐渐失去了耀眼的光彩。但在我的记忆深处，它依然刻骨铭心、熠熠闪光。

"全国文化之乡"名不虚传

从新中国成立，一直到"文革"结束后，安徽省铜陵县老洲公社（现义安区老洲乡）的文化和体育事业，一直走在全县的前面。早在 1958 年，老洲乡就被国务院授予"全国文化之乡"的光荣称号。20 世纪 70 年代，虽然经济条件很有限，但老洲乡的文化体育活动依然开展得有声有色、丰富多彩。

当时，不仅老洲乡政府附近有一个建设标准很高，在全县都数一数二的灯光球场，老洲乡光辉村也有一个自己建设的灯光球场。中共铜陵市委党校原副校长、铜陵市委宣传部原副部长汤晓华先生在一篇回忆他三位中小学老师的文章中，提到了老洲乡那个灯光球场当时在全县的地位和影响。

汤晓华先生在文章中介绍说，当时在铜陵中学任教的夏永祥老师，一手调教了新老铜中两支篮球队。这两支篮球队，打遍全县无敌手。后来，学生毕业要到农村插队，夏永祥老师有意将新铜中篮球队的几位主力队员，集中安排在老洲公社（现义安区老洲乡），那可是享誉全国的篮球文化之乡。1975年，在老洲公社（现义安区老洲乡）那个当时全县数一数二的灯光球场上，成功地举办了全省农民篮球赛，成为轰动一时的大事。

汤晓华先生所说的这个灯光球场，位于铜陵县老洲乡政府附近，那是在全县都排得上号的。其实，当时的老洲乡光辉村也有一个类似的球场，位置就在光辉学校附近，我们当年每天上学、放学必经之路边上。

我至今依然清晰地记得，光辉村的灯光球场前面有个不大的舞台。球场上装了很多灯泡，每当晚上开展活动，现场总是灯光耀眼，亮如白昼。那时，村里的各类群众性活动大多在这里举办。比如春节期间的文艺演出，村里召开的群众大会，轮流播放的露天电影，以及乡村举办的篮球比赛等，都需要利用光辉村灯光球场这个场地。

少年时期，我们曾经在那里看过很多场次的露天电影、文艺演出和篮球比赛。每年春节，村里都要在这里举办几场文艺演出，其中有歌舞，更有盛行一时的样板戏《红灯记》《沙家浜》《智取威虎山》等片段。这些热闹的时光，也正是我们这些孩子们尽情狂欢的节日，我和小伙伴们经常会买一盒火柴和几小挂鞭炮，爬到广场边上的树上，一边看演出，一边零零星星地燃放那些鞭炮。舞台上的歌舞演出声、舞台下观众的议论嘈杂声，和我们零星燃放的鞭炮声混杂在一起，汇聚成了乡村春节期间那种特别的节日氛围。

除了春节期间的文艺演出，受到村民欢迎的还有露天电影和篮球比赛，观看的群众也很多，可以说是人山人海、摩肩接踵。这是劳累一天后的村民们最开心、最快乐的时候。当然，在这些围观的群众中，也有从老洲乡其他几个与光辉村邻近的村赶过来的人，包括下放插队的知青。

我记得，在众多参加篮球比赛的选手中，有一个男选手个头很高，篮球打得特别好，投篮命中率很高，每进一个球都会受到围观群众的大声欢呼和叫好。听比我们大一些的村民说，那个人也是下放知青，外号叫"老歪"，是很多村民、知青包括一些女知青崇拜的偶像和明星级人物。按照现在流行的说法，当时很多人都是他的粉丝。

多年以后，因为工作关系，我与报社的几个同事一起，和这个"篮球明星"见面商讨某个具体报道的选题。当时他早就回城，已经是某上市公司内部一个重要部门的领导。我私下对参加见面会的报社同仁说，这个领导我认识，篮球打得特别好，外号叫"老歪"。

汤晓华先生说，"老歪"大名叫樊承鹏，在铜陵中学和他同届不同班，也同样在原铜陵县老洲公社插队。"老歪"是老洲乡大众对他的爱称，已承载着半个世纪的荣光。他说，当年的"老歪"在老洲乡是神一般的存在，老洲乡当年的篮球运动很普及，经常开展各类比赛，是值得追记的。

如此说来，"老歪"是当年"全国文化之乡"老洲乡一个大神级别的人物，按照时下网络流行的说法，就是"yyds"，应该有人为他单独做几篇文章。

遥想当年赛诗会

2023 年春节前夕，资深律师，曾担任乡镇党委书记、县政府有关委局主任、局长的耿宏志先生，在铜陵社科苑微信群里给我发了一组照片，引起了我的关注和兴趣。

耿老发的是 20 世纪 70 年代中期，由安徽省铜陵县（现义安区）文化馆编印的 1975 年第 1 期《文艺创作》"光辉大队农民诗歌专辑"一组照片，包括杂志的封面、扉页、目录和封底等。这不由得使我想起当年农民赛诗会的遥远记忆。

20 世纪 70 年代中前期，我还在读小学，家住铜陵县老洲公社光辉大队（现义安区老洲乡光辉村）。依稀记得，作为铜陵县农业学大寨的典型，无论是生产劳动，还是文化体育活动，老洲公社光辉大队那时在各个方面都走在全县前列。

写于 1975 年 7 月的《编者的话》，介绍了铜陵县文化馆编印《文艺创作》"光辉大队农民诗歌专辑"的时代背景："在毛主席关于学理论，反修防修的伟大指示指引下，在农业学大寨群众运动中，老洲公社光辉大队群众写诗赛诗活动开展得很普遍，现从中抄录了一部分，编成此册，供内部交流。由于编者水平有限，集子中可能存在一些问题，请批评指正。"

1975 年，提倡全民写诗，农民赛诗会蓬勃发展时，我正在读小学五年级。从这本光辉大队农民诗歌专辑来看，作者群体分布比较广泛，其中有大队干部，有各个生产队的社员，也有学校老师和下放知青。

该书开篇第一页，是当时铜陵县老洲公社光辉大队党支部书记徐家琪写的《毛主席带来幸福多》："贫下中农赛诗歌，革命豪情如江河。歌颂中国共产党，毛主席带来幸福多。"书中共收录了徐书记三首诗歌，其他两首分别是《棉超双纲不动摇》和《洲头巨变》。

紧随其后的是光辉大队副书记杨根山的《贫下中农真豪迈》。排在第三位的是光辉学校民办教师左孝友的《赞贫农大爷上诗台》。

除了以上三位，目录中还有不少我熟悉的名字，包括大队副书记黄家治，赤脚医生毛载玉、戴恒国，民办教师戴恒英，和我同在一个生产队光辉村第十生产队的陈先武、毛运根，还有下放知青王安民、程高潮和袁琴。这三位下放知青先后都在光辉学校任教，并且也都带过我的课。记得程高潮带过我们小学语文课，王安民教的是初中物理课，袁琴老师教的是初中语文课。

一转眼，这已经是近50年前的事情了。其实，提倡全民写诗的新民歌运动起源于20世纪50年代末。在这场运动中，数以千万计的农民、工人以及知识分子，投入到轰轰烈烈的诗歌创作之中。这场运动一直延续到"文革"后期，在农业学大寨和批林批孔、反击右倾翻案风的运动中进入高潮。那时候我只是一个小学生，但对于这些在基层乡村蓬勃开展的文化活动，已经有了隐隐约约的印象。

虽然全民写诗和农民赛诗会是特定历史时期的政治产物，其中很多诗歌只能说是民歌民谣，有些接近顺口溜，甚至是政治口号诗，但不可否认的是，这是当时农村文化生活的重要组成部分，其中也或多或少地包含着农民群众、乡村基层干部、普通教师和下放知青的朴素情感，体现了当时特定政治环境下的一种特殊文化现象。

难以忘怀的两件小事

在安徽省铜陵县老洲公社光辉大队（现义安区老洲乡光辉村）生活和读书期间，还有很多寻常琐碎，看上去微不足道的小事，一一清晰地印在我的记忆中，偶尔想起来，依然让人不胜唏嘘，感慨万千。

记忆中，读初中时我最喜欢做的一件事是夏季收集蝉蜕（即知了壳）。蝉蜕是一味中药，洗净晒干后可以卖给药店换钱。夏天，知了刚刚在枝头鸣叫，我们就开始行动。晚上，当蝉刚刚冒出地面，我们就摸黑从地面或树根处将它们捕捉回家。第二天早上，它们已经蜕皮，由白乎乎的幼蝉，慢慢变黑变成可以鸣叫飞翔的知了。每天天刚亮，我们就争先恐后地去各家各户的房前屋后寻找蝉蜕，上学、放学路上也是一路到处搜求。如果下过雨，那就更方便了，那些刚从土里爬出来不久的蝉和刚蜕下的蝉蜕，很多都被风吹雨打掉落在地上，我们一路拾取蝉蜕带回家就行。

收集回来的蝉蜕，要洗净晒干。等到秋天蝉消失不见以后，我和小伙伴们才相约一起去县城卖给药店。多年收集蝉蜕，我对于其数量和重量的关系已经很清楚。晒干的蝉蜕大约100个一两，我和小伙伴们平时得空就在家反反复复地数，互相比较，看谁收获的多。

有一年我收集的蝉蜕最多，一起有两千多个两斤多。我和几个小伙伴结伴渡船去县城的药店去卖，共卖了四元多钱。心里一高兴，拿到钱后我就很慷慨地买了一个西瓜和几个小伙伴分食。那时天气依然很热，当街吃几块西瓜，那种感觉的确舒爽、畅快，令人难忘。回到码头准备渡船回家时，其他小伙伴要买那时常见的大麻饼，我也随着他们买了两个带回家。回家一算账我已经花了一元多，只剩三元钱让母亲保管起来。我说了经过，母亲批评我说，你花钱也太舍得了，留着一起给你做衣服或者买学习用品不好吗？仔细想想，母亲批评得很对。辛辛苦苦几个月才积累起来的几千个蝉蜕，卖了四元多钱当时也不算少，我一下就花去了三分之一，实在是个大手大脚、不会过日子的人。

在我的记忆中，还有一次与母亲一起上街卖菜的经历印象尤其深刻。20 世纪 70 年代中期，村民家里自留地的菜可以隔三岔五上街卖钱，换回油盐之类的生活用品。我们村的村民去城里卖菜一般从两个地点过江。一个是靠近县城方向的乡政府那条马路直达的主要码头，距离我家较近。一个在光辉村老洲头接近太阳岛附近，对面是市区的扫把沟街道。

那一次，母亲带着我，和几个村民一道分别挑着蔬菜去扫把沟卖菜。扫把沟有发电厂、有色冶炼厂等大企业，市场菜价比县城略高。不巧的是，当天晚上下了雨，天还没亮我们就启程。出发时雨停了，本以为没有什么大碍，谁知走到半道，毛毛细雨又淅淅沥沥下了起来。我本来就很瘦弱，虽然让我挑的只是两个菜篮子，里面的菜不是太多太重，但我走在路上还是越来越吃力。尤其下了毛毛细雨，越走感觉担子越重，走不了几百米就要停下休息。母亲和几个村民一会在前面赶路，一会停下等我。就这样，走走停停，我费了九牛二虎之力才赶到江边。

过江到扫把沟菜市场，大约两个小时不到，菜卖完了。母亲给我钱让我去买油条吃，顺便称十斤盐带回家。平时上学我也经常在学校附近的供销社帮家里买盐。我记得很清楚，盐是一毛四分钱一斤。当我花了一元四角买了十斤盐，已经坐上船准备返回时，母亲才问我买盐付了多少钱。我如实说付了一元四角，母亲说来这里买盐，就是因为每斤便宜一分钱，十斤可以节约一毛钱。她责怪自己当时没有和我说清楚。

此事母亲一直没再提，而我却在心里懊恼了好几天。我不是在乎那多付的一毛钱，而是忘不了那天，我们在茫茫黑夜里，冒着毛毛细雨，挑着重担迈着艰难的步伐，一步一步走向渡口，走向扫把沟菜市场的过程。

往事如风，渐渐远去，但偶尔想到诸如此类的生活细节和场景，我的心依然会隐隐作痛，伤感落泪。少年时期经历过的平凡琐事，有些已经刻在了我幼小的心灵，融入了我的血脉之中，让我刻骨铭心、终生难忘。

我是光荣的红小兵和红卫兵

20世纪70年代初，我进入安徽省铜陵县老洲公社（现义安区老洲乡）光辉学校读书时，"文革"已经进入后期。1971年林彪事件发生，随后，批林批孔运动在全国展开。

那时我还只是二三年级的小学生，校园里悬挂的一大排几十张"批林批孔"漫画，至今依然还有一些印象。那些漫画，夸张、变形，人物形象头大身材小，看上去稀奇古怪。"悠悠万事，惟此为大，克己复礼。"报纸和广播中经常看到或听到批判这些据说是出自林彪黑语录的大批判文章。我们当时也不理解其中的具体含义，反正知道这就是林彪说的反动话，必须批判。

入学读书时，我是跟随着继父姓张的，学校老师、同学中，很少有人知道我的生父是被划为"右派"，下放农村后去世的。当然，在我们家居住附近的几个生产队，大人们都知道，我这个小子不是后来那个继父亲生的，但和我一般大的小伙伴，具体了解详细情况的不多。因此，在"文革"后期那个大环境下，我的特殊出身和经历，对于我的实际影响并不大。从整体上来说，我的学习生活环境，和其他小朋友没有特别大的区别，在平常和其他小朋友的接触交往中，也没有受到像姐姐们曾经遭遇到的那种歧视和恶意刁难。

外部环境基本一样，但家庭氛围我是从小就能感知得到的，母亲也一再提醒我要好好学习，说我与别人家的孩子不一样。从我记事时起我就知道，与其他小伙伴比，我的家庭情况和环境比较特殊。因此，我自小就性格内向，属于好静不好动的类型。

正是因为性格内向、好静，我对于文化课的学习比较专注，成绩一直不错。小学阶段，每个学期成绩单发下来，拿回家都要给母亲看，老师写的评语母亲也都要让我念给她听。评语中老师给予肯定和鼓励的话不少，当然也会指出我的缺点和不足。对此，母亲也经常给予及时的鼓励和提醒。

因为学习成绩好，小学阶段我先后拿回来过好几次奖状。大约是小学四年级，我也被光荣地吸收为"红小兵"了，这在当时也是一种荣誉和肯定。我是班级里的第几批红小兵，记不清了，只隐约记得老师给我的红小兵徽章是长方形、有塑料外壳保护，应该是别在胸前的那种。但具体戴了多久，有没有参加过什么组织活动，今天已经没有印象了。

我上初中一年级时，已经是 1976 年春天。一天下午，我记得是个下雨天，我到学校稍稍迟了点。刚进教室放下雨伞，和我同座位的同学就赶紧将我拉过去，递给我一个红卫兵的徽章。他说这是老师让他转交给我的，脸上显露出十分羡慕的神情。我记得这个红卫兵徽章是一个菱形的臂章，我应该也不是班级里第一批获得这个荣誉的。查考资料得知，我们有可能是"文革"中最后一批红卫兵。老师在课堂上说过，获得这个徽章，不仅要学习好、政治思想好，还要劳动表现好。于是，我在班集体的劳动中，也曾多次积极表现。大约是初二那年，我还当了一个学期的班级劳动委员。

那时候，正是"文革"快结束的改革开放前夕，政治氛围渐渐发生变化，在我的记忆中，我当上红卫兵后似乎没有开展过什么活动，我那个红卫兵的徽章，没戴过几回，就随意地夹在一本书里，后来就再也没有见着了。

那是一个特殊的年代，作为下放农村的"右派"家庭，我们家曾经被抄家和贴大字报。作为黑五类的"狗崽子"，因为我改名换姓和"文革"后期政治环境的变化，我竟然还先后成为红小兵、红卫兵了。

我当红小兵和红卫兵期间，经历过学黄帅和反对师道尊严的教育，但没有抄家和贴大字报的行为，没有什么轰轰烈烈的壮举。在我看来，它只是当时学校和老师给我的一种荣誉，是对我个人在这一特定阶段学习和表现情况的肯定。从这一点来说，它没有任何负面影响，对我个人成长起到的是激励和积极促进作用。

石破天惊，高校招生制度恢复了

1977 年，中国教育界发生了石破天惊的大事，停滞十多年的高校招生考试制度得以恢复，并进行了中华人民共和国成立以来唯一一次冬季高考。这一年冬天，570 万人把自己的命运与一纸高考试卷拴在了一起。一个通过公平竞争改变自己命运的时代破冰而来。

紧随其后，1978 年 3 月，全国科学大会在北京隆重开幕。邓小平在大会开幕式上明确指出"现代化的关键是科学技术现代化"，"知识分子是工人阶级的一部分"，重申了"科学技术就是生产力"。3 月 31 日，中央人民广播电台播音员王琦在全国科学大会闭幕式上，宣读了时任中国科学院院长郭沫若的书面讲话《科学的春天》，为大会画上圆满的句号。王琦那高亢嘹亮、激情洋溢的声音，通过电波传遍了中华大地："这是人民的春天，这是科学的春天，让我们张开双臂，热烈地拥抱这个春天吧……"

这两件大事的信号非常强烈，对于社会的影响和震动前所未有。恢复高考是高等教育战线拨乱反正的重要标志，它对于重建社会的公平与公正，对于在全社会重新树立尊重知识、尊重人才的良好风尚，对于推进新时期中国现代化建设事业的向前发展均具有强烈的现实意义。1978 年全国科学大会是我国科学史上一次空前的盛会，在中国科技发展史上具有里程碑的意义。这次大会，不仅确立了一个国家尊重知识、尊重人才的根本方针，也为中国未来的发展指明了方向，成为改革开放的先声。

一元复始，万象更新。1978 年的春天，千家万户都感受到了不同的气息，那是万物复苏生长的春天的气息。教育和科学事业发展的全新气象立刻感染了所有人，我们身边的生活和学习氛围立即为之一变。

当时，我正在安徽省铜陵市铜陵县（现义安区）老洲乡光辉学校读初二，很多年轻老师不仅自己积极准备参加高考，在课堂上也向我们介绍这些新政策新形势。我们就读的光辉学校很快决定，在初中高年级班实行晚自习，老师到堂免费辅导。同时，我们的任课老师陶惠恩和曹昌福老师，还亲自到包括我在内的一些学习成绩比较好的家庭走访，与父母交流沟通，营造了特别浓厚的学习氛围。

面对这种崭新的形势，我们班里的不少同学，也争先恐后，学习劲头很足。那时，我虽然只有十五六岁，夜里上课要走很长没有路灯的夜路，但也克服困难坚持不辍。同学之间，互相交流数学、物理难题的解法，数学和物理公式的背诵技巧等等。老师还建议有条件的学生，可以买一些课外辅导资料包括各类竞赛题做做，尽可能补缺补差，为即将到来的中考做最后的努力。我记得，为了买到有关数学竞赛题的合集资料，周末我坐当时的机帆船过江，分别跑了铜陵市区扫把沟街道和县城两个新华书店。

回到家里，在县城工作的舅舅等亲友也通过母亲，多次向我讲述一些新政策，说现在的形势和政策变了，我们这类家庭子女不再像过去那样受到限制受到歧视，考试面前人人平等。一再叮嘱告诫我不能错失这个大好时机，我只有通过考试才能走出乡村，找到一条新的出路。母亲还一直鼓励我说，你姓王的家有书香底子，你爷爷辈读过书，后来抽大烟把家底抽空了。你父亲也是读书人，因为政策不好下放农村。你只有好好读书才有出路，在农村你很难有出头之日。

总之，在整个社会大环境的影响和学校老师的鼓励下，那时我们的学习热情空前高涨。面对隐约而不确定的未来，我们满怀信心，充满期待。

铜陵中学，梦想启航的地方

1979年8月中考揭晓，我的成绩不太好，没有考出我应该考出的理想成绩。那年我就读的安徽省铜陵县（现义安区）老洲乡光辉学校初中毕业班近50人，考取普通高中以上的不到10人。其中1人考入中专，3人考入省重点中学铜陵市一中，我和其他三四个同学考入了长江之滨、笠帽山下的普通中学——铜陵县一中（现铜陵中学）。

当年9月，我带着失落、迷茫和期待的复杂心情，来到了铜陵中学报到、就读。

高中阶段的学习是紧张而忙碌的。除了白天上课，晚上也上自习，我们来自乡村、家庭条件不好的学生，更是十分珍惜宝贵的时间。高中前两年时间，我除了晚上七八个小时在学校附近的舅舅家住宿，其他时间全部在学校，吃饭、上课和晚自习，与住校生没有什么区别。

刚到学校，高一新生除了家住县城，或者投亲靠友住在校外的学生，来自偏远乡镇的学生只能住几十人一间的大通铺。一个很大的房间里，木板连片铺在一起，就像北方的炕铺一样，学生们一个个紧挨着睡觉。我那时不住校，但经常去宿舍，和住校生一起去学校食堂就餐，一起上课，一起上晚自习。

路遥《平凡的世界》里主要人物孙少平生活的那个时代，与我们基本同步。作家在书中描述的，孙少平在中学读书时的生活和学习状况，与我们读高中时有很多相似之处。《平凡的世界》反映的是陕北当时的生活情景，吃的是大馍甚至是黑馍。我们这里属于鱼米之乡的江南，主食是大米，即使是面食类的面条和馒头，也比路遥笔下孙少平吃的黑馍要好得多。只是吃饭时买的菜，家庭条件不同的同学之间有着显著的区别。

路遥在书中描述的甲、乙、丙三个不同的饭食档次，我们读高中时也有，主要体现在各自不同的经济状况和消费水平。除了主食米饭和馒头之类，我们读高中吃饭时买的菜大体也可以分三个档次。最好的是竹笋炒肉面、莴笋炒肉丝和萝卜烧肉等小炒类，每份需要两角五分或者三角钱，中档的如炒豆角、麻辣豆腐、西红柿炒鸡蛋等，每份一角至一角五分不等，最低档次的就是清炒小白菜，5分钱一小勺。家庭经济条件好的学生，可以经常吃中高档的菜。像我们这样来自农村困难家庭的孩子，很多时候一盘小青菜都舍不得买，大多数人都是用从家中带来的各类咸菜下饭。

那时候，无论是住在附近县城周边的市郊范围内学生，还是路途稍远需要坐车或者渡船回家的学生，除了经常要背上几十斤大米到学校食堂换取饭票，每周返回学校时手上提的更多的是几大罐咸菜。冬天，那些用肥肉烧的咸菜，白花花的猪油看着很油腻没食欲，但打来米饭，将它们埋在饭底捂热融化，照样吃得津津有味。

母亲偶尔替我准备一些黄豆烧咸肉，或者是黄豆辣椒豆酱，那就是上等的下饭菜了。家里带来的菜不够吃时，我们经常去距离学校不远的商店，购买蚕豆酱、什锦菜等各类咸制品下饭，这些菜价廉物美，可以存放较长时间，一年四季都可以食用。

　　读高中时虽然很多来自乡村的学生住宿条件、吃的饭菜都不算好，但日子依然过得很充实很快乐。偶尔，学校食堂不供应米饭，买几个松软雪白的大馒头，就一碗青菜汤，哪怕上面只是几片菜叶，还经常漂浮着小飞虫，我们也三下五除二，很快吃进肚子。那时候，吃的是什么我们很多人并不太在意，只要肚子不饿，能坚持读书学习就是最好的愿望。

　　匆匆几十年过去了，我忘不了高中学习阶段那些艰苦、紧张而忙碌的日子。忘不了那些星夜出发，去学校上课的周一的凌晨。无论春夏秋冬，我常常独自一人走在乡村小路上，从铜陵县老洲公社光辉大队（现义安区老洲乡光辉村）前往老洲轮渡码头，赶早上第一班渡船去学校。

　　我至今还清晰地记得，清晨到达轮渡码头时，天空依然泛着鱼肚白，远处的灯光和船上的灯火、桅杆倒映在江面上，随着微风和水波隐约起伏，呈现着斑斓奇异的梦幻般色彩。回想起来，那种恍恍惚惚的景象，依然如一幅图画鲜活地在我脑海中荡漾。

　　难忘那些艰辛、充实，充满热情和理想的日子。高中读书几年，我们生活得很艰辛、很朴素，也很快乐和充实。因为我们心中有梦想，对未来有期待。我们把铜陵中学当作梦想启航的地方，梦想在不远的将来，会有一个更加美好的世界，期待即将展现在我们面前的，是一个更加灿烂、更加远大的前程。

命运终于为我打开了一扇窗

　　20世纪80年代初，我在安徽省铜陵县一中（现铜陵中学）读书时，高中还是两年制，读完一年就进行文理科分班。

经过认真仔细的自我分析，结合个人兴趣，我毫不犹豫地选择了文科。高一时，我数学、物理还能跟得上，听得懂会做题。化学对于我简直如同天书，很多内容云山雾罩，基本听不懂了。为此，高一暑假时，我就果断决定了学文科，并提前购买了有关历史、地理的相关教辅材料进行预习。

1981年7月高中毕业，我第一次参加高考。成绩出来后差强人意，超过中专录取分数线。父母和舅舅都非常高兴，认为即使上不了大学，读个中专也不错，至少可以转户口，跳出农村，几年后毕业也就有一个稳定工作了。

谁知结果却是空欢喜一场，受到了一场意外的打击。后来得知，当年全省中专志愿与我一起填报安徽财政学校的共有314人，计划录取300人。因为体检时我有轻微鼻炎，结果就因为这个理由被淘汰出局，成为那落选的14人中的一个。那时候各个学校招生都有很多人报考，调剂或者第二志愿录取的机会很少。

这些具体细节，是我后来从县教育局的有关人员那里获悉的。我落榜后，在县城工作的舅舅，为我遗憾和不平，专门给当时的安徽省领导张凯帆写了一封信，反映高考录取过程中是否存在问题，我达到了中专录取线为什么不能被录取。这封信很快得到省领导和有关部门的重视并批转到县里。我记得当年10月我返回学校复读时，县教育局来了两个人，在学校领导和老师的陪同下，把我叫到办公室，专门解释了高考录取过程中的具体程序和细节，勉励我不要灰心，好好准备争取来年考出更好的成绩。

经过对首次高考各科具体成绩的分析，我清楚地意识到，英语是我最大的短板。初中是在乡村学校读的，英语课从来就没上过，没有一点基础，高中时根本就听不懂，考试时全靠蒙。结果首次高考英语只考了区区27分，虽然那年还只是百分之五十记入总分，但其他英语成绩好的考生，单单这一门课就要超越我几十分。

认识到这个学科短板后，复读那年我在不放松其他科目的前提下，重点突破英语。那一年，我搬出舅舅家，和同学一起住校。我们很多住校复读的同学，都怀着背水一战的心情投入学习，每天天不亮就去学校后面的笠帽山上背书，每天深夜都在教室苦做题目。

苦心人，天不负。经过预考和正式高考两轮考试，结果揭晓。1982 年 7 月第二次参加高考，我的考分 416 分，超出了当年安徽省首批重点高校 409 分的录取分数线，可谓有了大大的进步。仔细分析，果然是英语成绩提高显著，当年猛然提升到 72 分。一年时间，英语高考成绩从 27 分提升到 72 分，曾经带出很多英语专业学生的邵介玉老师也大为惊讶。据说他把我作为典型，在后几届学生中树为榜样，说明只要你认真学，英语就一定能学好，而且成绩提高会很快。

填报高考志愿时，接受上年落榜的教训，我求稳心切，填报了安徽师范大学中文系。安徽师大参加首批重点院校录取招生，达到重点线的一般都能被录取，我毫无悬念地拿到了录取通知书，走进高等学府继续深造。

在此不妨再补充几句，我是老洲乡光辉村第十生产队恢复高考后的第一个大学生，是老洲乡光辉村 1979 届初中毕业班近 50 人中，考入普通高中以上的不到十人中，唯一考上的文科类本科大学生，也是自 1977 年恢复高考后，老洲乡光辉村考上的文科类第一个本科大学生。

可以说，从 20 世纪 70 年代初，我进入安徽省铜陵县老洲公社（现义安区老洲乡）光辉学校读小学和初中，到 80 年代初在铜陵中学高中毕业考入大学，经过十多年的艰苦努力，命运终于为我打开了一扇窗，迎来了我人生的重要转折点。

从大的时代背景来说，是十年"文革"结束，改革开放新时期的新形势新政策，给我和我的家庭，给我们整整一代人带来了新的学习机会和发展前景。而铜陵中学在我们的人生历程中，在高中学习这个关键阶段，对于我们有着非常重要而特殊的影响，它是我们这一代人学业进步、人生启航的加油站。在这里，我们洋溢着青春的激情，遨游在知识的海洋，同时在老师们的引领下，也开启了对于社会、对于人生的初步接触和思考。

在人生的旅途上，无论走到哪里，也无论走得多远，我们都不会忘记在铜陵中学度过的青春岁月和苦乐年华，不会忘记那些辛勤耕耘、孜孜不倦的老师们，对于我们的无私奉献和谆谆教诲。

我们的人生导师和指路明灯

20 世纪 70 年代末 80 年代初，加上复读一年，我在安徽省铜陵县一中（现铜陵中学）度过了 3 年的学习时光。3 年间，铜陵中学良好的学风和任课老师们的敬业精神，让我们受益良多，终生难忘。

作为文科班的毕业生，我对几位任教文史类课程的老师印象尤其深刻。在高中阶段，先后教过我们语文课的有韩银生、徐明生、蔡岳、蒋明尧和祖琼林等老师。教外语的是邵介玉老师，教历史的是晋伦宏老师，教地理的是汪道本老师。方超老师教政治并兼任我们复读时的文科班班主任。他们都在教学工作中投入了极大的热情，付出了很多心血，给予我们无微不至的指导和帮助。

我至今还记得，清晨蔡岳老师让我们轮流去学校食堂附近他家里当面背书的情景。他眯缝着眼睛听你背书，偶尔卡壳背不下去他会提示一两句。真的接不下去了，他也不会严厉批评，而是笑眯眯地对你说："你还要下功夫啊！"那种和蔼、亲切和慈祥的神情，永远留在我们的记忆中。

邵介玉老师英语教学独树一帜，他对于教学工作的热情投入令人感动。邵老师家住市区，但他却常年住在学校，每天都备课到很晚，作息时间几乎与住校学生同步。他不仅作业布置得多布置得勤，更是亲自刻钢板搞出一套又一套试卷，对学生进行针对性的强化训练。他这种锲而不舍的做法，还真收到立竿见影的效果。当时省外很多高校、省内几乎所有高校的外语系学生里，都有他教过的毕业生。可以毫不夸张地说，那些年铜陵市县各个学校的英语教师中，都有他带出来的嫡系弟子。

教历史的晋伦宏老师和教地理的汪道本老师，对于我们的学业也给予了很多的关心、指导和帮助。除了在课堂听课，偶尔我们住校的同学也去住在校园里晋伦宏老师家，或者去汪道本老师的办公室，请教问题。每次他们都会放下手头上的事，热情地接待我们，认真解答我们提出的疑问。蒋明尧和祖琼林老师虽然不是我们的专任语文老师，但蔡岳老师专门邀请他们讲授的《阿房宫赋》等几篇古文名篇，却给我们留下了非常深刻的印象。

政治课老师兼班主任方超老师，更是整日与我们学生打成一片。高中复读那一年，我搬到学校和其他住校生一起住宿。那时，方超老师几乎每天早晚都要到我们的寝室来转转。周末，她会来看看我们有几个人回家了。周一，她要来查询是否都回学校了。有一次，一个同学刚好洗了被子，她亲自动手为他缝被子。那年深秋，天气逐渐转凉了。她看到我的床上仍然还是夏天用的凉席，上面只有一床被子，她问我："你这一床被子怎么睡，不冷吗？"我说："我们很多人都是这样，一床被子垫一半盖一半。"当时条件艰苦，很多人都这么对付。

方超老师不仅在学业上关心我们，大学毕业后甚至还关心过我的婚恋情况，她对于我的亲切关怀让我终生铭记。大学毕业参加工作后，我曾专门回学校看望过她，他们夫妇二人调回合肥工作后，我去合肥出差时也曾登门拜访过。深感愧疚的是，后来因为工作繁忙，家中上有老下有小，联系就渐渐少了。但在工作和生活之余，我仍然会常常想起她，想起她当年对我们无微不至的关怀和教诲。

铜陵中学，是我们从中学走进大学的摇篮，是母校的老师和良好的学风，给了我们积极上进、奋力拼搏的信心和勇气。老师们无微不至的关怀，让我们这些来自乡村的农家学子倍感亲切和温暖。

毕业多年后，每每想到母校，想到那些在学业和生活上给予我们很多帮助和指导的老师，我总是心怀感激。他们是我们的人生导师和指路明灯，我们的成长和进步，凝聚着他们的心血和辛勤汗水。对此，我们将会永远感恩，终生铭记。

大学时代：我的青春我的梦

两份大学入学通知书

1982 年的夏季异常炎热，地里的庄稼几乎要被火一样的太阳烤焦了。

当年 7 月底，我填写好大学招生志愿后回到家，一面和大妹妹一起，随继父下田抗旱浇水，趁早晚天气凉爽时去家里承包的地里干一些力所能及的农活，一面在等待大学录取通知书的到来。

大约是 8 月中旬，同村的一个小伙伴，也是小学和初中时的同学，去大队办事时，路过光辉学校附近代收邮件的供销社，看到很多人在议论猜测一封印有安徽师范大学红色校名的信件。因为一时猜不出这封信的收信人是谁，有人提议当众把信打开了。我的这个初中同学和我住在一个生产队，知道我家里的一些情况。虽然我因为生父平反了，高考报名时我不再随继父姓张，而是恢复本来面目，改回随生父姓王了，他还是一下猜出那就是我的大学录取通知书，信封上写明的安徽省铜陵县老洲公社光辉大队（现义安区老洲乡光辉村）第十生产队，当年也就我一个人参加了高考。

收到他带回来的录取通知书，我们一家人当然是非常高兴，我立即迫不及待地看了。那一刻，我悬着的一颗心终于落定，一种特别的快慰立刻包围了我的全身。为了这个大学录取通知书，我的父母家人，包括我在县城工作的舅舅，曾经操了多少心。而我经过十多年的寒窗苦读，也终于等来了这一天，等来了这个改变我前途和命运的幸运之神。那几天，我一有空就反复打开录取通知书阅读，恨不得捧着它亲吻狂奔，到田野里去大声呼喊，把多年积累的内心郁闷清除得干干净净。

随后，母亲就着手为我准备去芜湖上大学要带的生活物品。我则拿着大学录取通知书，先去光辉大队（现光辉村）会计家开了证明，然后分别去老洲公社（现老洲乡）派出所和县城的粮食局，办理了户口和粮油关系转移证明。带着这些证明，我的户口和粮油关系就会随着入学通知书一起落户到学校，从此以后就是非农业户口，吃的是国家供应粮，而不再是农村户籍了。这在当时，对于很多人来说，是一种改换身份、决定终生命运的大事。

办完这些入学前的手续，我顺便回到学校铜陵中学，向班主任方超老师和其他任课老师一一汇报了我的录取结果，感谢他们对我的殷切关心和教诲。看到我终于如愿以偿考上了大学，班主任方超和其他任课老师都非常高兴和欣慰，同时也给予我很多肯定和鼓励。

大学录取通知书上写的是9月上旬去学校报到。那时，距离开学还有20多天时间，我就在一天天地数着日子，期盼着这一天早日到来。8月下旬，我突然收到了学校寄来的第二封信，里面装着另外一份新生入学通知书。原来当年安徽省北方个别县区出现了所谓"二号病"的疫情。根据省里有关部门的部署，学校要统一做防疫消杀准备，开学报到延迟到9月中旬，也就是延期10天左右。继父和母亲、妹妹开玩笑说，还以为学校来通知不让我去上学了呢。

开学的日子终于临近，那天清晨，我随着继父一起坐第一班轮渡到县城。继父挑着担子，一头是棉絮，一头是一个木头箱子。木箱里面装着母亲给我准备的衣服鞋袜、几本书和我的入学通知书等物品。在县城等到舅舅后，我们三人一起步行前往原来那个在城市中心的火车站。那时，还没有出租车，因为要赶早晨第一班次从铜陵开往芜湖方向的火车，我们也不能等从县里开往市区的三路公交车。

舅舅把我们送上火车就回去了。上午10点左右，火车到达芜湖站。一下车，我就看见了学校在火车站接站的大巴车。正是高峰时段，大巴车坐满了入学报到的新生和随同的家长后，很快就来到了赭山之麓、镜湖之滨的安徽师范大学校园。

接待我们办理入学手续的工作人员中，有不少老师和高年级的学生。我们中文系新生住的一号楼紧靠学校院墙，与当时的芜湖饭店仅隔一条马路。从学校大门到宿舍楼，是个半弧形的通道，其中还有一段不算短的上坡路。接待我们的学长和老师聚集了几个新生一起，用一辆板车把我们的行李送到了宿舍楼下。

在学校安顿下来，去学校餐厅吃了午饭后，继父就匆匆忙忙去火车站了，他要坐下午从上海方向过来的火车返回铜陵。

虽然芜湖距离铜陵不到100公里，坐当时的绿皮火车慢车也就一个多小时，但对于我来说，就是出远门了。

芜湖，这个安徽省内第二大城市，与铜陵同属于沿江城市的江南鱼米之乡，迎来了我这个没有见过世面的乡下人。从此，我将在这里度过 4 年的青春岁月，在美丽的赭山之麓、镜湖之滨度过美好而难忘的大学时光。

幸福来得太突然

虽然芜湖距离铜陵仅仅 90 多公里，乘坐当时的绿皮火车慢车，沿途停靠十几个站点也不过一个多小时，但对我这个从来没有出过远门的乡下人来说，就是很远的远方了。

上大学以前，我走得最远的地方有两个乡镇，一个是今天义安区的天门镇，我的大姐嫁到了铜陵市与青阳县交界处的天门镇西垅村，附近有一条小路直通很远的山村，我外婆家住在那里。这片区域现在都属于义安区天门镇，当年交通不便，我们都是从县城坐轮船到大通后再走过去。因为我外婆住在那个很远的大山深处，每年春节期间我都会随着家人一起去看望外公外婆两位老人。

上大学之前我去的第二个比较远的地方，就是无为县（现芜湖市无为市）土桥镇过去不远的大张村和裴嘴村。铜陵大桥建成通车以前，我们都是先从县城坐轮船到土桥镇，再徒步走过去。大张村是继父的老家所在地，小时候每年春节我们都要过去走亲戚。后来二姐嫁到与大张村不远的裴嘴村，我们去无为探亲时也就主要去这两个村子。母亲家的亲戚，走动较多的除了外婆家和在县城工作生活的舅舅家，就是大姨、小姨家了。她们两家都住在铜陵市区，我幼时曾经去铜陵市杨家山的大姨家玩过。在县城读高中时，因为买书到市新华书店去过几回。其实，对于铜陵市区，我是很不熟悉的。

到芜湖去安徽师范大学报到时，我还是第一次坐火车。看着窗外的田野、村庄和城市建筑匆匆闪过，年近20岁的我依然感到特别的新奇。到学校报到住下后，第一天晚上怎么也睡不安稳。这一方面是因为一间宿舍住了10个人，大家刚来新学校都很兴奋。另一方面最主要的还是，我们住的一号楼紧靠着马路，夜晚噪声干扰较大。大街上不仅灯光彻夜明亮，更有各种车辆络绎不绝，汽车引擎声、车轮摩擦地面的声音，和偶尔或高或低的汽笛声，混杂在一起，让我们这些刚从乡村和小县城来的人，一时不太适应。

如果说住宿环境一时还不太适应，那就餐条件和环境则显得特别好，大大出乎我们的意料。就读安徽师范大学这样的师范类院校，最大的好处之一就是国家助学金较高，能确保吃饱饭。我们刚到校，办完入学报到手续，每人就发了一叠饭菜票。当年的标准是每人每月19.5元，正常情况下，早中晚三餐，按照一般的消费水平吃饭是足够了。班级的生活委员确定后，以后每个月都由生活委员定期到学校领取饭菜票，及时发放到我们每个同学手中。

与中学时的学校食堂相比，上大学后无论早餐的早点花样，还是中晚餐的主食和菜品种类，无疑都丰富得多。安徽师范大学那时候就有三四个学生食堂，我们可以用就餐券随意选择消费。这样各个食堂之间也形成了竞争关系，谁的客人多，谁的收益也相对会多。当然，这些也都有学校给予的补贴在内，学校内部的食堂不能像外面的饭店，随意涨价赚取学生的高额利润。

多年以后我曾经不止一次地告诉过妻子和儿子，知道我刚到大学读书时，感到最幸福最快乐的事是什么吗？就是每天一睁眼，想到马上可以去学校食堂就餐，馒头、包子、油条、稀饭和豆浆等等，可以随便你挑选。中晚餐也有米饭、面条和各类面点，各种各样时令菜肴，任意消费。关键是消费的餐券还不必自己掏钱买，每人每月按时发放到手。

当时学校里的饭菜价格非常实惠。馒头两分钱一个，油条五分钱一根，一般的炒肉丝、炒肉片每份也就两毛钱左右。遇到元旦、五一、十一等节庆日，学校还专门烧很多肉菜，让学生免费加餐。这种与过去完全不一样的生活状况，让我们这些从农村走出来的学生，感觉到的就是一种天翻地覆般的巨变。一想到这种突然来临的幸福生活，我在梦里都会笑醒。

读高中时，我们每天都是用从家里带到学校的咸菜，或者是用街上买的腌制品下饭，连五分钱一份的炒青菜都不能够经常吃到。短短几个月，上大学前后，生活上的变化的确是太大了，说是有了质的飞跃，那真的是一点也不夸张。

从此以后，父母家人就不必再为我们的吃饭和生活问题发愁了，我们这些幸运的时代骄子，过上了幸福的大学生活。这种幸福来得太突然，我竟然一时不知所措，仿佛进入了梦境一般。

大课、小课和选修课

1982年，安徽师范大学中文系共招生220人，分为四个班级，每个班级55人中大约有40多名男生、10多名女生。

我被分在四班，平常是和三班的同学在一个相对固定的大教室内一起上大课。高年级时开设的一些选修课，则是四个班级选修同一门课程的人一起上小课，教室也不固定，随时变动。大一年级开设的大多是中国语言文学类的基础课，如现代汉语、文学理论、语言学基础等，公共科目有哲学、中国通史和英语等。

除了辅导员管理班级的日常事务，专业课老师上课后，平常与学生接触不多，但一开始都会给大家开设一些必读书目或参考阅读书单。

大学与中学最大的区别之一，就是上课时间少了，自己读书的时间相对更多。一周至少两三个下午没有安排课程。文科类专业平常作业也很少，全靠自己自主学习。

对于专业课、专业基础课和公共类课程，很多同学一开始就抱着各自不同的学习态度。大一大二，我虽然对涉及语言和文学类的各个科目还没有特别的偏好，但总体上还是倾向于更加感性的文学类的科目，对于相对抽象枯燥的语言类课程兴趣不大，只满足于掌握基础知识，考试能通过就行。

公共类课程，都是由其他系部的老师给我们上课。记得一位历史系女老师给我们上《中国通史》，基本是照本宣科，索然无味，最不受大家的重视，逃课率当然也最高。哲学课是来自政教系一个福建籍的教授上课，虽然方言较重偶尔听不大清楚他说的话，但他声音洪亮，上课时紧密结合有关真理标准大讨论等现实话题，我竟然兴味盎然。学期结束时考试，有一道论述题要求结合个人的体会进行阐述，我不知道怎么论述的，哲学课竟然获得了 90 多分的高分，比很多专业课考得都好。

英语课根据高考英语成绩划分为快班、慢班两个层次分别上课，我竟然被划分到了快班。虽然那年我高考英语成绩还算不错，但在整个年级挑选出来的几十名英语快班学生中，只能算是中等。授课的是来自外语系的一个年轻的上海籍美女教师，她个头不高，身材苗条，偶尔看到她背着网球拍进出校园。那个时候，她应该属于十分时尚的白领精英了。

英语快班的教材是《许国璋英语》系列，比普通班英语教材甚至当时流行的《新概念英语》都要艰深一些，词汇量也要大很多，我不多花点功夫还真跟不上老师和其他同学的节奏。

说起英语课，可以插一句当年一位专业课老师的批评和闲话。那时很多人包括我自己在内，还是延续了高中时的良好习惯，一大早经常会自觉不自觉地拿出英语课本背诵英语单词。有一次上午第一节课，一个讲授古典文学课的教授，看到一大早很多同学都在背英语而不是古诗词，他大发感慨地说，你们是中文系的，有多少古典诗词不去背，一大早起来就在背英语，这合适吗？是不是主次颠倒了？

应该承认，这个教授说的是有道理的。多年以后参加工作，英语除了评职称时有用，平时接触和应用的机会的确不多。但大学几年的英语强化学习，对于我多少还是有点帮助的。大三、大四时，一般的时政类英语报刊我基本可以无障碍阅读了。我甚至还从学校图书馆借来了几本英语原版小说，企图一举两得，一边欣赏文学作品，一边提高英语阅读理解能力。大学毕业时考研，因专业基础课失手落选了，但英语还是考了69分的高分，这在20世纪80年代中期也是不俗的成绩了。参加工作后评职称考英语时，很多同事英语基础薄弱，要经过强化培训或找人代考。我则根本不在意，无须准备逢考必过，让其他同时参加考试的同事刮目相看。

当然，我和当年很多同志一样，学的是哑巴英语，阅读理解还行，开口说就不行了。这是那个时代我们很多人的通病。

那些泡图书馆的日子

上大学后，与中学最大的不同，就是自主学习的时间更多。一周有两三个下午没课，晚上除了偶尔有些英语课，很多时候也不强制统一自习，那么这些剩余时间干什么去呢？

其实在一开始的入学教育中，大学辅导员和授课老师都做了提示，强调大学期间自主学习的重要性。于是，根据课程教学进度，按照授课老师提供的必读书和参考书目，从图书馆借书读书，空闲时间去泡图书馆，就成了我们那时候的主要课外活动和自主学习方式。

学校图书馆给每个学生都办了十多张借书卡，一次可以借出很多本，看完了再去换。

20 世纪 80 年代初，安徽师范大学的图书馆楼已经比较老旧了，但从阅览室到借书处，很多时候都是人满为患。当年没有电脑查询系统，借书首先要从放满几个房间的一排排书柜一个个抽屉里翻阅图书卡片信息，将自己需要借阅的书名和书号，填写在借书单上，然后提交给图书馆工作人员，办理借阅手续。人多的高峰时段，借书处简直是摩肩接踵，热闹非凡。下午和晚上，去阅览室迟了，根本就找不到座位。这时，我们就夹带着几本书，到教学楼随便找一间没有学生上课，可以让任何人上自习的教室去读书。

那样的读书时光，真的非常美妙和愉快。没有生活压力，也没有什么作业负担，全凭自己的兴趣和爱好，在书海中畅游。当然，根据个人的兴趣，做点读书笔记和卡片，是必须的。特别是高年级时，很多同学渐渐明确了自己的学术兴趣所在和努力方向，阅读和收集整理资料时，就更加目标明确、精准定位。

汪曾祺在他的文章里，回忆他们在西南联大读书时，有很多跑警报和泡茶楼的趣闻。我们生活在和平年代，没有类似的经历，但泡图书馆久了也的确会上瘾。遇到一些不太感兴趣的课程，我偶尔也会和其他同学一样，不去上课，而是偷偷跑到图书馆，按照自己的兴趣去乱读书。

记忆中，大三时不知道怎么想的，选修了一门《中国戏剧史》的课程，上了一段时间课，感觉对于这类老古董实在提不起兴趣，于是逃课就成为经常的现象了。既然选修了这门课，学期结束还是要考核的，怎么办呢？好在选修课是考查课，不是考试课，写一篇学习心得体会就可以交差。于是，我这个逃课生也必须交一篇学习心得。我从对中国戏剧史发展演变的学习了解，到发扬光大中国传统戏剧的现实意义，洋洋洒洒地写了好几千字，顺带着把授课老师也表扬夸赞一番，考查通过自然是没有问题的。

其实，这样的小花招很多同学都在用，授课老师也是心知肚明。上课期间，一个全国性的戏剧团巡回演出来到芜湖市，授课老师专门要了一些票，让我们选修戏剧史这门课的学生去观看演出。谁知看到一半我和不少同学就陆续退场了，剧场门口坐着一个工作人员，在专心致志地统计观众的出入和观演情况。

我想，面对观众的渐渐流失，他们或许会有总结反思，提出包括传统戏剧进学校进课堂的建议，努力培养新的观众和戏剧爱好者、研究者。目前全国各地也确实在做这样的尝试和努力，但对于戏剧这种传统文化的一个门类，终将日益小众化也是无可避免的趋势吧。

话题似乎有点扯远了，回到学生逃课泡图书馆，以及如何应付授课老师的主题上来。很多年以后，我在网上看到这样一个经典例子。一个大学中文系的学生，在上了《中国古代文学》和《外国文学》的必修课以后，又分别选了《红楼梦研究》和《日本文学》两门选修课，学期结束几位不同课程的授课老师都要求学生提交一篇小论文。怎么办呢？这个聪明的学生冥思苦想，撰写了一篇题为《〈红楼梦〉与〈源氏物语〉比较研究》的文章，同时提交给了 4 个不同的授课老师。无论是有关中国古代文学、外国文学的必修课，还是关于红楼梦研究和日本文学的选修课，这篇文章都统统适用，一鱼四吃，实在是太聪明了。如果他再选修一门比较文学的课程，这篇大作同样可以应付授课老师。

果然是后生可畏，江山代有才人出，这样机智锐敏、聪明绝顶的学生的确智慧过人，不服不行。

丰富多彩的课余生活

20 世纪 80 年代初，在安徽师范大学读书时，除了正常上课和空闲时间去图书馆或者教室自习以外，我们的课余生活也是丰富多彩的。

入学不久，不知道是元旦迎接新年之前还是某年五四青年节期间，辅导员组织全班同学和其他几个中文系同年级的班级一起，乘坐几辆大巴车去很远的郊外举办篝火晚会。那时候，根据王蒙的小说改编的电影《青春万岁》刚刚热映，电影中的主角和生活情景，与我们这些刚刚入学的大学新生很接近。

"所有的日子，所有的日子都来吧。让我编织你们，用青春的金线，和幸福的璎珞，编织你们。"电影中的经典台词，火热的生活和激情澎湃的时代，让我们一起感受到 80 年代朝气蓬勃的氛围。晚会上，有《乡间小路》《童年》《外婆的澎湖湾》《恋曲 1980》等台湾校园歌曲，也有《采石榴》《康定情歌》等地方民歌，一首又一首流行歌曲此起彼伏，高潮迭起。我和同学们一样，第一次现场感受到包括民间情歌在内的各种流行歌曲的欢畅柔美，以及青年男女翩翩起舞的曼妙风姿。

当时，溜旱冰刚刚在全国各地兴起，安徽师大校园里也有一个不大的溜冰场。我曾和同学们一起去玩过，摔了很多次的跤。看到那些能够自由自在滑行，并且不断变换各种姿态的男女同学，实在是羡慕得很。

上课之余，班级的文艺委员经常组织全班同学一起学唱流行歌曲，校系团组织也倡导各个班级开展交谊舞培训。可惜我这个来自乡下的土猪，无论是唱歌还是跳舞，都没有天分，怎么学都学不会，大多数时候只是静静地坐在一旁欣赏。

在各类课余活动中，走出校园去散步和看电影，无疑是最普及也是最受到大家欢迎的休闲方式。我们曾结伴登临学校后面的赭山，那是一个不高、紧靠着校园的小山。春天，山上花木葱茏，空气清新，让人心旷神怡。冬天的雪后，则是一片纯洁澄明的世界。随着四季变换，赭山为我们展现了各不相同、姿态万千的风情。

当然，更多的时候，在没有课的下午或者晚餐之后，我们会三两个同学相约，走出校园，去学校附近的书店闲逛，看到感兴趣的新书，偶尔买几本。

位于学校正对面的镜湖虽然不算很大，但漫步一圈大约也需要一个多小时。有兴致时，几个结伴而行的同学，围绕着镜湖一边漫步闲谈，一边欣赏湖上的风景和周边的人间烟火气，那种感觉真是气定神闲，逍遥自在。

20 世纪 80 年代初，看电影是最流行、也是年轻人最喜欢的娱乐方式。我们在芜湖读书时，看电影也很方便。走出校园，左右两个方向距离不远处，分别是工人文化宫和大众电影院。这两个地方，每天都轮番上映电影。遇到新上映的影片，我们一般都不会错过，一定会结伴前去观赏。

那些年，在这两个地方，我们看了不少新上映的电影。除了前面提到的《青春万岁》，还有《女大学生宿舍》《大桥下面》《青春祭》《赤橙黄绿青蓝紫》《人生》等以年轻人的生活为主题的电影，也包括以《牧马人》《被爱情遗忘的角落》《芙蓉镇》等为代表的伤痕文学主题电影，还有《黄土地》之类的艺术片，以及为配合不同时期不同主题专门拍摄的电影如《垂帘听政》《火烧圆明园》《孙中山》等等。

总之，上大学的那 4 年，应该是我们看电影最多最集中的时间段。上初中时，在乡下看流动放映的老电影，场次很有限。在县城读高中时，学业压力大，虽然也抽空看了《少林寺》等不多的几部电影，但毕竟机会很难得。只有上大学时，才能无忧无虑地尽情享受这样的快乐时光。可以说，看电影、读中外名著以及任课老师推荐的必读书、参考书，是我们在学习之余，花费的时间和精力最多的文化娱乐方式。

当然，因为特殊的家庭出身，我对于那些所谓伤痕文学为主题的电影和小说，包括一些类似题材的纪实类作品，也更加关注和留意，这应该是非常正常，一点也不奇怪的事。从这些电影中，我能感同身受地产生共情。而在诸如戴厚英的《人啊人》、电影《牧马人》的原著小说《灵与肉》等此类小说，以及相关的历史纪实类图书中，我会发现或者主动地去探寻反右运动和"文革"发生的缘起、过程及其造成的后果，反思这些过火的政治运动给整个社会带来的严重危害，对特定群体及其家人带来的难以弥补的心灵创痛。

踏青旅游，感受大好河山的神奇和壮美

20 世纪 80 年代上大学时，我们没有经济条件像后来的孩子们那样，一有空就去各处旅游。大学四年，我和同学结伴而行的外出活动屈指可数，留下深刻印象的也寥寥无几。

不记得是大一还是大二了，那年春天，利用周末两天时间，班长范兆清和几个班干部一起，组织了一次去马鞍山市当涂县踏青大青山、拜谒李白墓、游览采石矶、观赏天门山的集体活动。那次参加活动的人数不少，一路转车加徒步奔波，虽然旅途劳累，但大家毕竟年轻，没有人叫苦喊累。我是首次参加这么多人一起外出旅游，自然也是十分新奇和兴奋。

大青山李白墓位于马鞍山市区东南 20 公里处的青山脚下。青山，亦名青林山，山势峥嵘，峰峦遥接，岩壑灵秀，蜿蜒起伏，林木葱郁，泉水潺潺。

20 世纪 80 年代初我们去时，位于青山脚下的李白墓还没有得到很好的保护和修整，感觉只是在一片还算开阔的场地上，孤零零地坐落着一个不算很大的坟头。

李白（701—762），字太白，号青莲居士。他是屈原之后最具个性特色、最伟大的浪漫主义诗人，有"诗仙"之美誉，与杜

甫并称"李杜"。正是春暖花开、芳草萋萋的时节，李白墓地周围也是花木葱茏，绿草茵茵。我们这群专程赶来拜谒的中文系学子，环绕着李白墓地，带着朝圣者的虔诚和敬意，向这位诗仙表达着内心崇高的敬仰之情。

采石矶是传说中李白酒后不慎落水身亡的所在地，那里有李白的衣冠冢、太白楼和李白生平事迹简介。马鞍山因为李白在此留下了不少踪迹和脍炙人口的诗篇，因势利导积极打造诗城的品牌。每年举办一次的马鞍山李白诗歌节，现已成为马鞍山一张闪亮的"文化名片"，使李白及其诗歌成为马鞍山地域文化的一个重要组成部分。

"天门中断楚江开，碧水东流至此回。两岸青山相对出，孤帆一片日边来。"这首题为《望天门山》的诗歌是开元十三年（725 年），李白初出巴蜀乘船赴江东经今天的安徽马鞍山市当涂途中行至天门山，初次见到天门山时有感而作的。

当我们踏青大青山，拜谒李白墓，游玩了采石矶之后，乘上轮船远远遥望天门山时，眼前仿佛浮现了李白为我们所描绘的天门山的奇异风光——长江犹如巨斧劈开天门雄峰，碧绿江水东流到此没有回旋。两岸青山对峙美景难分高下，遇见一叶孤舟悠悠来自天边。

李白这首诗在描绘出天门山雄伟景色的同时，突出了诗人豪迈、奔放、自由洒脱、无拘无束的自我形象。意境开阔，气魄豪迈，音节和谐流畅，语言形象、生动，画面色彩鲜明。虽然只有短短的四句二十八个字，但它所构成的意境优美、壮阔，人们读了诗恍若置身其中。诗人将读者的视野沿着烟波浩渺的长江，引向无限宽广的天地里，使人顿时觉得心胸开阔、眼界扩大。从诗中可以看到诗人李白豪放不羁的精神和不愿意把自己局限在小天地里的广阔胸怀。

这次是规模较大的班级集体旅游活动，路程不算远，但前往的几个景点很有特色，印象特别深刻。

走得较远的一次，是 1985 年夏天的某个周末，我和同学孙方华一起，跟随家在滁州市全椒县的彭习银同学回家探亲。那一次，我们一同游玩了南京中山陵，登临了滁州市琅琊山，观赏了位于琅琊山麓的醉翁亭。中山陵的壮美景观，南京市浓荫覆盖的森林大道至今还留有很深的印象。相对而言，琅琊山和醉翁亭的景色逊色不少，似乎没有欧阳修在《醉翁亭记》中所描绘的那么神秘莫测。参加工作后一次去滁州开会，其间再去过一次琅琊山和醉翁亭。上面的景观设施有所改观。几十年过去了，如今的琅琊山和醉翁亭估计又是一番别样的景致了。

除了这两次稍稍远距离的外出旅游，还有一次近距离的郊游，我至今也还有印象。也是一个春天的周末，我和三四个同学一起，记不清是去芜湖四褐山还是湾里镇的某个偏远乡镇踏青游玩。在金黄的油菜花盛开的野外，我们拍照留影，渴了，打开随身携带的汽水，大家你一口我一口地轮流着喝。那时候年轻，我们都不太会喝酒。记得有一次一个同学用开水瓶买来散装的啤酒，让我尝试一下，首次接触那种奇奇怪怪的味道，我竟然一时不适应全吐了出来，让围观的同学大笑不止。

那次去乡村徒步，我们中午还在当地一个村民家里搭伙就餐。恰好是午餐时分，我们在村里闲逛，一个当地某小学的老师和我们交谈，得知我们是安徽师大的学生，来村里游玩还没有吃饭，就热情地介绍我们去附近一个村民家里搭伙就餐。

经过简单的沟通协商，我们几个同学只付了很少的一点饭钱，就吃了一顿非常丰盛的农家饭。记得当时还上了一盘长江特产，就是那种形如带鱼、细卡如丝的"刀鱼"。现在这种鱼已经很少见到了，即使偶尔见到，据说也是价格不菲，需要上千元才能买到一盘。现在的人根本不会想到，当年我们几个人在安徽省芜湖市某个偏远的农民家里，竟然能够品尝到那样的美食。

大学 4 年读书期间，寥寥可数的几次或远或近的外出旅游踏青活动，让我们直观感受到的不仅仅是神奇壮美的自然和人文景观，还有来自基层乡村普通百姓的朴实情怀。当然，那个乡村教师和热情好客的农民一家，呈现给我们的不仅仅是美味佳肴，还有出自村民本质天然的淳朴和善良，以及他们对当时为数不多、堪称时代精英的大学生，对于读书人的尊重和敬仰。

在学术兴趣和专业方向上犹豫徘徊

大学中文系全称是中国语言文学系，有的学校叫汉语言文学系，具体包含语言和文学两个部分。因为社会需求量大和适应范围广，过去很多年一直是不愁就业的热门专业。真是风水轮流转，没有想到，近年来中文系的毕业生竟然也成为就业市场的老大难了。

根据学科发展定位，中文系的培养目标是培养具有良好的思想道德品质和身体心理素质、较好的文化素养与科学素养、较强的学习能力和实践能力、较高的业务水平与强烈的社会责任感，系统掌握汉语言文学基本知识、基本理论、基本技能及科学的教育观念，德、智、体、美全面发展，具备较高的语文素养，在基础教育、职业教育领域承担语文教学和研究工作，以及适应经济建设和社会发展需求，能够胜任中文写作，从事语言文学研究工作，能够适应行政、文化、新闻出版等相关领域工作的高素质人才。

中文系的主要课程有现代汉语、古代汉语、文学理论、中国古代文学史、中国现当代文学史、外国文学史、语言学概论、写作、美学、中国文学批评史、马克思主义文论等。

在统一的培养目标和全部课程考试合格的前提下，从大学二年级起，很多同学慢慢培养了自己的学术兴趣，逐渐找准了更加专业的课程方向，为毕业时的考研和以后的学术发展确定了相对精准的定位。

那时候，授课老师的学术风范，高年级同学的言传身教，社会上的热点时尚，都会对我们选择具体的专业方向产生一定的影响。有些思维活跃的同学，还根据社会需求的趋势和热点，结合个人志向，准备跨专业考研。比如明明学的是中文，偏偏要去考法律专业、新闻学专业甚至社会学专业的研究生。我那时候，思想不成熟，兴趣摇摆不定。

20世纪80年代初，社会学专业刚刚在北京大学、中国人民大学、复旦大学等少数高校恢复重建，受到社科理论界的极大关注，一时显得很热闹。看到有同学在准备报考社会学专业研究生，我也动了心。跟着这个热点看了不少社会学专业的书，包括国外的韦伯、斯宾塞的社会学理论著述和国内流行一时的家庭社会学、婚姻社会学相关书籍。所以，对于费孝通的乡村建设思想、普及性的社会学读物，包括社会分层和个人角色的社会化过程等专业术语，我都有所涉猎。后来，听说考社会学专业研究生要考高等数学和统计学知识，我立即就泄了气。

自从学了文科，数学就已经渐渐淡化，上大学后根本就没有这门课。丢了很多年，一下子肯定拿不起来，只能灰心丧气不得不放弃对于社会学专业的专注。虽然我放弃了社会学这个研究的方向，但个人兴趣却一直保持了很多年。大学毕业后好几年，我还一直订阅《家庭社会学》杂志，对于社会学涉及的广泛领域也一直很感兴趣。同班的王小峰同学，坚持去数学系旁听高等数学课程，毕业后果然考上了中国人民大学的社会学专业研究生，不能不让人佩服。

社会学专业学不成了，语言文字方向我也兴趣不大，要考研只能在中国古代文学和中国现当代文学等学科方向选择了。经过认真地思考并结合个人的阅读兴趣，我最终选定中国现代文学专业作为自己的考研目标。当时感觉，古代文学作家作品浩如烟海，很多古典诗文首先要过阅读理解关，然后才能进行具体阐释和欣赏，而现当代文学在文字阅读上毫无障碍，研究阐释要少走一些弯路。

实践证明，是我短视和浅薄了。古代文学作家作品虽然浩如烟海，但毕竟经历过时间和历史的选择，沙里淘金，留下来的都是各个阶段的精英人物经典诗文。而现当代文学毕竟距离我们这个时代太近，很多作家和作品还没有经过历史的检验和沉淀。两相权衡，其间的取舍得失，还真不能三言两语做出客观理性公正的评说。

就在这种患得患失、犹豫彷徨之中，我对中国古代文学学习投入的时间和精力都相对不足，大学毕业考研时大意失荆州，虽然英语和现代文学专业课成绩还过得去，但专业基础课之一的中国古代文学失分太多，最终没能达到复试和调剂分数线。

这是我考研得到的教训，也是大学毕业参加工作并很快结婚成家后，没有机会再弥补的经历。

身体和灵魂都在漂泊的异乡客

20 世纪 80 年代初，我到芜湖上大学以后，表面上看，我与其他同学没有什么明显的不同。大家一起上课，一起泡图书馆上自习，一起结伴看电影，偶尔也一起外出旅游踏青。张弛有度的学习节奏和丰富多彩的课余生活，似乎让我的心智不断成熟，心理状况也逐渐调适到正常状态。

但每当夜深人静或独处时，我依然会常常不知不觉地产生一种深入骨髓、不可言说的孤独、寂寞、伤感与悲凉，感觉自己是一个从身体到灵魂都在漂泊的异乡客。

之所以一直有这种不同寻常、难以克服的心理感受，一方面是特殊的家庭环境带给我的长期压抑，不可能短时间就烟消云散。另一方面，父母和家庭环境出现的新变化，又给我的内心深处带来新的焦虑和不安。

自从两个姐姐出嫁，我到芜湖上大学，大妹妹进城工作后，母亲和继父没有了得力的帮手，在农村难以维持现状，不得已进城谋生。他们进城后，既无稳定正常的职业和收入来源，也无固定的居住场所，可以说彻底沦为了上无片瓦、下无寸土的城市贫民。

他们进城后，母亲先后在县城街头卖稀饭和卖烤山芋，继父则靠给人家拉板车送煤谋生。每次一想到他们的生活情景，我内心深处就会波澜起伏，难以平静。特别是我正处于青春期，作为一个青年，自尊心和荣誉感又正是特别强烈的阶段。为此，我既自卑又自责，难以面对现实，为不能改变现状，克服这种内心深处的不安、冲突而焦躁和郁闷。

作为一个性格内向、敏感，自尊心又极其强烈的青年，这些内心的苦闷和焦虑，又不能随便与其他人交流。于是，我偶尔会在没有课的下午，或者吃过晚餐以后，一个人静静地走出校园，漫无目标地在街头闲逛，独自在镜湖周边游荡，企图在热闹的城市喧闹声中，或者是在霓虹灯闪烁、亦梦亦幻的景色中，暂时忘却心中无尽的烦恼。

就在这种毫无目的地游荡闲逛中，有一个夜晚竟偶然在距离学校不远的大众电影院附近遇到了来芜湖出差的舅舅。两个曾经生活在家乡县城的人，突然在异乡偶遇，我们都大感意外和吃惊。当时的芜湖市虽然不算太繁华，人口也远不如今天多，但毕竟是安徽省第二大城市。我们竟然在没有事先联系和约定的情况下见面了，怎么说这也是一种十分罕见的小概率事件。

我匆匆和舅舅打个招呼就想离开，我不想让他看出我形单影只、孤独寂寞的身影，让他继续为我担忧和操心。但每次回想到这个十分意外的场景，我总会认为他一定看出了我内心深处隐藏的那种小心思，一个身体和灵魂都在异乡漂泊的形象，根本逃不出他的眼光。

沉浸在这种焦虑和煎熬的心理感受中不能自拔，我竟然一时冲动，连续几个晚上在宿舍关灯后，拿个小板凳到公共厕所和洗澡间外面的大厅里，借着微弱的灯光写了一封洋洋洒洒数千字的长信。在信中，我详细陈述了作为一个"右派分子"的孩子，多年来遭遇的种种波折和心理煎熬，谈到了母亲和继父目前遇到的生活困境，以及我们这个特殊家庭几十年来的厄运和挫折。当然，我在信中也直接或者委婉地表达了，对当前某些现实问题的迷惘甚至责难，提出了我的路究竟在何方的天问。

1980 年 5 月，《中国青年》杂志发表了一封署名潘晓的来信，题目是《人生的路啊，怎么越走越窄……》。随即展开了一场震动全国的"人生的意义究竟是什么"的大讨论。我写这封长信的时候，距离这个大讨论不过两年多时间，其内在的动因或多或少也与这场大讨论产生的震荡和余波有关。我在自己的这封长信中，提出的同样是我的困惑和难以言说的内心苦闷。

当时，我毕竟太年轻太冲动，也搞不清楚学校和系里的不同层级关系。激情之下，将此信用复印纸复印了两份，一份直接投递到了学校设在大门口的校团委信箱，一份寄给当年考入不同学校，我中学期间的几个关系亲密的同学和好友，让他们轮流邮寄传阅最后寄回给我。

冲动果然是魔鬼。没过几天，大学辅导员和学校团委的一个女老师分别找我谈话，耐心宣讲当前的新形势新政策，鼓励我客观面对家庭和个人遭遇到的历史和现实问题，消除疑虑和思想负担。

辅导员查振科老师找我谈话时，在满怀热情地关心关怀后，又委婉地批评提醒我，有事应该直接和他交流，或者向系里的领导和团组织反映，不能越过他和系里的领导，直接找到学校团委去。

直到这时我才醒悟，这事我做得的确过于鲁莽草率了。不难想见，学校团委负责人收到我洋洋洒洒数千字的长信后，第一时间肯定是与我们中文系的领导和团委负责人联系，反映沟通这样一个不同寻常的事件。如此一来，不仅系里的领导被动了，系团委和辅导员查老师也都被蒙在鼓里十分被动。即使学校团委不能直接批评系领导，但对于系团委和辅导员，不掌握我这么个特殊家庭特殊学生的思想异动，肯定会有一些委婉的批评和指责。当时中文系党总支副书记是马祯科，包括马副书记在内的系领导，对于辅导员查老师不能及时掌握我的思想动态，肯定也会有提醒谈话。

毫无疑问，我这个长信事件，肯定给系领导、校团委的老师和大学辅导员查老师都留下了深刻印象。随后，辅导员查振科老师奉系领导的指示，专门去了一趟我家，找我的母亲、继父和舅舅进行外调，回学校后又和我进行了深入的思想交流，对我进行必要的心理疏导、安抚和鼓励。

必须承认，我这个身体和灵魂都在异乡漂泊的游子，没有被校系两级团委、马祯科副书记等中文系的领导和辅导员查振科老师所忽视，他们的及时提醒、教诲和关怀，让我暂时走出了内心的困境，没有在思想的死胡同里越陷越深。

考研路上，不期而遇迎面撞上郁达夫

大三以后，经过几番权衡分析，我最终选定中国现代文学作为自己的深耕领域和考研方向。此后，无论是泡图书馆、逛新华书店，还是去教室、阅览室自习读书，就有了更加明确的重点目标。

那时候，我们高年级学生可以进入学校图书馆单独设立的一个参考资料室了。在那里，可以看到普通阅览室看不到、借书处也借不到的境外学者的相关资料和内部参考书，包括港台一些学者撰写的文章和书籍。这些，都让我们有了新的阅读体验和感受。比如，看了苏联有关解冻文学的研究评论，感觉与国内当时流行的伤痕文学，在发生的背景、发展过程和价值取向等方面，就有很多相似之处。

美籍华裔学者夏志清教授撰写的《中国现代文学史》，以及港台学者发表的一些关于中国现代文学研究和评论文章，无论是宏观呈现的总体风貌，重点选择评价的作家和作品，还是微观研究、观察的角度和视野，陈述的笔法和文风，都与我们平常见到的资料和文章大异其趣。

这些丰富多彩、立场各异和特色鲜明的研究视角和成果，互相参照补充，甚至冲突争论，无疑会让我们大开眼界，产生更多的联想和阅读兴趣。

借助于这种良好的条件和学习环境，我一边广泛阅读，摘抄资料卡片，一边对自己感兴趣的领域包括一些作家作品的研究评论文章，及时复印留存，进行重点研读。正是在此过程中，我偶然中发现，现代作家郁达夫的传奇经历和独特的语言风格，特别是他在那些古典诗词、自传、散文和小说等大量作品中，呈现出来的漂泊零余者的形象，敏锐和伤感的情怀，沉痛悲凉的氛围，与我曲折艰辛的经历、多愁善感的性格以及压抑沉闷的内心世界，有着很强的契合度。在他的大量作品中，无论诗词、自传，还是散文、小说，我仿佛都能隐隐约约发现自己的影子，体察到那种深入骨髓的悲凉和沉痛感。

有人研究发现，浙江几个著名现代作家中，有一个共同的相似点，就是寡母抚孤、家道中落，鲁迅、茅盾和郁达夫都是如此。从生平经历来说，郁达夫 3 岁失去父亲，自幼就很孤独寂寞，这与我的经历和成长环境也很相似。

少年时，郁达夫跟随着哥哥去日本留学，回国后就四处奔波谋生。郁达夫小说中描述的那些伤感漂泊的零余者形象，是他从日本私小说中学习借鉴过来的，有着很多自叙传的成分。而郁达夫的诗词，则深受清代诗人黄仲则的影响。黄仲则 4 岁而孤，家境清贫，少年时即负诗名，为谋生计，曾四方奔波。一生怀才不遇，穷困潦倒，后授县丞，未及补官即在贫病交加中客死他乡，年仅 35 岁。黄仲则诗学李白，所作多抒发穷愁不遇、寂寞凄怆之情怀，也有愤世嫉俗的篇章。郁达夫的古典诗词风格，与黄仲则一脉相承。而以上所有这些，包括郁达夫的独特经历和内心感受，也都让我感同身受，有很多深入骨髓的切肤之痛。

在现代作家郁达夫的生平经历和大量作品中，我产生了高度的共情，有着非同寻常的深切体验。无论是他孤独寂寞的童年，多愁善感的情怀，漂泊不定的经历，还是诗词、自传、散文、小说中大量流露出的伤感笔调，沉痛、悲凉的氛围，都深深地打动了我，让我这个和他有着几分类似经历和情感体验的乡下人，从中得到心灵的寄托和情感的慰藉。

从此以后，我就开始有意识地关注所有与郁达夫有关的文献资料。不仅全面系统地阅读他的文集，也仔细抄录、复印和收集与他相关的生平史料。20 世纪 80 年代初，学术界对郁达夫关注还不多，有关他的评论和研究成果，除了扬州师范学院（现扬州大学）曾华鹏、范伯群合著的《郁达夫评传》，当时还在华东师范大学读研究生的许子东《郁达夫新论》等寥寥可数的专著，其他都是零零星星散布在有关刊物上的评论文章。于是，我暗自在心里产生了一个念头，或许若干年后，我可以为他写一本有自己特色的人物传记，对于这个契合我内心世界的独特作家，做个系统的梳理和解读。

虽然后来我因考研失利，没有最终走上学术研究的道路，没能深入中国现当代文学研究领域，但对郁达夫的关注和资料收集整理工作，大学毕业参加工作后依然没有中断。几经周折，终于在 2007 年 2 月，郁达夫诞辰 110 周年之际，C 出版社出版了我编著的郁达夫传记《生怕情多累美人——郁达夫的情爱历程》。

总之，20 世纪 80 年代，在我大三以后准备报考现代文学专业的研究生时，我与郁达夫不期而遇，迎面相撞，并且有了后来几十年的纠缠。此后很多年，我心里既有那种难以彻底放下的心结，更有愿望难以实现的苦恼和烦闷，也有最终书稿出版，内心略感安慰，差强人意、勉强接受的结局。

留守校园的青年，一起迎接新年的钟声

留守少儿一般是指农村家庭，父母外出打工，留守在家乡不能与父母生活在一起的少年儿童。我上大学时，恰好与此相反，父母在家乡打工，因为没有稳定宽裕的住房，寒暑假我常常滞留在学校，成为留守校园的青年学生。

其实，那时候假期不归，留在学校读书学习的人不少，其中主要是为撰写毕业论文和考研提前准备的大三大四学生。回想起来，大学四年，我有两三个春节没有回家吃年夜饭，而是在学校与留守校园的同学一起迎接新年的到来。

大一那一年的春节，是 1983 年初，母亲和继父已经从铜陵县老洲公社光辉大队（现义安区老洲乡光辉村）搬家，前往无为县（现芜湖市无为市）二姐家暂住。那个春节放寒假时，我直接从芜湖坐轮船到无为县土桥镇下船，然后徒步去距离不远的装嘴村二姐家和家人一起过年。春节后返回学校时，继父给我买了一块上海牌手表，这在当时也算是一种很不错的装备了。当时，上大学的学生拥有手表的比例还不是很高。

就是在这个春节后不久，母亲和继父一起到铜陵县城关镇（现义安区五松镇）去谋生，租住的房子非常破旧狭小，前后两间只能容得下母亲、继父和小妹妹 3 人居住生活。如此窘境，我大妹妹在县城上班都不能很方便地回家住，更何况假期我要回来。于是，从那以后，无论是寒暑假还是春节等其他节假日，我能不回去就尽量不回去。偶尔回家也是来去匆匆，三五天最多一个星期就会返回学校去。

在学校里，无论是住宿、就餐，还是读书学习，我都方便得多。夏天晚上太热，我就和几个同学一起，傍晚时分端一盆冷水浇在楼顶的地板上。晚上从图书馆或教室上自习回来，拿一个凉席上去露天过夜。夜里微风拂来，面对天上的月亮和星星，几个同学聊着天便很快地安然入睡了。有时半夜打雷下雨，也会让人措手不及，手忙脚乱、狼狈不堪地匆忙赶回寝室。

有一年春节，中文系共有十多个同学没有回家，系领导为此专门给我们开了团拜会，安排了年夜饭。吃完年夜饭后，一位同学不知道从哪儿找来了一个电视机，集体收看春节晚会。午夜时分，新年的钟声即将敲响时，我们也一样放鞭炮，高声呼喊着迎接新年到来的那一刻。

那次在学校度过的春节，似乎也还有些春节的氛围，大家并不感到太多的孤独和寂寞。有一年春节，看完春晚后我只睡了几个小时，就在大年初一的上午乘坐上海方向开往铜陵的火车。那天车上几乎没有乘客，我所在的整个车厢里，只有我一个人。后来，偶尔和比较熟悉的朋友聊天，谈到当年上大学时的那段特殊经历，我总是会说，那个春节，我是乘坐特别的专列回家探亲的。也正是因为特殊，所以记忆深刻，终生难忘。

有一年，来自安徽省潜山县的刘胜江同学恰好春节前夕生病，需要住院治疗。经过辅导员老师的知情同意，我们几个留守在学校的同学，和专程赶到学校的刘胜江同学父亲一起，买饭烧菜，来回去医院，和他父亲一起照顾刘胜江同学，直到他出院为止。

当然，无论是寒暑假，还是春节等节假日，我们不回家留守在校园的同学，最主要的目的还是希望抓紧时间看书学习，为毕业前撰写毕业论文和考研做准备。

五元钱的汇款单

现在的孩子在外地上大学，父母定期或不定期地寄去生活费，是非常正常也很有必要的事情。可是，40 年前，我们上大学那会儿，并不是每个人都能收到家里的汇款单。很多人都和我一样，开学时从家里带来一个学期的生活费用，平常就不再需要家里寄钱了。

20 世纪 80 年代初，无论城市还是乡村，普通人家的生活状况差别不大。像安徽师范大学这样的师范类高校，学生百分之七八十都来自农村，生活条件基本接近。我粗略统计了一下，我们一个寝室 10 名同学中，来自镇上或者县城以上城市家庭的学生最多也就两三个，其余七八个人都是来自普通的农村家庭。由我们一个寝室推想到班级和整个学校，当时这个生源比例上下出入不会太大。

好在那时候安徽师范大学这样的师范院校，每月都会给学生发放生活补贴（饭菜票），吃饭不是大问题。日常需要花钱的地方，主要是买书和日常生活用品。像我们这样不太讲究穿着和仪表的乡下孩子，衣服都很少买。有时候同学之间还换衣服穿，记得和我同寝室的来自胡适老家绩溪的赵日新同学，就和我互换一件上衣穿了很长时间。这位赵同学学习非常刻苦认真，后来考研读博一路顺风，成为语言学家、博导、教授，担任了北京语言大学语言研究所所长。说句实在话，那时候我们上大学生活上只求解决基本的温饱问题，衣食无忧，能维持最基本的生活开支就行，其他的一切都是不值得太操心的小事。

这里我需要补充一些我读高中以后，家人为我读书求学做出的筹划，包括经费开支上的计划和安排。自从 1979 年前后，我的生父错划"右派"问题得到纠正后，有关部门给我家补发了很少的一笔钱。因为父亲 1966 年刚刚 40 岁就去世，从 1958 年被划为"右派分子"，随后不久下放农村算起，其间耽误的工作时间很短，补发的工资等肯定不会多。当年我还小，不太清楚也不过问这些事。只记得大约是 1979 年到 1980 年，我正在县一中（现铜陵中学）上高中时，母亲给我看过一个存折，说上面有1200 元钱，是父亲平反后补发的。母亲明确说，这个钱就单独给你留着，做你读高中和以后上大学的学费和生活费。记得当时母亲给我买了几件新衣服，包括过冬的内衣等。高中加上补习一年一起三年所花的费用，估计也都是从这里面开支的。

那时候我高中还没有毕业，对这些也不太上心。后来想想，当时大姐二姐都已经先后出嫁成家了，大妹妹主动提出不再读书回家务农，和继父一起下地干农活。只有我和同母异父的小妹妹还在继续读书。那么，将生父落实政策后补发的这笔钱单独存下来，专款专用，用在我读书学习和生活开支上，是名正言顺说得过去的正当理由。再仔细想想，这个结果一定是舅舅和母亲、继父一起协商讨论后决定的。当然，这个决定也是基于他们对我当时学习情况的了解，并对我将来考大学有信心有期待。同时，这种安排，也反映了继父对于此事的开明态度，以及他老人家对我的关心和体贴。

在这种特殊环境下，每年开学时，我都是一下带走一个学期的生活费用，每学期100多元，每年总共200多元不到300元。粗略算了一下，我上大学四年的总开支应该在1000元左右。当然，如果把三年高中期间的花费加在一起，我从高中到大学的总体费用，肯定会超过母亲当年给我看过的那个存折上的1200元。在大学读书时，除了吃饭不需要自己掏钱，每年从家里带去的200多元，平均分配到每个月，节省着用也勉强够了。

大四时，各项开支不可避免会有所增加，特别是为考研准备的复印资料和相关书籍开支，也需要一些费用。于是，我在给当时读初中的妹妹写信时，提到了希望母亲能给我寄一点钱过来，用于购买学习资料。不久后，我果然收到了大学4年期间唯一的汇款单，金额是5元的汇款单！

平心而论，那时候，物价低，总体消费水平不高。班里的同学偶尔收到家里来的汇款单，金额也不是很大，10元、15元的很常见，超过20元的就是一笔巨款了，其他同学发现是要起哄要求请客吃饭的。但是像我这样，收到的是一张仅仅5元钱的汇款单，不仅是班级和系里，整个学校都可能寥寥无几。

从班级负责信件收发的同学手中，拿到这个5元钱的汇款单，我顿时百感交集，内心深处波涛汹涌。那种羞愧、郁闷、伤感、悲凉的复杂心情，一起涌上我的心头，千言万语都难以尽说。

2022年1月8日凌晨，母亲去世了，终年92岁。那天晚上，我们姐弟一起为母亲守灵时，儿子提到了奶奶当年在县城街头卖烤山芋，给我付大学期间生活费的往事，让我们一下回忆起了当年很多不堪回首、令人悲伤难忘的经历。我当场补充说了这个 5 元钱汇款单的故事。这些几十年前的陈年往事，如同刀子一样刻在我们的内心深处。虽然随着时间的推移，它们在我们的记忆里渐渐淡去，如今的富足生活也不再让我们为基本的生活问题担忧，但每每想起这些点滴往事，内心仍然会隐隐作痛，伤心落泪。

那些渐渐淡忘的陈年往事，正如同结痂已久的疤痕，虽然不再有当年的痛感，但一看到它，总还会让我唏嘘不已，情不自禁地想起当年深入骨髓的伤和痛。

校园学术活动：从听讲座到写论文

学术讲座，是大学校园里一道独特的风景线。20 世纪 80 年代初我在安徽师范大学读书时，虽然校园举办的学术讲座不是很多，但毕竟是主讲人深入研究的专业领域和阶段性成果，遇到我们感兴趣的讲座，我总会约上几个同学一起去旁听。

大学 4 年，我旁听过的讲座，既有本系中文专业老师主讲的，也有外系老师主讲的，还有学校从外面请来的专家学者主讲的。

老舍和曹禺的影视剧热播时，中文系的谢昭新和胡叔和老师结合课堂教学，分别为我们开设了有关老舍小说和曹禺戏剧的专题讲座，受到同学们的欢迎和好评。这两个老师分别是研究老舍和曹禺的专家，在他们各自的研究领域深耕多年，成果丰硕，都先后晋升副教授和教授，出版过相关的专著。谢昭新老师是我们现代文学课的主讲老师之一，后来还担任了文学院院长。

生物学系举办的一次有关特异功能的现场讲座吸引了不少外系学生旁听。20世纪80年代初，有关人体特异功能的活动盛行一时，很多大腕级别的专家和领导也在推波助澜，一时间全国很多地方都出现了耳朵认字、腋下识字之类的闹剧。那次，生物学系从浙江杭州请来了一个年轻的军人，现场表演腋下识字。讲座主持人让人背着表演者写了几个字折叠起来，具有所谓特异功能的表演者，几番折腾后还真猜出了纸团中的字。其中的玄机，我至今依然不得要领、莫名其妙。

印象深刻的，还有当时学校从上海古籍出版社请来了何满子先生，为我们主讲红楼梦。红楼梦研究当年是一门很热门的显学，旁听的师生很多，所以讲座地点设在学校门口的礼堂，面向全校师生开放。讲座中何满子先生端坐讲台中央慢慢讲述，一位协助何先生的老师则在其身后的黑板上不停地板书提纲和关键词。几十年过去了，那次讲座的具体内容我早就淡忘，但那位站在何先生背后的老师，恭恭敬敬板书执弟子礼的场面，却深刻地印在脑海里。或许，这正是传统文人尊师重教、代代相传的良好节操和风范。

在阅读有关学术理论文章，积极参加专题讲座之余，对于时事热点和思想理论界的动态，包括一些领导和专家学者之间的学术争论，我们当时也非常关注。20世纪80年代初，还处于改革开放初始阶段，思想理论界的争议较多也比较复杂，有时甚至有反复。比如胡乔木与周扬之间关于异化与人道主义问题的争议，关于反自由化和清除精神污染问题的讨论等等，不仅仅文科类的大学老师和思想理论工作者关心，我们在校读书的学生也非常关注。

在这样的学术氛围影响下，我们也开始学着写一些读书笔记或者小论文，那些习作虽然不登大雅之堂，但毕竟也是我们自己学习思考的结晶。记得当年我结合现代文学课的学习思考，先后撰写了有关鲁迅散文诗集《野草》及其他作家作品的两篇小论文。我将其中的一篇送给一位授课老师阅读后，还受到了老师的赞扬和鼓励。

大三那年，几经犹豫最终确定报考中国现代文学专业的研究生后，我不仅对现代作家作品有兴趣，对于五四后成立的各个文学社团，如文学研究会、创造社、太阳社、现代派和左联等等，对于它们的成立、发展和彼此之间的争论也很感兴趣，阅读了大量相关的文献资料。特别是现代文学史上，各个阶段代表性作家之间文艺思想的争论，如鲁迅和梁实秋之间关于文学的普遍人性与阶级性的争论，文学研究会与创造社等团体之间关于文学功能与价值的争论，左联内部关于"两个口号"的争论，以及郭沫若对于沈从文、朱光潜作品思想倾向的批评，胡风与周扬之间围绕延安文艺座谈会讲话的大论战等，诸如此类的文艺思想和路线之争，既错综复杂又让人眼花缭乱，但我读起来却津津有味，趣味盎然。当时，我还借阅了有关现代文艺思潮史的理论著述和争论文献资料集，对这段历史和发展脉络有着基本的了解。

在此基础上，撰写毕业论文时，我就选了关于文艺与政治之间的辩证关系这个当时的热点话题。20 世纪 80 年代初，对电影《苦恋》《在社会的档案里》和话剧《假如我是真的》的批判，1983 年开展的"清除精神污染"，对"异化""人道主义"的讨论和批判等等，都是当年思想文化界的大事，也是文学领域发生的重要事件，引起我们的极大关注。双方的论战性文章发表在各大报刊上，一时成为文学艺术界的热点话题。

确定毕业论文选题后，指导老师又给我补充开列了一些重要作家、理论家的代表作品作为阅读参考资料。时隔多年，当年我在那篇毕业论文里怎么放肆论说的，一点印象也没有了。确定无疑的是，当年为了撰写这篇毕业论文，的确逼迫自己读了不少相关文献资料，包括五四以后那些现代作家之间的是是非非，胡风与周扬纠缠几十年的恩恩怨怨，以及 20 世纪 80 年代初文艺界发生的多次争论。如此延续下来几十年的文艺思想动态，主要参与者及其思想观点，我当时都比较熟悉，掌握得应该也还比较全面。

大学毕业前的失落与彷徨

大四时，学校里的课程已经不多，面临的主要任务就是实习、考研和撰写毕业论文。

我大学毕业那年的研究生招生考试，时间和现在有所不同，安排在春节后不久。考试地点似乎是在距离学校不太远的一个中学，途中恰好穿过一个叫状元巷的狭小街道。我和同时赶考的几位同学说："在状元巷考试，好兆头啊！但愿大家都能得中状元，一举考中！"

春节结束新学期开学后不久，考研成绩揭晓。班上一起考研的同学考上了好几个，果然得中"状元"，我和另外几人成绩没达线，心里的失落和郁闷可想而知。我报考的专业是中国现代文学，同时要考的还有中国古代文学和英语等。我现代文学和英语两门课考得还算不错，其中英语考了 69 分，这在所有参加研究生考试的同学中都不算低分。可惜，我备考时在中国现代文学和英语上投入的时间和精力较多，对中国古代文学重视不够。古代文学时间跨度大，作家作品多，谁知道出卷老师会在浩如烟海的知识海洋中，挑出哪些内容考试呢？主观思想上本就不重视，再加上碰运气的侥幸心理，失分过多是在情理之中的。

考研失利，只能面对毕业分配这个唯一的出路了。当时，我们原来的辅导员查振科老师已经考到辽宁大学读研去了。新换的辅导员，平时接触不多。临近毕业时，系里通知有几个留校工作的指标，愿意留校的应届毕业生可以报名参加选拔考试。在其他同学的鼓励下，我最初向辅导员报了名。可临近考试，辅导员找我谈话，征求我关于毕业分配去向的意愿时，我不知道出于怎样的心理，竟然鬼使神差地说，我不参加留校选拔考试了，也不太想回家乡铜陵，可以考虑到皖南黄山附近去工作。后来想想，可能当时我经过考研失利的打击，已经心灰意冷，没有勇气也不情愿再面对家庭和现实的烦恼，一心只想远离喧嚣的都市，哪怕做一个不太彻底的山林隐士，在皖南的山水田园中独自疗伤，安然度日。

可能我的话辅导员如实向系领导汇报过，于是，我没再参加留校的选拔考试，失去了这样一个机会。可以说，毕业前我意志消沉、思维混沌，很多想法纯属不切实际的胡思乱想。就在这种混沌、迷乱的日子里，我在等待学校发放毕业证书，等待决定我们每个人前途和命运的派遣证。

当时，考研成功的学生当然志得意满，他们不必再为毕业后的去向操心，有的甚至已经开始在积极准备和期待着新学期到新学校的新生活了。与此同时，还有一些学生，主要是那些比我们成熟得多的学生干部和党员，正积极地和辅导员、系领导联系、沟通，表达自己的毕业志向，争取更好的毕业分配结果。

在那些特别的日子里，平常与我走得较近、关系比较密切的几个同学，如王小峰、孙宏林同学等，都一再提醒我，可以去和辅导员及系领导再谈谈，交流一下思想和最新的想法。好几个同学还特别提示我，系党总支马祯科副书记的办公室就在中文系办公楼的第几层，他每天都在不停地接待来访的学生。

在这些好友的再三提醒下，有一天下午，我终于鼓足勇气，走进中文系办公楼，敲开了马祯科副书记办公室的大门。

马副书记为人谦和，没有什么官架子，我自报姓名后，他立即就对上了号。在那些临近毕业的日子里，找他的人很多，可以说是络绎不绝。我不能浪费他太多的时间，简单地自我介绍以后，就直截了当地表达了自己的最新愿望。他静静地听着，鼓励着我继续说下去。我说，虽然我今年考研个别科目成绩不理想，但平常各科目的成绩总体还不错，毕业后还想有机会再试试。如果毕业后能去沿江一带的某个高校去工作，各种学术杂志和论文资料都容易接触到，或许对我以后的考研和工作，会有更大的便利。

谈话结束，马副书记没有当场表态，只是说我的想法他知道了。结果证明，我的这次主动上门沟通，起到了关键的决定性作用。不久，经过省教育主管部门审批的应届毕业生分配方案下来了，辅导员发给我的派遣证上，明白无误地写着报到单位：T学院，这是当时安徽省铜陵市唯一的一所省属高校。在此必须交代一下，这所高校当时正从师范类专科学校转型为财经类专科学校，2001年与另外两所中专学校合并升格为地方本科大学T学院，为了叙述方便，行文时统一称之为T学院。在当年等待分配的安徽师大中文系220个毕业生中，我这个非党员非学生干部的普通学生，是被派遣到T学院工作的第一人。

写到这里，我要向安徽师大中文系的领导，特别是系党总支马祯科副书记和辅导员查振科老师，表达特别的敬意。作为一个普通学子，在安徽师大中文系学习生活4年，在我遇到困难和人生的困惑时，他们给予我很多及时的关怀和鼓励。特别是在我考研失利，意志消沉、心灰意冷的关键时候，马副书记等系领导没有冷落、放弃我，而是根据我的学业和实际情况，把我分配到了一个比较理想的单位。在人生的关键时刻，遇到这样的领导和老师，是我的幸运，他们都是我生命中的贵人，值得永远尊敬和感恩。

再见了，安徽师大

1986 年 6 月，大学毕业前夕，校园里弥漫着一种特别的气息。

有人忙着找领导找辅导员，期待毕业分配有一个更好的结果。有人忙着在毕业纪念册上留言，写的都是彼此祝福的话语，充满了依依惜别之情。也有一些逍遥派，似乎不太关心毕业去向，一切随缘。当然，最快乐最无忧无虑的，还是那些考研成功的同学，他们一个个兴高采烈，为即将开始的新生活踌躇满志。

在这些特别的日子里，各个班级和小组，也都在忙着照毕业照，毕竟距离离开学校的日子越来越近了。班级毕业照是在教学楼前面的草坪上拍的，那里是我们平常上课之余经常漫步休息的场所。整个年级四个班级，系领导、大学辅导员和部分任课老师，按照先后顺序分别与每个班级合影留念。

过了几天，我和同寝室的同学毕民智、沈学习、孙方华、赵日新、毛豪明、丁武、余学玉、高文荣等一起，加上 3 个女同学张晓真、许宁和单长平，也就是班级里的同一个小组，也约好去镜湖边合影。那天，天气晴朗，风轻云淡，空气里弥漫着花草的芳香。我们结伴而行，走出校园到学校大门正对面的镜湖边，反复比较，选择了一个很不错的景点做合影的背景。

这张小组合影和那张班级合影一样，多年以后也一直被我们很多人珍藏着，这是我们大学4年期间友谊的见证，它记录了我们大学时代的美好时光，留下了我们当年的青春芳华。

几十年后，照片上热情洋溢、青春勃发的年轻人，有的成了专家学者、博导硕导，有的在基层中学教书育人，早已是桃李满天下，有的成为领导干部或者媒体资深编辑，大家都在各自不同的岗位上发挥着光和热。

个别同学临时有事，没有参加小组的合影。其中来自安徽省宿松县的同学周草，和我一样，毕业当年考研失利。但令人敬佩的是，他毕业后坚持不懈，终于考上了南开大学现代文学专业的研究生，毕业后分配到安徽省委宣传部工作，先后负责省委理论刊物《安徽宣传》和《江淮》的编辑工作。

当然，以上这些同学各自不同的发展走向，都是经过岁月的磨炼，日积月累的结果。当年刚刚大学毕业时，我们谁也不知道将来的人生道路会怎样，不知道走出校园，我们会面临着哪些挑战和考验。其实，刚刚大学毕业的我们，对于社会对于即将奔赴的工作岗位一无所知，内心深处既有激动和期待，也有几分茫然和慌乱。

照完毕业照，不久我们毕业分配的方案下来了，我拿到的是前往T学院报到的派遣证。整理好行装，领到毕业证书、合影照片和学校发给的派遣费后，1986年7月上旬，同窗4年的我们，一一分手告别，前往各自不同的单位报到，奔赴各自不同的人生。

再见了，安徽师大，再见了，美丽的校园。感谢你4年来的陪伴和安慰，感谢系领导和各位老师的关心和培养。离开母校，生活将翻开新的一页，迎接我们的将是崭新的工作和挑战。

象牙塔里的岁月

年轻的朋友在一起，比什么都快乐

1986 年 7 月上旬，领到大学毕业证和毕业分配派遣证以后，我打包寄完行李，就回到铜陵去 T 学院报到了。

那时候我对铜陵市区的环境还不熟悉，报到那天是让已经在市检察院工作的高中同学朱迅陪我一起去的。

当时铜陵市政建设还很落后，从原来的那个老火车站直通学校的北京路还没有打通，靠近西面的路段路基已经成型，但还是泥巴路，没有铺上石子。现在的市科技局广场往东去往植物园的方向，仍然被几个山坡挡住，正在等待开挖。而现在的幸福村及附近的菜市场直至石城广场等连片区域，当时还是一个烧制砖瓦的窑厂所在地。

T 学院是个年轻的学校，1983 年由原安徽省属师范专科学校改建为安徽省属财经类专科院校。当时，在市区不远的近郊，一边建设一边办学，条件非常简陋，被戏称为"巴掌地方两栋楼"。我去报到时，从现在的市残联到官塘一路区域还是一个大水塘，水塘边上的一个蜿蜒小道，就是通往 T 学院校园的路。路两边还偶尔可见到没有迁移的坟墓，让人第一感觉，学校似乎是在远离城市中心的荒郊野外。

到学校人事处报到后，我被安排在基础部担任中文教师。1983 年，T 学院转设为财经类院校后，师资力量不够，特别是财经类专业教师很缺乏。为此，包括毕业留校工作的几人在内，1986 年 7 月，学校从安徽大学、安徽财贸学院（现安徽财经大学）、江西财经大学、安徽师范大学、安徽财政学校等省内外大中专学校，一下招进了 30 多名毕业生。据悉，这是 T 学院转向以后分来毕业生数量最多的一年，至此，T 学院正式教职工已有近 200 人，其中专职教师 90 多人。

当年，仅仅从安徽师范大学就进入了中文、数学、政教、英语、历史、地理、体育等专业的毕业生十多人。其中中文和数学专业各两人，同时安排在基础部任教。学校总务处很快给我们这些新教师妥善安排了宿舍，并配置了床、办公桌椅和书橱等用品。

没过几天，我从芜湖托运回来的被子和书等行李都到火车站了。基础部的女秘书王晓勤联系学校总务处，安排人用一个板车和我一起将行李拉回到宿舍。插入一句，这个报到后首次接待我们并落实人员，帮我把行李拉回学校的基础部女秘书王晓勤，就是后来扎根安徽凤阳小岗村、闻名全国的第一书记沈浩的夫人。她先是在 T 学院工作了几年，后来随着到省财政厅工作的沈浩一起去合肥工作。

当年 9 月新学期开学后，按照惯例，我们新来的教师要经过一周左右时间的入职教育，主要是熟悉学校基本情况，了解学校有关教学规范和工作纪律，开展教育学、心理学等上岗前的业务培训。随后，我们就成为学校教职工的一员，正式参加学校和各自系部室组织的政治理论学习和教育教学业务活动了。当年9月10日，是第二个教师节，基础部领导还组织全体教职员工游览了天井湖公园，并一起合影留念。

入职后的第一学期，基础部语文教研组的领导，没有给我们新教师安排教学任务。领导交代得很清楚，我们的主要任务就是熟悉教材、备课和随堂听老教师的课。

学校一下来了30多个年轻教工，校园气氛立即活跃起来。除了女教师住进了教工单身楼，我们这些男教工都住在当时一号学生宿舍楼改建过的两层宿舍里。虽然是两人一间，但整个楼层都是一道刚毕业分配来的单身汉，于是很快就互相熟悉打成一片了。除了各自备课和参加学校必要的活动外，我们常常一起吃饭，一起休闲娱乐，很多时间都是在一起度过的，很是热闹。

> 你未曾见过我
> 我未曾见过你
> 年轻的朋友一见面啦
> 情投意又合
> 你不用介绍你
> 我不用介绍我
> 年轻的朋友在一起呀
> 比什么都快乐

这首20世纪80年代流行的老歌《溜溜的她》，非常真实、自然地唱出了当年我们30多位年轻教师，从大江南北各个学校汇聚到铜陵以后的快乐心情。

T 学院这所年轻的学校，因为我们这一批年轻人的加入而显得更加朝气蓬勃，我们也因为来到 T 学院而得到更好的锻炼和成长。刚刚走出大学校园的我们，对工作充满热情，对未来的美好生活，充满无限憧憬和期待。

首开讲座，和大学生漫谈琼瑶小说

怎么也没有想到，我刚刚大学毕业来到 T 学院任教，还没有正式走上讲台，就给学生开展了一次全校性的学术讲座。

1986 年 9 月开学后不久，学校教务处向各个系部室发出通知，要求各个系部室积极组织申报，面向全校学生开展系列讲座，以活跃学校学术氛围，提高学生的学习兴趣。

基础部领导部署这项工作后，其他老师不是很踊跃，我作为新来的教师，竟然鬼使神差地报了名，而且上报的还是当时的热门选题《漫谈琼瑶小说》。

20 世纪 80 年代初，台湾的一些女作家在大陆读者，尤其是在青年学生中颇受欢迎。先是掀起了一股"三毛热"，1986 年又出现了"琼瑶热"。自从琼瑶的小说《窗外》《在水一方》及有关影视剧在大陆发行和上映后，琼瑶的小说就供不应求，各地新华书店只要一到琼瑶的作品，立即就被抢购一空，甚至连一些过去一直热心于武侠小说的读者，也转变了兴趣。由此可见，琼瑶的小说影响之大。

与此同时，我留意到，也有人在报刊上发表文章，认为琼瑶的小说有很大的消极影响，会对读者产生一定的腐蚀作用。个别人甚至偏激地认为，琼瑶的小说是当前社会的一大"公害"，要求有关部门采取措施，对它的出版和发行进行必要的限制。发行量较大的《文摘周报》1986 年 9 月 14 日，就转载了《北京法制报》的一篇文章，题目就是《琼瑶公害应当抵制》。

这就产生了一个问题：我们究竟应该怎样看待琼瑶的小说？毫无疑问，琼瑶的小说之所以能够广泛流传，其中一定有着它所特有的内在因素或者说魅力，那么这种内在因素、它的魅力究竟是什么呢？另一方面，琼瑶的小说有没有局限性和消极影响，具体表现在哪些方面，是否真的像上面所说的那么严重呢？

针对这些争议和讨论，我收集相关资料，并集中阅读了琼瑶多部流行一时的小说，撰写了 5000 多字的讲稿。

1986 年 11 月中旬，按照学校教务处的安排，在教学楼一楼阶梯教室，我面向到场的近百名学生，开展了题为《漫谈琼瑶小说》的讲座。具体谈了这样三个问题：第一，琼瑶其人及其创作概况；第二，琼瑶小说的魅力及其积极意义；第三，琼瑶小说的局限性及其消极影响。

在第一部分，我简单介绍了琼瑶的生平、经历和创作情况。重点提到在琼瑶的青年时代，有两件事值得注意，这两件事直接影响着她以后的生活和创作。一件是 18 岁那年，琼瑶与学校里的一位老师闹了一场——按照她自己的说法，叫"惊心动魄"的恋爱，结果被来自四面八方的阻力所截断。有关这一段的恋爱生活，在她的第一部小说《窗外》中，描写得比较详细。给她往后的生活和创作带来很大影响的第二件事是，20 岁时琼瑶由家人做主，嫁给了一个好赌成性的男人。那是一次失败的婚姻，夫妻关系勉强维持了四五年，并且有了一个孩子，但最终还是解除了婚约。这一次婚姻在她的小说《梓梧》《在水一方》等许多作品中，也都留下了印迹。

琼瑶的小说大多以恋爱、婚姻为主题,这些作品组成了琼瑶言情系列小说。琼瑶小说的题材主要来自两个方面,一是来自琼瑶的自身生活,包括恋爱、婚姻、家庭和社会生活的丰富阅历。小说《窗外》就是根据她自身的经历写成的一部作品。琼瑶的系列言情小说,还取材于另外一个方面,即她将从别人那里听来的故事,进行加工予以再创作,写成小说。她的这类小说也很多,其中的主要人物大多有生活原型。

在讲座中,我重点展开的是第二部分,即琼瑶小说的魅力及其积极意义。

琼瑶的小说之所以在青年学生中间广泛流传,有着它自身的内在因素。

首先,理想与现实的矛盾,人与命运的抗争,是琼瑶一些小说的主要矛盾冲突。琼瑶的小说大多是关于普通人物的爱情悲剧,即使是那些以大团圆结束的小说,也会有浓厚的悲剧成分。理想的破灭,追求的迷茫,以及神秘的命运观念,使读者产生一种幻灭的悲哀,一种淡淡的愁绪,一种无可奈何的失落和惆怅。《窗外》这部小说,主要就是围绕着这些矛盾展开故事情节的。

理想与现实的矛盾,人与命运的抗争,在小说《在水一方》中表现得更为突出。小说主要通过三个主要人物之间的感情纠葛,反映了理想可望而不可即、追求难以实现的痛苦。

随着电视剧《在水一方》的热播,主题歌《在水一方》流行了很多年。歌词是根据《诗经·秦风·蒹葭》改写而成的。这首诗表现的是一种追求的迷茫与感伤。它表达了一种不确定的只可意会不可言传的朦胧情感。长期困扰人类心灵的内心冲突有两种,一种是理想与现实的矛盾,一种是感情与理智的矛盾。《蒹葭》这首诗反映的就是理想与现实的冲突。这是一种比肉体的痛苦更为惨烈的灵魂的受难，是心灵的悲剧。

反映人类心灵悲剧的琼瑶小说，对读者产生的效果与一般的悲剧有所不同。一般的悲剧都有一种可以归因的社会根源。它的审美效果主要是崇敬、愤恨和同情。心灵的悲剧不同，它没有可以归因的实体，似乎一切都是人类自身不可避免、必然要发生的，似乎冥冥之中有着什么神秘的超人的力量在主宰着人们的命运。这就使人产生一种恐惧感，并由恐惧引起悲哀和惆怅。

其次，深沉、丰富、复杂的情感，使琼瑶的小说显示出巨大的艺术感染力。以情感人是文艺作品达到审美效果的唯一途径。琼瑶的小说正是以其深沉、丰富、复杂的情感征服了广大读者。

此外，题材的开拓也是琼瑶的小说赢得广大读者喜欢的因素之一。《窗外》刚发表时，台湾的中学生排长队争购，因为这是反映中学生思想情感的小说，这一领域在此前的文艺界一直是空白，于是琼瑶的小说受到青年学生的欢迎，也就不足为怪了。

在讲座中，我充分肯定了琼瑶的小说具有以下积极意义。第一，琼瑶小说所表现的爱情就是对当前世俗的一种挑战。第二，琼瑶的小说使读者认识到，爱不是幸福的同义词，它同人的其他情感一样，有时也会给人带来烦恼甚至不幸。第三，琼瑶的小说能给人一种审美享受，得到感情的愉悦。第四，琼瑶小说在艺术上的成功能给我们以启发和借鉴。

在讲座的最后，我简明扼要地提到了琼瑶小说的局限性和消极影响。琼瑶小说的局限性主要表现在如下两个方面：一是题材单一，情节相似；二是人物性格雷同，形成了一定的模式。

截至当年，琼瑶的 40 多本小说几乎都是以爱情为题材，不仅写的都是男女之间的恩恩怨怨，而且矛盾的构成、情节的发展也极为相似。琼瑶小说里的男女主人公要么有情而无缘、有缘而无情，从而造成爱情悲剧；要么就是通过偶然的机会，男女主人公由相怜到相爱，经过种种曲折，最终结成美满的姻缘。这种单一的题材和相似的情节，不能不说是琼瑶小说的局限性。

琼瑶小说里的男女主人公从外貌特征到性格气质，各方面都有雷同化的毛病，甚至形成了一种固定的模式。突破前人不容易，突破自己更难。有人说，突破了自己也就失去了自己。从这个意义上说，琼瑶小说的局限性，或许也正是琼瑶小说的独特风格之一。

琼瑶小说的消极影响主要有以下两点：第一，琼瑶小说的命运观念以及浓重的感伤情调，容易导致意志薄弱者走向宿命论，产生那种认为一切都是天意，在命运面前人无能为力的悲观主义情绪。第二，琼瑶小说的理想主义色彩，爱情至上的思想，有可能会使部分尚未成熟的青少年逃避现实，走入乌托邦式的爱情天国。

因为准备充分，整场讲座脉络比较清晰，结合琼瑶的作品分析点评也很细致客观，学生反响不错。应该说，我到 T 学院工作后的首场讲座，收到了预期效果。

我在大学当老师

在 T 学院，作为基础部的中文教师，我和中文教研组的其他老师一样，主要承担两门课程的教学任务，一是《大学语文》，二是《财经应用文写作》。

《大学语文》作为高校重要的基础课程，在提高人才培养质量和加强素质教育方面具有重要作用。人文素质教育是传授人文知识、培养人文精神的教育，大学语文教学与学生人文素质培养关系密切，有助于培育和提高大学生的人文精神，使他们在气质、修养、人格等方面得到提升。

《财经应用文写作》主要培养学生在财经文书方面的写作技巧、写作实践能力及借助应用文解决问题的意识，对学校应用型人才的培养定位有着重要的支撑作用。

按理说，这两门课程各有侧重，对于 T 学院这样的财经类大学生来说，学好这两门课都很有必要，也有很实际的应用价值。但实际情况并非如此。

在特色鲜明、定位准确的 T 学院，基础部不是财政税务、财务会计、计划统计这样的专业系部，基础课也与各种财经专业课不同。在以财经类课程为主干的课程体系里，包括《大学语文》和《财经应用文写作》在内的基础课，地位十分尴尬。

十多年的埋头苦读，加上高考大战，考生苦语文者久矣。经过十多年的艰苦学习，很多学生对于语文、对于写作，似乎早就心生厌烦。于是，对于非专业课的《大学语文》和《财经应用文写作》，很多学生并不重视或者心生淡漠，似乎是自然而然的事。

这样的课程地位和学生的学习态度，对于任课老师来说，是一个挑战。特别是对于我们这些刚刚走上工作岗位、经验不足的年轻老师，就更是一种严峻的考验。

我观摩了中文教研组 5 个老教师的课堂教学情况，学到了很多，也受到了一些启发，他们 5 人先后都评上了副教授职称。其中，汪裕芳老师、汪嘉兴老师和浦引仲老师，教学严谨，善于引经据典，课堂信息量大。另外两个作家、诗人教师，讲课则相对散漫随意，课堂气氛也相对活跃。比如，儿童文学作家谢采筏老师，在上白居易的《长恨歌》那篇课文时，不顾天气寒冷，将穿在身上的大衣外套一脱，眉飞色舞地讲起唐玄宗与杨贵妃的爱情悲剧，那情景真是绘声绘色、激情洋溢。而擅长写黄山诗的陈发玉老师，则无论是上大学语文课还是上财经应用文写作课，总能不失时机地念几句现代诗，或者唱几句流行歌曲。

陈发玉老师曾经向我私授秘诀，一节课也就 40 多分钟，不能一直都紧扣教案循规蹈矩，偶尔讲讲故事、谈谈见闻，活跃活跃课堂气氛，时间很快就过去了。还别说，他们的做法还真有效果。

可惜，我天生没有他们那种激情洋溢，擅长演唱加表演的天赋。有时认真准备了内容很充实的讲稿，但学生兴趣不大，课堂教学效果并不理想。

当然，这些都是年轻教师刚刚走上讲台，因经验不足不可避免会遇到的问题。很多和我一起来 T 学院工作的专业课老师也遇到了同样的困惑，他们的专业课更加枯燥乏味，要讲得生动有趣，让学生既有收获，又印象深刻，也不是一件容易的事。

为尽快适应教学工作，我一边向老教师们学习请教，一边慢慢摸索，在精心备课、广泛收集讲课素材上下功夫。当年，为了使财经应用文写作课讲得更生动，更接地气，基础部副主任汪嘉兴老师，组织我们一起去拜见市中级人民法院经济庭的庭长，让他给我们介绍工作中遇到的实际案例。此外，我还特别留意报刊上刊发的与应用文写作有关的典型报道。将这些从不同渠道收集到的生动具体的案例，充实到教案和课堂教学中，学生更感兴趣，教学效果明显好得多。

在具体教学过程中，紧密结合实际，调整充实课堂教学内容也很有必要。在这方面，我也曾做过积极的探索和努力。

1990 年 12 月，台湾影片《妈妈，再爱我一次》上映后，在社会上引起了很大震动，观众之多、反响之强烈都是那几年不太景气的电影业中所绝无仅有的。结合大学语文课的教学，我在任课的 90 级一个班里组织了一次有关这部影片的讨论会，主题就是这部电影感人的魅力从何而来。

《妈妈，再爱我一次》，这部带有强烈悲剧色彩的影片，主要人物不多，故事情节也并不复杂，但却以新颖独特的主题引起了人们的关注。一位同学在讨论中说，这部影片之所以会引起轰动，原因之一，就是影片中的人情味较浓，充满了一种伟大而又庄严，温柔却又神圣的母爱。长期以来，由于种种原因，母爱这种人类共同的情感，在大陆的文学创作中没有受到足够的重视。以此为主题而又深刻感人的影视作品则更少。一位同学说，该片的成功就在于编导恰当地把握了观众的心理，选择了一个理想的角度来展示人世间的母爱的伟大与崇高。正是这种伟大而崇高的母爱，成为电影主角唯一的精神支柱，支撑着她走过坎坷艰辛的生活历程。

真挚的情感永远是文学的生命。一位同学说影片之所以感人肺腑，以至满座皆泣，关键在于感情真挚。在一串串倾注着真挚感情的日常小事组成的背景下，透过孩子一双纯洁的目光，将人世间的沧桑心酸，美与丑，善与恶，淋漓尽致地折射了出来。影片中那朴素而浓烈的情感，一次又一次冲击着观众的灵魂，使人不能不随着剧中的人物一道悲欢哭笑，一同经历汹涌起伏的情感波涛。

影片中的主题歌《世上只有妈妈好》也起到了揭示主题、渲染气氛的作用，增强了影片的抒情性和感染力。一位同学说，从影片第一次出现这支歌开始，这动人的曲调便时而欢快、时而凄楚地回荡在观众的耳畔，把观众紧紧拉入剧情，取得了感人的艺术效果。

在讨论中，大家也指出了影片一些值得注意的偏颇与不足。有的同学说影片有淡化矛盾的倾向，随着剧情的发展和矛盾冲突的展开，影片把新旧两种思想的激烈交锋，都毫无原则地归入了望子成龙的爱心，严重削弱了影片对于落后守旧的封建意识的批判力量，同时也暴露了思想深处的弱点和局限性。

应该说，结合大学语文课的教学，这堂关于正在热映的电影主题讨论课是成功的。它既使学生提高了影视欣赏水平，也受到了一次深刻的关于母爱、关于亲情的情感教育。随后，我将有关的课堂讨论情况整理成一篇现场侧记，送到校报编辑部，在 T 学院的党委机关报上刊登了。

参加集体婚礼：“我想有个家”

说起来，如今的很多年轻人根本不会相信，我当年结婚时，仅有 500 元的存款，堪称真正的“裸婚”。就靠着这区区 500 元和继父、母亲出钱帮我们买的一套简易组合家具，通过参加市总工会组织的集体婚礼，我就十分大胆地把自己的终身大事操办了。

大学毕业参加工作后，我们这些年轻人很快就都到了恋爱、结婚的年龄。可是当年很多像我这样从农村进入城市工作的青年，除了一张大学文凭，其他一无所有。

简单地说，可以用一组当年的流行歌曲，来表达我当年的状态、心情和结婚成家的过程。从费翔的《冬天里的一把火》，到崔健的《一无所有》，从潘美辰的《我想有个家》，到众多明星集体演唱的《让世界充满爱》，当年，这些流行歌曲唱出了很多年轻人的内心世界。我也正是在这些旋律的陪伴下，从"单身贵族"进入恋爱阶段，并很快走进婚姻，结婚生子，成家立业。

1987年初，大学毕业参加工作半年以后，一个偶然的机会，我认识了学校附近一个工厂的女工。那时我们年龄相当，经常一起在学校餐厅就餐。为了方便就餐，她偶尔委托我为她代买就餐券，一来二去接触就渐渐多了起来。

那时候，无论从哪方面看，她都比我更有优势。她年轻漂亮，是厂长的女儿，虽然只是一名普通工人，但每月的工资收入比刚刚毕业参加工作的我还要高。更重要的是，她是城里人，而我来自乡村，家庭出身又比较特殊，除了还算过得去的一张大学文凭，基本上是一无所有。

有关专家学者研究发现，自20世纪50年代以后，人们的价值观、婚姻观随着客观环境和政治形势的变化，在不断发生着变迁。50年代至70年代，政治条件、家庭背景、社会地位是女性择偶时比较注重的因素。80年代，女性更注重男性的学历、身高和对方的感情因素。

民间的流行说法，则更直接地反映了每个时代的发展趋势和特征："60年代找工人，70年代找军人，80年代找大学生。"恢复高考之后，在"尊重知识，尊重人才"的社会氛围下，有知识有学历渐渐成为新时代青年们择偶最重要的条件。

这是改革开放带来的时代变迁，也正是我们那一代大学毕业生的幸运所在。我们赶上了尊重知识、尊重人才的好时代。比我们早一些的读书人，很多人都被称为"臭老九"，社会地位低下，家庭和自身条件不好的人，结婚成家非常困难。我自己的生父更是被划为"右派分子"，下放农村后，年纪轻轻就含冤去世。与父辈们相比，我们不是幸运得多吗？

总之，正如有人总结的那样，20 世纪 80 年代，那是一个烟火与诗情迸发的年代，是一个开放包容、充满情怀的年代，一个思想自由、百花争艳的年代。有人说，如果用三个词来形容 80 年代，这三个词比较合适：年轻、真诚、单纯。

正是因为年轻、真诚、单纯，我和一些同时分配到 T 学院工作的年轻教师一样，很快进入热恋之中，不能自拔。可以说，自从到县城读高中以后，我就与家人离多聚少，上大学时春节和寒暑假也大都在学校度过，基本是一个无家可归之人。

1986 年，崔健在北京工人体育馆舞台上《一无所有》一曲完毕，欢声雷动。他的那声嘶吼，唱出了那个时代不少年轻人的内心苦闷和呐喊。

"轻轻地捧着你的脸，为你把眼泪擦干。这颗心永远属于你，告诉我不再孤单……"1987 年的春天，这首由郭峰作曲，众多明星共同演唱的《让世界充满爱》，与费翔的《冬天里的一把火》一样流行、火爆，传唱了很长时间。我记得，那年春天雨水特别多，细雨绵绵的日子延续了很长时间。但就是在这些春雨绵绵的日子里，伴随着这温暖的歌声，我和妻子一起从春走到夏，从秋走到冬，从不熟悉到熟悉，从热恋到结婚。

1988 年 1 月 26 日，农历腊月初八，我们结婚了。没有盛大的婚礼，也没有众多亲友的现场祝贺。当天上午，在赵启超、朱迅、戴茂平等中学同学，以及郭孝青等一起分配到 T 学院工作的青年教师的帮助和祝福声中，我将妻子从她家中接到我在学校的单身宿舍。中午在学校餐厅定了一桌酒宴，下午参加完市总工会的集体婚礼，整个婚礼过程就算结束了。结婚当天晚上，我们就在学校餐厅就餐，从此以后我们的生活就进入了一个新的阶段。

和同龄人相比，我结婚算是比较早的，大学毕业一年多就匆匆结婚成家了。这一方面是因为家庭条件的限制，再迟再等也不会有更好的经济支持。另一方面，也是因为妻子当时的确长相不俗，让我这个在长期压抑生活中成长起来，内心深处一直十分自卑的职场新人一时迷失了方向，很快成为爱情的俘虏。现在回想起来，当年我是何等胆大妄为，在几乎没有任何经济基础的条件下，通过市总工会举办的集体婚礼，就轻而易举地把她迎娶到单位提供的单身宿舍。

野百合也有春天。结婚后，我从"单身贵族"进入二人世界。当年 10 月，儿子降生，从此我们又成了三口之家。与许许多多当年的普通人一样，在平凡、琐碎的日子里，工作、学习之余，抚育、陪伴孩子长大成人，是我们的共同期待和寄托。

"我们同风雨，我们共追求，我们珍存同一样的爱……"时光飞逝，岁月变迁，但《让世界充满爱》这首经典老歌却历久弥新，让我永远难忘。每当这熟悉的旋律响起，我就情不自禁地想起当年我和妻子一起走过的艰难岁月，想起刚刚走上工作岗位，很快就恋爱结婚，虽然艰辛朴素但却让我感到温暖、亲切的美好时光。

十年校报编辑工作，让我得到锻炼和成长

在 T 学院基础部当了 5 年中文教师后，1991 年 4 月，我转岗到学校党委宣传部工作，成为学校党委机关报的一名专职编辑。

或许是因为性格和自身经历的特殊性，当了几年老师，总是

找不到感觉。再加上基础课在学校地位比较尴尬，学生也不太重视，对我来说，教学工作虽然很清闲，但却没有丝毫的乐趣和成就感。

1991年初，学校党委宣传部需要一位宣传干事，专职从事校报的文字编辑工作。可能是校报编辑部主任鲍锋同志留意并编发了我的几篇稿件，据说他有意向让我去校报编辑部工作。于是通过有关部门协商，并经学校领导研究决定，在当了5年大学教师后，我从基础部教学岗位调到学校机关工作。我当时的想法是，做文字编辑工作，白纸黑字，工作成果看得见摸得着，更适合我的性格，也是我喜欢的职业，或许也更能发挥我的特长。

进入新的工作岗位，也有一个适应的过程。当时，儿子刚两岁多，我们夫妻二人都上班，机关工作也不可能像当老师那么清闲、自由，必须按部就班地上下班。这些工作和家庭生活的矛盾，必须我们自己克服。所以，经过我的耐心解释和劝说，妻子才勉强同意，儿子两周半我们就把他送到幼儿园了。

我大学读的是中文系，到学校宣传部从事一般的文字编辑和内外宣传工作，应该得心应手。但新闻采编毕竟是一门专业性很强的工作，即使是学校内部的一份小报，也不能加以轻视和怠慢，必须老老实实认真对待。为尽快掌握业务知识，适应工作需要，一方面我报名参加了人民日报社举办的新闻函授培训班的学习，系统地学习了函授班下发的12本共100余万字的教材。另一方面，我积极进行各种新闻文体的写作练习，虚心向市内外新闻界同仁和校报编辑部主任鲍锋、编辑程啸等同志学习请教。经过一段时间的努力和探索，我很快掌握了新闻采编所必需的知识结构和业务技能。

在学校党委宣传部领导的大力支持和校报编辑部同仁的共同

努力下，随后几年，我们的报纸稿件质量和版面形式都有了显著的提高和改观。每年都有作品在安徽省高校校报好新闻评选中获奖，受到全校师生和省高校校报界同仁的充分肯定和积极评价。

我本人也先后在《人民日报》、《安徽日报》、《新安晚报》、《安徽青年报》、《铜陵日报》、《杂文报》、《杂文》双月刊、《语丝》杂文双月刊、《中国财政教育》杂志等报刊发表消息、通讯、评论、杂文、散文、理论文章等各类作品数百篇，并且先后有20余篇作品在全国及省市级征文或好作品评选中获奖。

此后一直到2000年底，我在校报编辑部工作了十年之久，先后担任了校报编辑部副主任、主任和副总编辑。其间，先后担任学校党委宣传部部长的是朱斌、崔国发等，鲍锋和程啸同志先后调离学校，除我以外，先后参与报纸采编工作的还有崔国发和占旭东等。

20世纪90年代中后期，根据学校领导的要求，报纸从月刊改为半月刊，人手少，稿源也紧张。为此，在学校领导和党委宣传部的大力支持下，我和占旭东等带着从学生中挑选、培养的骨干学生记者一起，共同参与校报编辑工作。

T学院的党委机关报创刊于1984年10月1日，截止到2000年12月31日我调出T学院前夕，前后16年零3个月共出刊175期。其中我在校报编辑部工作时间最长，十年期间参与了从第62期到175期共114期的报纸编辑工作，数量也是最多的。同时，十年间我撰写的新闻稿件先后在《人民日报》《中国财政教育》《安徽日报》《新安晚报》和《铜陵日报》上刊发，新闻类稿件对内对外发稿数量和发稿级别最高的应该也是我。可以说，我在T学院宣传部从事校报编辑工作期间，投入了全部精力，做出了最大努力。无论是在对内对外宣传、报纸新闻采编，还是在通讯员队伍建设和骨干学生记者的选拔、培养等方面，都做了积极的努力和探索，取得了显著成绩。

回首十年的校报工作，我觉得有以下三点体会值得认真总结和汲取：一是要力争得到学校党政领导的重视和支持，这是办好校报的前提条件。二是编辑人员自身要努力，要不断提高自身的政治业务素质，以显著的工作业绩，赢得领导的信任和支持。三是要抓好学生通讯队伍建设，这是做好校报工作的基础。

十年校报编辑部的工作经历，使我得到了锻炼和成长，也让我后来到市级党委机关报从事新闻采编工作，有了足够的底气和信心，为我在专业的新闻媒体顺利地开展工作奠定了坚实的基础。

学生品学兼优　厄运突然降临
——为白血病患者王强募捐始末（上）

1993 年 10 月，T 学院一个叫王强的学生，被学校选送到安徽财贸学院（现安徽财经大学）进修，计划跟班读完三四年级后回学校当老师。可就在他跟班学习期间，突发白血病，需要巨额医疗费进行骨髓移植手续。

为此，在省市有关领导的批示关心下，学校在全市范围内组织了社会募捐活动。在此期间，我一直跟踪关注和及时报道，跟随校领导去南京医院看望慰问王强，陪同市内各大媒体记者跟踪采访。我本人更是先后在校内外媒体发稿十多篇，一时间成为铜陵市的热点新闻，引起极大的震动和反响。

王强，男，1974 年出生于安徽省和县。1991 年 9 月，他从和县中学毕业后考入 T 学院 91 财会二班学习，并担任了班级的宣传委员。从偏僻的乡村跨入大学校园的王强，自入学的第一天起，就非常珍惜来之不易的学习机会。在校学习期间他学习工作都出类拔萃，卓有成效，年年获得奖学金，并多次被评为优秀学生干部。

1992 年，王强受聘担任学校党委机关报学生记者后，更显示出极大的热情和蓬勃的朝气，不仅为校报采写了一篇篇文笔简洁流畅的消息、通讯和评论，而且还有多篇作品先后被《新安晚报》《安徽教育报》《安徽消费者报》所采用。

作为一名学生干部、班级的宣传委员，王强对学校开展的各项活动总是一如既往地充满了热情，在学校组织的社会实践活动中，他深入基层，曾利用寒假时间到和县水泥厂调查研究，就该厂的经济与财务状况，写出了分析中肯见解独到的调查报告，受到了该厂领导的重视和好评，并荣获学校社会实践标兵的称号。

自小在乡村长大的王强，家境贫寒，父母都在家务农，兄弟 4 人中除了排行第二的他考入大学外，还有两个弟弟在上中学。而作为一名自费的委培生，他每年所需的学费和生活费共 3000 至 4000 元，这对于一个仅仅依靠农业收入为生的家庭来说，不能不说是一个沉重的压力。为了减轻家庭负担，自筹学费，暑假期间他打过工，做过生意，在校学习期间他也曾当过家庭教师，以自己的劳动所得来维持和贴补学习生活费用。

经济上的拮据、生活上的艰辛并没有磨灭王强的远大志向和抱负。1993 年，学校决定在 91 级学生中选拔一批品学兼优的学生，委托安徽财贸学院培养财会专业师资，经过认真思考，王强毅然决定参加选拔考试并顺利通过。1993 年秋，王强满怀信心地来到安徽财贸学院,希望在这新的学习环境中再做一次拼搏和奋斗。可是谁也没有想到,就在他一步一个脚印地朝着理想的目标迈进,用刻苦勤勉去描绘人生蓝图时,厄运却悄悄地降临了他的头顶。1994 年 1 月,到安徽财贸学院学习仅仅几个月的王强患病住院,经过专家会诊确诊为慢性粒细胞性白血病。

经过几个月的常规治疗,王强的病情基本稳定,但要挽救其生命,当时唯一有效的手段就是进行骨髓移植手术,而他这种手术共需医疗费约 12 万元。12 万元当时对于一个普通的农村家庭来说,无疑是一个天文数字。

在空军南京医院住院期间,王强趁医护人员不注意,偷偷翻看了自己的病历记录,知道了一切。他立即执笔给当时的安徽省副省长汪洋写了一封信,反映自己面临的困境,发出了求助的信息和期盼。

在王强患病期间,省市及学校各级领导给予了深切关怀和大力救助。收到王强的求助信后,汪洋副省长亲自给予批示,指示可以搞些社会募捐。随后,中共铜陵市委常务副书记周长玉也批示各新闻单位予以支持,市委宣传部部长洪哲燮对王强病情及社会募捐的宣传报道工作作出了周密安排。同时,各新闻单位多次报道社会募捐情况,引起了社会各界对王强病情的极大关注。T 学院领导对此也高度重视,为积极组织社会募捐活动,学校专门设立了募捐办公室,开展了救救王强募捐活动,校内外各界人士纷纷解囊相助,奉献爱心。

在此期间,我一直密切关注事情的进展,跟踪采访每一个细节,并先后在校内外媒体及时发出相关报道,呼吁社会各界对刚刚 20 周岁,正处于生与死紧要关头的王强,伸出援助之手,用温暖和爱心去共同挽救一个年轻的生命。

我采写的第一篇报道在 1994 年 6 月 15 日的 T 学院校报头版头条刊发后，立即被次日的《铜陵日报》所转发，铜陵电视台和铜陵人民广播电台也及时进行了报道。于是，一场轰轰烈烈的募捐活动在铜陵市范围内展开了。

伸出你的手　伸出我的手
——为白血病患者王强募捐始末（下）

夏日的铜陵，骄阳似火。1994 年 6 月 15 日的午后，烈日当空，大街上行人稀少，但位于铜陵市中心的华乐商场门前却人声鼎沸，气氛异常。

在商场门前一块不大的空地上，摆放着两块黑板，上面赫然醒目地写着四个褐红色的大字："救救王强！"

黑板前面的木椅上放着一个红色的募捐箱；黑板后面，一面鲜艳的团旗在迎风招展，一排身着中国青年志愿者文化衫的青年，表情肃穆地面对着围观的群众。——他们是 T 学院的学生，当天在校团委、学生会的组织下，走上街头，为他们的同学——不幸身患白血病的王强，开展社会募捐活动。

没有动人的演说，只有录音机在向围观的群众播放着从铜陵人民广播电台转录的我采写的稿件《救救王强》。第二天，这篇稿件以《伸出你的手，伸出我的手》为题，刊发于《铜陵日报》的第一版——

"一个刻苦勤勉和打工助学的自费委培大学生，不幸身患白血病需要社会的救助，为了一个年轻的生命，亲爱的朋友，请您伸出一双友爱的手，奉献一颗温暖的爱心……"

听着听着，围观的群众无不为之动容，这是心的呼唤，这是爱的奉献，伴随着韦唯的深情感人的歌曲，一双双温暖的手伸向了募捐箱。

6月18日上午9：30，T学院教学楼一楼大厅内洋溢着庄严、热烈的气氛，为王强同学筹集医疗费而举行的募捐仪式，正在这里隆重举行。参加募捐仪式的，除学校党政领导、学校各工会小组负责人和全校30多个班级的学生代表外，还有专程前来捐款的市妇联、市总工会及有关企业的领导和代表。

由市政经济开发总公司和香港福祥贸易有限公司合资兴办的华福房地产开发有限公司，当场向王强同学捐款1万元。随后市五交化公司商业大厦工会负责人、市妇联副主席、市总工会代表分别代表各自单位捐款。T学院党委书记、校长、副校长等，也分别当场从身上掏出100元投入募集箱中，学校各工会小组的代表以及全校30多个班级的学生代表，也分别献上了本部门、本班级的捐款。据统计，这天上午全校师生共向王强同学捐款8000多元。

很多厂矿、企事业单位以及工、青、妇等群众团体的各级组织，纷纷给学校打来电话表示要向王强同学捐款，仅6月20至30日就有20多个单位和团体，将捐款送到了T学院临时成立的募捐办公室。此外，还有许许多多不愿留下姓名的同志也先后寄来或送来了他们的个人捐款。截至6月底，短短两个星期，T学院募捐办公室收到各类捐款共4万余元。

在社会各界纷纷向王强同学奉献爱心、伸出援助之手的同时，一些关心王强同学的病情及治疗状况的人，还先后打来电话提供治疗白血病的最新信息及资料。

6月20日下午，T学院吴福量副校长带着全校师生的关切和眷恋，带着山城铜陵人们的爱心和问候，前往空军南京医院看望慰问王强同学。随同他一道前去采访的，有铜陵日报社、铜陵电视台、铜陵人民广播电台等媒体记者组成的采访组一行 7 人。

6 月 21 日上午，我们在医院的病床上见到了王强，他给我们的印象比预先想象的要乐观和开朗，只是脸部因为正在做化疗的缘故，略显浮肿，并且发着低烧。见到我们一行人来访，他的双眼流露出感激、欣慰的目光。面对摄像机的镜头，他并不十分紧张，反倒意外的冷静和从容。

当吴副校长向王强介绍学校正在为他开展募捐活动，以及社会各界对他的关注和踊跃捐款的情况时，他激动得热泪盈眶："感谢全校师生和社会各界对我的关心和爱护，我一定努力与病魔抗争，争取早日康复，以报答大家对我的恩情。"

几天后，我根据亲身经历的募捐活动前后经过，以及去南京探访的所见所闻，采写了一篇长篇通讯，以一个整版的篇幅，分别刊发在《铜陵日报》和 T 学院校报上，将这次募捐活动推向了最高潮。

令人遗憾和悲痛的是，因患白血病而受到社会各界广泛关注和热心救助的学生王强，终因病情突然恶化，不幸于 1994 年 8 月 17 日在空军南京医院去世。

王强同学患病期间，学校和市有关新闻单位曾派人前往空军南京医院探视和采访，病逝后校领导又专程及时赶到王强的家乡对他的亲属进行了慰问，并就善后事宜进行了周到妥善的处理，使广大青年学生深感社会主义大家庭的温暖，受到了一次深刻的精神文明教育。

王强同学的亲属及其家乡安徽省和县乌江镇（现马鞍山市和县乌江镇）地方政府，T 学院党政领导和全校师生向社会各界对王强同学奉献出的一片爱心，表示崇高的敬意和衷心的感谢。同时，经学校领导研究决定，凡王强去世后的个人捐款将分别予以退回，在王强治疗过程中收到的捐款，除支付治疗费用外，余款作为全校学生的特殊医疗基金，实行专款专用。

一年以后，"救救王强"募捐活动被重新提起，T学院莘莘学子的心灵又一次被深深地感动了。1995年6月14日下午，时任学校团委书记童健在教学楼阶梯教室向100多名T学院党校第13届学员、毛泽东思想研究会会员及部分学生做了"救救王强"事迹报告会。在一个多小时的报告会上，校团委领导动情地讲述了王强同学在校期间勤奋学习、扎实工作的刻苦精神和"救救王强"募捐活动中涌现的一件件可歌可泣的事迹，使在场的听众感动得潸然泪下。

一些学生在随后举行的座谈会上，激动地表达了自己的切身体会和感受。同学们说，"救救王强"募捐活动体现了党和政府对大学生的热情关怀，体现了社会主义大家庭的温暖。它如一缕春风吹开了校园里的精神文明之花，标志着扶危济困这一中华民族传统美德，已转型为一人有难、八方支援的社会主义新风尚。同学们表示要积极培养社会责任感，加强精神文明建设，努力塑造大学生的新形象。

鉴于我本人在1994年为身患白血病的学生王强开展社会募捐活动期间，先后为《铜陵日报》、铜陵电视台、铜陵人民广播电台和学校党委机关报采写并刊发（刊播）了10多篇次共2万余字的系列报道，在社会各界引起强烈反响，产生了积极的社会效应，1995年5月下旬，安徽省高校校报研究会在安徽农业大学举行的第八届学会年会上，向我颁发了特别荣誉证书，以资鼓励和嘉奖。

我与著名演员陈述的一面之缘

陈述，这一名字对于现在的"追星族"来说，或许已经感到很陌生，但是不少与共和国同龄或年龄更大一点的同志肯定还会清楚地记得，他原是上海电影制片厂的著名演员，曾在《渡江侦察记》等多部电影中有过十分出色的表演。多年前一次偶然的机会，我与陈述先生有过一面之缘。

那是 1994 年 6 月下旬，铜陵市金都娱乐美食城举行开业庆典，陈述一行人应邀来铜陵作《金都之夜》专场文艺演出，地点在铜陵有色工人文化宫。演出那天，曾经在学校党委宣传部工作的同事，时任铜陵人民广播电台记者郭孝青，约我随他一道去观看演出并尽可能地进行一些采访活动。这样，利用演出的间隙，我们在后台休息室见到了陈述并和他进行了短暂而愉快的交谈。

小时候在乡下看露天电影，我曾多次看过《渡江侦察记》，对陈述在其中扮演的那位十分生动、传神的反面人物——国民党长江守备军情报处处长，留有很深的印象。然而，当这一角色的扮演者陈述坐在我们面前，与我们随意攀谈时，却丝毫也发现不了他在银幕上所表现出来的阴险、狡诈、野蛮与专横，相反，一双精明而锐利的眼睛流露出安详、和善的目光。

"我曾经两次到繁昌县荻港镇拍《渡江侦察记》，但却都没能再往西走那么一点点，所以这次到铜陵演出还是第一次。"

当时已过古稀之年的陈述，身材不高，但却结实、硬朗，声音洪亮、有力。他介绍说，尽管他从上影厂退休后，在银幕上与观众见面的机会少了，可舞台演出却一直比较频繁，特别是为老年同志演出的机会更多一些。

他和我们谈了他的工作，也谈了他的家庭和个人生活。从交谈中我们得知，几十年来一直与他风雨同舟的老伴当时刚刚去世不久，这一家庭的不幸使他的情绪显得略有一点压抑。他说："有时候我拼命地工作，努力把这事忘掉。这当然比较困难，要从悲痛中彻底解脱出来，恐怕还得一段时间。"

面对一位著名演员和老一辈电影工作者，我们的话题自然会涉及我国电影界的状况。谈到这个问题，陈述似乎很有感触，侃侃而谈："我总觉得，如果这个电影的创作符合于创作规律，如果我们的作品都是从人民群众生活当中来的，那么从创作、导演、演出各方面来说都会比较成功。反之，如果粗制滥造或杜撰，不符合生活逻辑，那肯定要失败的。一切艺术都来源于群众的生活，这是颠扑不破的真理。如果说我们过去取得了一点成绩，那正是由于我们创作人员深入生活、深入群众的结果。"

这是他的肺腑之言，更是他一生艺术生涯的经验总结。我们最后请他谈谈初次来铜的印象和感受时，他说："铜陵是一个产铜的基地，一直向往已久。这次有机会来铜陵演出感到非常高兴，遗憾的是这次来时间比较紧，演出的场次也很有限，不能去矿区。以后如有机会我将要去矿区为工人同志们表演，这是我的一点心愿。"

采访结束时，陈述先生欣然同意与我们合影留念。回去后我根据采访获得的一些素材，立即赶写了一篇专访，刊登在当年7月上旬的《铜陵日报》文艺副刊上。

1997年初，《新安晚报》推出每月话题《照片里的故事》专栏，征集有关文章和照片。我根据1994年6月电影艺术家陈述来铜参加有关活动，我前往采访的一些片段和见闻，写成《我与陈述的一面之缘》一文，连同合影照片一起寄了过去，稿件和照片很快都在《新安晚报》上刊发了。

和京剧演员李炳淑谈京剧艺术

1994 年 6 月下旬，在安徽省铜陵有色工人文化宫举行的《金都之夜》专场文艺演出中，著名京剧演员李炳淑也应邀来铜演出。我和铜陵人民广播电台记者郭孝青一道去观看演出，利用演出的间隙，在后台休息室见到了李炳淑并对她进行了短暂而愉快的采访。

不少与共和国同龄的人或年龄更大一点的中老年同志，肯定还会清楚地记得李炳淑的名字，她是著名的京剧演员，"文革"期间盛行一时的八大样板戏之一——《龙江颂》中的女主角江水英的扮演者。

李炳淑原籍安徽宿州，14 岁入安徽宿县京剧团学戏，后调安徽蚌埠京剧团。1959 年进入上海市戏曲学校深造两年，曾得梅派传人言慧珠、杨畹农亲自指导，后拜魏莲芳为师，又向张君秋学艺。1961 年，李炳淑毕业于上海戏校，为上海市戏曲学校京昆实验团主要演员。同年她赴香港演出，《杨门女将》一剧使其初露头角。1970 年后，李炳淑成为上海京剧团二团主要演员。1988 年应联合国教科文组织邀请，举办"京剧艺术演讲会"，受到与会者赞誉。

据说，20 世纪 60 年代初，上海有关单位将她从安徽调出时，很费了一番周折，最后还是毛泽东主席亲自出面才解决了问题。多少带有这一层特殊的关系，她在接受我们的采访时，显得十分积极和热情。

"每次回安徽演出心情总是很激动。"她兴致勃勃地告诉我们,这是她第二次应邀来铜陵演出。1993年3月,应铜陵有色公司的邀请,她曾带她所在的上海京剧院一团,分别在铜陵有色工人文化宫和新桥矿业公司进行了两场演出,并且受到她的同乡、时任铜陵市市长汪洋同志的亲切会见。

"近年来,包括京剧在内的整个戏曲界受到了影视文学和各种通俗性的大众文化的强烈冲击,对此,你怎么看?"联想到当今戏剧界的危机,我们不无忧虑地问道。

"这个问题比较复杂,有客观的原因,也有主观的原因。"李炳淑说,"不可否认,现在喜欢京剧的大多是40岁以上的中老年人,青少年观众不多。这一方面是因为青少年观众接触京剧的机会少,对历史知识了解得不够。还有我们的整个时代在前进,生活节奏加快,传统京剧节奏慢,青少年观众适应不了。另一方面,对于我们专业工作者来说,普及工作以及引导培养观众的工作也非常重要,这一点我们现在做得也很不够。"

尽管如此,对于那种认为京剧已经失去了存在的价值,必将逐渐消亡的观点,李炳淑表示不赞同。她说:"京剧是在走下坡路我承认,但我不认为它会消亡。"

在介绍了近年来她带团在全国包括香港等地巡回演出,受到热烈欢迎,以及不久即将在全国播映、由她主演的四集电视戏曲连续剧《孽缘记》等情况后,她强调:"在中国,京剧是我们的国剧。外国人都承认,中国的京剧在世界上是独一无二、绝无仅有的。现在,美国、西欧也在研究中国的京剧。美国的夏威夷大学还成立了京剧团,用英语唱京戏,念白、唱腔、走台步都一模一样,在当地演出挺轰动。"

从交谈中得知，当年 9 月，李炳淑将再次率团赴香港演出，我们衷心地祝愿她这次出访和演出圆满成功。

情暖姐妹花
——一对姐妹大学生的故事

20 世纪 90 年代，随着高校招生制度的改革和深化，一些特困大学生的学习和生活，越来越成为突出并为人们所关注的社会问题。正当一些学生和家庭为此忧心忡忡、进退两难之际，我参与采访报道的两个特困大学生，来自革命老区大别山——安徽省宿松县的一对姐妹大学生，却有幸得到了社会各界的广泛关注和热心帮助，并最终圆了她们的大学梦。

1995 年 8 月，从安徽省宿松县程集中学毕业的陈姓姐妹二人，先后收到了高校录取通知书，姐姐考入安徽铜陵 T 学院商贸英语专业，妹妹被江苏南京航空航天大学计算数学及其应用软件专业录取。收到两个女儿的录取通知书，一直为她们读书求学含辛茹苦、日夜操劳的父母终于露出了欣慰的笑容。

然而，陈姓姐妹及其父母的喜悦之情是短暂的。读完入学通知书，一家人脸上的笑容转瞬即逝，取而代之的是更沉重的经济压力。原来因为填写志愿的不慎，她们二人录取的都是自费或者委培生。每人每年都需交 3000 元左右的培养费，面对无可更改的既成事实，一家人悲喜交集，一筹莫展。

1995 年 9 月，妹妹陈某英和母亲一起提着十分简单的行李前往南京航空航天大学报到，起初当母亲向负责招生工作的有关同志说明自己的家庭状况，请求减免部分费用时，校方的态度是坚决而又明确的。因为从 1997 年起，国家将对高校招生实行并轨，即所有入学新生都要缴纳一定的培养费用，所以从当年起全国很多高校都开展了并轨试点，南航也扩大了自费生的比例。学校担心此例一开，有碍于招生制度的进一步改革和深化，给今后的工作带来新的问题。

听着学校的解释，母亲失望了，一向坚强不屈的她流下了伤心的泪水，她噙着眼泪牵着女儿的手，无可奈何地说："不读书了，我们回家吧。"其实她心里很清楚，女儿是不会愿意和她一起回家的，能够有机会读大学，一直是女儿梦寐以求的理想。

陈某英的遭遇很快被一位敏感的新闻记者所获悉，这位记者立即采写了一篇特稿，刊登在南京一家发行量较大的报纸《服务导报》上。这篇报道立即在社会各界引起强烈反响，很多机关单位、企业和个人，纷纷向来自革命老区大别山的陈同学伸出了热情的援助之手，一时间专程前往南京航空航天大学，向她捐款捐衣的络绎不绝。

在社会各界纷纷向陈某英伸出援助之手的同时，南京航空航天大学也就她的学习和生活费用问题，作出了部分减免的决定。此外，为帮助她顺利完成学业，学校还专门为她提供了一个勤工助学的机会。

特困生陈某英的遭遇，在南京社会各界引起强烈反响。余波所及也传到了她的家乡安徽，传到了她的姐姐陈某就读高校的所在地铜陵市。

1995 年 10 月 19 日，由安徽日报社主办的《文摘周刊》转载了南京《服务导报》刊登的那篇特稿，铜陵市某公司的一位姓徐的同志，读了这篇报道后，立即给在南京航空航天大学读书的陈同学写了一封信，表示自己愿意为她提供一点力所能及的帮助。陈同学在给这位徐叔叔的回信中，首先感谢他对自己的关心，同时也告诉他，由于社会各界的热心援助支持和学校领导的关心，她的学习和生活已经有了基本的保障，不过她有一个姐姐就在 T 学院商贸英语专业就读，如果有心捐助，可直接与她的姐姐联系。

1995 年 10 月 28 日，这位徐叔叔拿着陈某英的回信，带着几件毛衣找到了正在教室上课的陈某，并且给了她 100 元钱。他同时表示今后将不定期地给她一点经济资助，以帮助她度过暂时的困难，顺利圆满地完成学业。

一个周末的下午，我正巧在校园遇见了陈同学和这位姓徐的同志，他出差刚回铜陵，便来看望陈某，并且又给了她 100 元钱。于是，我和他简单地聊了几句。他告诉我，看到《文摘周刊》转载的那篇报道，他深受感动和震撼。他十分诚恳地说："我也是由农村走进城市的，知道一个农村孩子能有机会读大学非常不易。特别是她们姐妹二人同时考上大学，家庭的经济承受能力的确十分有限。"

他说之所以要资助陈同学，只是希望尽自己力所能及的一点心意，帮助她度过暂时的困难，使她能够安心读书，顺利圆满地完成学业。

社会各界对陈姓姐妹的关心和帮助，使她们二人深为感动。姐姐陈某说："由于妹妹的学习和生活费用已经有了基本保障，父母的经济负担轻得多了，也宽心多了。同时，T 学院也破例同意我缓缴今年的培养费，英语系的领导、老师和辅导员也对我非常关心。"她还说，从第二学期开始，她要通过做家庭教师等勤工助学的方式，获得部分生活费用。

不久，陈某收到妹妹陈某英从南京航空航天大学写来的一封信。信中说，因为没有了后顾之忧，她现在学习很安心。陈某在给妹妹的回信中写道："作为来自农村的特困生，我们姐妹二人是十分幸运的，我们要十分珍惜这来之不易的学习机会，勤勉刻苦，努力学习，争取顺利圆满地完成大学学业。毕业之后以优异的成绩和出色的工作报效社会，报效那些在我们处于暂时的困难时期，曾经热情关心和帮助过我们的人们。"

根据以上新闻线索，在深入采访、充分掌握资料的基础上，我采写了一篇长篇通讯《幸运的特困生——一对姐妹大学生的故事》，1996 年 1 月 1 日首先刊发在学校党委机关报上。随后我又将稿件分别发到《人民日报》《安徽日报》和《新安晚报》相关版面编辑的电子邮箱。1996 年 2 月，记得是春节刚过没几天，《新安晚报》休闲刊以《阳光下的姐妹花——一对特困大学生的故事》为题，用近二分之一的版面刊发了这篇稿件，同时配发了相关照片。随后，《人民日报》《安徽日报》又分别以《幸运的特困生》《情暖姐妹花》为题，刊发了这篇报道，使这篇特稿在更大的范围得到广泛传播，产生了积极的社会效应。

他们的敬业精神让我感动和敬佩
——我与江苏文艺出版社编辑的书信交往

20 世纪 90 年代初，在 T 学院党委宣传部工作期间，我除了正常开展内外宣传工作，及时编辑出版学校党委机关报，业余时间我一直在收集、整理资料，撰写有关郁达夫的传记。

大约到 1994 年底，总共近 20 万字的初稿《零余者——郁达夫的生活道路和情感历程》基本完成。1995 年元旦期间，我专程去芜湖送给我的大学老师——安徽师范大学文学院院长谢昭新教授审阅。令我感动和不安的是，谢教授不仅从繁重的教学、科研和行政事务中，忙中偷闲地认真审阅了书稿，而且欣然为我作序，且多鼓励、溢美之词。

1996 年是郁达夫诞辰 100 周年，我在安徽师大读书时，就曾计划借这个时机，出版这部作品。于是 1995 年春节以后，我就先后给多家出版社写信，将有关书稿的目录、后记和安徽师大文学院院长谢昭新教授撰写的序言等，一起复印发给有关出版社的社长或编辑审阅参考。

经过多方联系，最后江苏文艺出版社的编审郭济访先生，给我写来了第一封回信。

他在 1995 年 7 月 3 日的回信中说，来信收到，社长令他写信给我，他们希望能看一看这部书稿，然后再决定是否出版。

接到他的信后，我立即将书稿寄给了他。8 月 5 日，他给我回了第二封信。信中说，书稿他抓紧时间看了，并与社长商量后，意见如下：

1. 因为该社出有作家传记丛书，已出版有钱钟书、萧红、叶圣陶等，郁达夫也是他们感兴趣的，但是我这部传记在写作体例上与已成的几本书有不同。先出的书着力在可读性与学术性上，我的书着力于情感历程，文学性较强，因此不宜列入这套丛书。

2. 根据我的作品的方向，他们认为，我可以将其写作一本通俗读物，中心在郁达夫与三个女人的婚姻感情纠葛。这样一来，就需将原书框架打破，重新构思，删除枝蔓，书名或干脆就叫《郁达夫与他的三个女人》。他在信中说，谷辅林教授写了一本《郭沫若与他的三个女人》，反响很不错。

他同时将书稿寄回，告诉我有兴趣写的话，给他写信相告，并在 10 月份左右脱稿。接到郭济访先生的这封信后，我立即重新构思，按照他提示的主题和内容拟定新的目录大纲，并将总体设想和大体字数等向他做了汇报。

随后，他在当年的 8 月 21 日，给我写了洋洋洒洒 1000 多字的第三封回信，对于我如何修改、调整书稿的内容和结构，进行了详细具体的指导。

他说，书稿的字数以控制在 18 万至 20 万字为宜，目录建议还是像我原先的目录那样排，不要分章节。标题不要用或少用诗句，就用平实一些的话，比如"龙儿之死""初识王映霞"等等，以免做作之嫌。不少的事因为可以串起来写，故不要以人为章而各自独立，可以既独立又联系。譬如，郁达夫与王映霞的首次大冲突，是因为他与王负气后回富阳老家与孙荃同居而起。郁达夫的初恋，与他在日本的浪荡、与妓女的轻狎皆可写。标题就定为《郁达夫与他的女人们》，这样直白些好，不要文绉绉的，重要的是写本身。各部分写应有重点，比如，初恋写热烈，岛国狎妓写沉沦颓唐，以弱国子民的悲痛为底子，文人的轻狂放荡为表层。

郭济访先生在信中说，在婚姻上，郁达夫既是一个多情种子，这就埋下了祸根。如何理解郁达夫，是写好这本书的前提。一个文人、才子，情感偏多，有时当然不免夸大。遇事又不能处置，遇到王映霞这种女子，恨其放荡，不明白他是一个才情独见的文人，以平庸的人的标准对待他，视其越轨言行为仇，时时施加报复。与许绍棣之私，不私也私，既使无情通，也有挟仇相报之嫌。到新马后，郁达夫一错又错，娶马来妇何丽有是对自己的惩罚，是对年轻时爱美娶王映霞的反拨与报复。何妇甚丑，其名为郁取，足见其对美的仇恨之意。李筱音与何丽有也可同写。

他在信中说，关于感情的起伏等也可稍发挥一些，在基本事实的基础上，是允许稍做环境、对话等发挥的，尤其是被作为第三者描写对象时，完全可写他的内心世界，这是一般的常识，不属于"毫无根据"的虚构，想必不用多言。

应该说，郭济访先生的指导意见，十分细致、专业、耐心而诚恳，为这本书的出版竭尽全力，花费了很多精力和心血。

按照他的指导意见，我很快调整书稿的整体结构和布局，删除枝蔓，突出郁达夫一生的情感线索。大约 10 月底，我将修改后的书稿，再次邮寄给郭济访先生。

他收到书稿后匆匆看了一下，并于 1995 年 11 月 13 日，第四次给我回信说，这样改后主线清楚多了，留一些时间容他再看一下，估计出版问题不是很大，近日选题讨论，一旦通过立项即付排。

收到他这样肯定的回信，我悬着的心也基本落定，心想费了这么多周折，书稿终于可以在春节后，也就是郁达夫诞辰 100 周年的 1996 年出版了。

谁知，好事多磨，意外还是发生了。春节后不久，1996 年 3 月 6 日，与郭济访先生同在江苏文艺出版社的编辑伍恒山先生，给我发来了退稿信。随着退稿一并寄回来的，还有他们两人亲自签名的发稿单。

伍恒山先生在信中说，社长对书稿的定位和内容不太满意，经他们再三恳请，社长仍然不同意签字，没有通过终审。事情到这个地步，他们做编辑的也只能罢手，只是对于我颇感歉疚，有负厚望，因此他个人谨向我表示歉意，请我原谅。原稿奉还并附上发稿单，也是表明他们已尽了自己的最大努力。

事已至此，来来回回费了几番周折，书稿最后还是没能顺利出版而耽搁了下来。这一耽搁就是十年，2007 年 2 月，在郁达夫诞辰 110 周年之际，此书终于在 C 出版社出版。我在后记里，还专门就郭济访先生对于此书的体例、内容提出的修改建议和付出的心血与努力，提了一笔，表达了对他的敬意和真诚感谢。

郭济访先生是山东师大中国现代文学专业的硕士研究生，曾担任江苏文艺出版社副社长，编审（正高）职称，江苏省出版专业高级职称评定委员会学术委员，1999 年被新闻出版署确定为"百千万工程出版行业跨世纪专业技术人才人选"。伍恒山先生 1982 年考入北京大学中文系汉语专业，1986 年毕业后任职于江苏文艺出版社，编审，曾任江苏《同学》杂志社社长。虽然我们最后没有合作成功，但他们两人身上体现出来的敬业精神，还是让我十分感动和敬佩，给我留下了非常深刻的印象。

多年以后，铜陵市第三中学的余徐刚老师邀请伍恒山先生，来铜陵市三中开展关于李白与铜陵的专题讲座时，我特地去现场聆听，并向伍恒山先生赠阅了这本当年他和郭济访先生都为之付出过心血和努力的书，对他当面表达了真诚的谢意。

办报育人　影响深远

20 世纪 90 年代，在 T 学院党委宣传部工作期间，我和编辑部的同仁一起，在学生记者的选拔、培养等方面，也做了一些积极的努力和探索，取得了明显成效。

从 1991 年 4 月到 2000 年 12 月，在我从事校报编辑工作的十年时间里，先后有一些朝夕相处、协助工作的骨干学生记者，通过在校报编辑部的学习、锻炼，走上了专业新闻工作岗位，成为我们新闻界的同行。也有一些在校报编辑部学习、工作过的学生，虽然没有进入新闻行业，但在实际工作中也发挥了自己在校报工作期间积累的经验、打下的良好基础，成为单位的业务骨干，甚至走上领导工作岗位。

回忆起来，以下几位当年的学生记者让我印象深刻，大学毕业参加工作后，他们发展得都还不错。

91级财政莫瑞童同学，是我当时负责换届并加以具体指导的学生通讯社首任社长，毕业后到宁波市江北区税务局工作，先后担任多个部门负责人，现在是宁波市江北区税务局税收经济分析科科长。

91级英语杜曙光同学，毕业后到淮北濉溪县工作，先后担任团县委书记、乡镇领导、县开发区管委会负责人和淮北市政府副秘书长。

学生通讯社社长、92级财会罗永发同学，在学校可以说很一般，但毕业时凭着与众不同的一大本新闻、文学等各类作品剪贴本，被安徽省武警总队相中。在众多竞争者中，无论是学习成绩，还是口语表达，这个同学都并不是很出色，堪称貌不出众、语不惊人，但就是因为他有在校报编辑部的工作学习经历，发表了不少作品，最后脱颖而出，被安徽省武警总队录用。

学生通讯社社长、93级财税朱永益同学，毕业后去武汉一家大型国有公司——中国矿山机械成套制造公司工作。

93级财会高学贵同学，毕业后先在铜陵车辆厂（现中车长江铜陵车辆有限公司）工作，后来调到合肥，成为某大型国企的高级管理人员。

93级财税李彬同学，毕业后到安徽古井集团公司工作，先后担任古井集团董事长秘书和集团下属某公司总经理。

学生通讯社社长、95级经济法光明同学，毕业后先后在海南《儋州报》编辑部和《海口晚报》编辑部工作，现在是海南省海口日报社记者部负责人。

学生通讯社副社长、95级投资俞彪同学，毕业后到北京闯荡，当过自由撰稿人，在国家质量技术监督总局某杂志社做过记者和编辑，后来成为中国标准化协会秘书长。北漂很艰难，但他凭着自己的努力，在北京成家立业。这个老兄还以我们一起工作的经历，写了好几篇与我有关的文章，在新华社主办的《江南时报》、北京《希望》月刊、铜陵市文联《五松山》文学杂志等媒体刊发。

学生通讯社社长、96级财税徐灿同学，应该是在新闻专业上发展最好的。他毕业后考上了中国社科院新闻研究所的研究生，毕业后留在北京，先是在《人民公安报》做记者和编辑，后来调往公安部做了公务员。

学生通讯社社长、97级财税陈大名同学，大学毕业后先在合肥《安徽商报》做记者，后来自己创业，卓有成效。

学生通讯社社长、98级经济法胡祥柏同学，毕业后先去浙江宁波一家台资企业做人力资源管理工作，现在是上海某公司的总经理。在宁波工作期间，他结合自己的工作和思考，出版了面向大学毕业生和职场新人的专著《点亮职场路》，铜陵市级党报做了报道，T学院的院报也刊发了消息。

学生通讯社副社长、99级财会盛向锋同学，毕业后成为我的同事、市级党委机关报的首席记者，评上了新闻系列高级职称主任记者。

99级营销穆帆（穆得欢）同学，毕业后先后在河南、安徽工作。后来作为专业婚姻家庭咨询师，从事多种自媒体运营，专注婚姻、家庭、恋爱、情感等各类问题的咨询服务，专注于情感感悟、感情分析、婚姻故事等各类情感文章的发布。

总之，十年校报编辑工作使我感到欣慰的，不仅仅是校报以及我个人的日益成熟和进步，更有一批学生通过在校报编辑部的学习和工作，得到锻炼和成长。看着那些从校报编辑部走出去的学生，在各自的岗位上工作出色、奋发有为，作为曾经为之付出过心血的校报编辑和指导老师，我感到十分自豪和欣慰。

实践证明，高校党委机关报虽然只是一份很不起眼的校园内部报纸，但其地位和价值不可取代，在特定的历史阶段曾经发挥过独特的影响和作用。十年校报编辑部的工作经历，让我深刻地认识到，办报育人是高校培养人才的重要组成部分，校报也是锻炼、培养人才的大舞台。需要特别指出的是，我在 T 学院工作时，学校还没有汉语言文学和新闻传播学专业的学生，但很多学生通讯社的骨干成员，却在校报编辑部磨炼出了扎实的文字功底和良好的综合素质，在竞争激烈的社会，为自己赢得了一方能够大显身手、充分发挥自己聪明才智的广阔天地。

人到中年，遇到职业天花板

时光飞逝，岁月无痕，截至 2000 年底，转眼之间我已在 T 学院党委宣传部工作了整整十年。蓦然回首，身后留下的是一行行深深浅浅的脚印，脑中铭记的却是一件件依然清晰生动的往事。

十年来，使我感到欣慰的不仅仅是校报以及我个人的日益成熟和进步，更有一批学生通过在校报编辑部的学习和工作，得到锻炼和成长。在我主持校报编辑部工作期间，在校党委和宣传部领导的关心支持下，我和校报编辑部的同仁，更加注重了学生通讯队伍的建设，在培养学生的动手能力，提高学生的综合素质等方面，进行了积极有益的探索，积累了一定的经验，取得了明显成效。不少在校报编辑部学习和锻炼过的学生，已经成为单位的业务骨干，甚至走上了专职新闻工作岗位。还有一些学生虽然尚未走出校门，但通过在校报编辑部的学习和锻炼，已初步显示出良好的潜质和发展态势。

不必讳言，十年来的校报编辑工作难免也会遇到一些矛盾和困惑，但我始终坚信胡适先生的一句话"功不唐捐"。只要你切切实实地去努力奋斗，就一定能克服困难，克服家庭、工作和生活上的重重矛盾，突破重围，有所作为。对于意志坚定、目标明确的人来说，艰难困苦、曲折磨难，都是一笔不可多得的宝贵财富，它将激励自己更加奋勇前行。

在 T 学院党委宣传部从事内外宣传和报纸编辑工作期间，我自认为还是十分敬业的，工作业绩也比较显著。十年间我先后在有关报刊发表作品数百篇，一些作品在省内外获奖，培养的学生记者也有很多纷纷走上新闻工作岗位，并大都已经小有成就。但与时代和学生的进步相比，人到中年的我却渐渐遇到了职业天花板，在 1997 年至 2000 年，也就是我 35 岁前后几年，面临了职场上的一次重大困惑和迷茫。

在高校工作，职务、职称都与住房、工资等各项福利紧密相关，两者相比，职称当然更有权威性。但遗憾的是，当时安徽省高校系统不设新闻系列高级职称，行政序列凭我当时的个性和资历，也没有更大的上升空间，自己对此也从来没有过高的企图和追求。吃回头草重新回去当老师评教授，也与我当初的选择相矛盾。毫无疑问，刚刚人到中年，我陷入了进退两难的职场困境与焦虑！

在此前后，本市市委机关报恰好要在地方"招贤纳才"，充实采编力量，于是经过报社党组研究，在征得原工作单位 T 学院领导的同意后，我于 2001 年 1 月 1 日正式调入市级党委机关报从事新闻编辑工作。

从职业上来说，我这次工作调动算是修成正果，从新闻行业"杂牌军"回归到"正规军"，在学校工作时产生的那种不伦不类、无所适从的职业焦虑暂时缓解，彷徨、茫然的心灵似乎也有了家园般的归属和寄托。

从高校到媒体，这是我职场的重大变化，也是影响我一生的重要转折，其间经历的甘苦得失，内心的纠结，人生境遇和心态的变化，以及如同走过炼狱后浴火重生般的独特体验，都深深地印刻在我的生命旅程之中。"与有肝胆人共事，从无字句处读书"，这是周恩来总理在天津南开学校读书时写的一副自勉联。有了更多职场上的经历和见闻，我对这副对联似乎有了更深刻的领悟。

自 1986 年 7 月我大学毕业，分配到 T 学院工作后，先是在基础部任教，当了 5 年的中文教师，随后在学校党委宣传部工作了 10 年。也就是说，我在 T 学院先后两个岗位工作了 15 年。15 年在历史的长河中不过是短暂的一瞬，但在人的一生中却是一个不短的片段。

2000 年底，在这富有历史意义的世纪之交，我不能不做一番清醒、冷静的思考。未来的路该如何走？我应该以怎样的姿态去迎接崭新的 21 世纪？对此，我要做出清晰果敢的决定。思绪万千，去意彷徨，但有一点却是肯定的，无论将来我身将何往、心在何处，在 T 学院 15 的工作经历都将作为一笔十分珍贵的生活的馈赠，值得我一生去珍藏、咀嚼和回味。

新世纪无疑将会赋予我们新的责任和使命，站在新世纪的门槛，我们应当认真地清点历史，规划未来，以更加高昂的斗志和饱满的激情，去迎接新世纪的曙光。

从高校到地方，从大学老师到党报编辑，大学毕业后 15 年积累的工作资历一笔勾销，一切都将从头开始。此后 20 多年市级党报的工作经历，让我见识了更多的人和事，见证了时代的发展和进步，也经历了更多的心灵挣扎、人生百态，让我的生活更加丰富多彩，人生更加充实而丰盈。

生活在继续，时代在发展，我们的人生也应该越来越精彩！

进入媒体圈

调到市级党报做编辑

2001 年 1 月 1 日，我正式从 T 学院调到市级党委机关报社上班，被安排在新闻部做要闻版编辑。

新闻部当时共有 8 个人，除了主任、副主任各一人，还有 4 个编辑，两个摄影记者。当时报社还没有单独设立摄影部，两个摄影记者的任务就是为报纸提供图片新闻，兼顾对外图片新闻的宣传报道。4 个编辑分成两组，两人一组，分别协助新闻部主任和副主任，承担一版要闻版和二版综合新闻版所有稿件的编辑工作，负责为重要新闻稿件配发评论员文章、短评，同时还要轮流上夜班，协助编校当天新闻版面，直至最后定版、付印。

此前我已经在 T 学院工作 15 年，做了整整 10 年的校报编辑工作，并且已经先后在《人民日报》《安徽日报》《新安晚报》等众多报刊发表过一些新闻类稿件，包括消息、通讯、言论等各类新闻体裁，对于新闻稿件的采访、编辑和报纸的出版流程也十分熟悉。可以毫不谦虚地说，我早就是新闻采编业务的熟练工，所以跟班见习几天后，很快就进入角色，按部就班地进入工作状态。

报社的记者和编辑分工明确，工作节奏也完全不同。每天上午，记者们都要外出采访，中午回来赶写稿件，很多稿件下午陆续提交到新闻部。有些当天下午发生的新闻，第二天必须见报的，晚上9点夜班编辑上班时必须交稿。

按照这个工作节奏，新闻部的编辑一般上午较为清闲，不上夜班的编辑处理一些领导交代的稿件。下午所有编辑进入紧张的工作状态，及时加工处理由记者部提交到新闻部，经新闻部主任初步审核，分别安排到一版和二版的稿件。

新闻稿件的编辑处理，主要工作是拟写标题，提炼导语，理顺句子，删减多余不需要的文字，改正稿件中的错漏字和标点符号等。下午，处理完当天要发的稿件，差不多也快到下班时间了。

那时候，还没有进入无纸化办公的时代，记者稿件都是手写，编辑处理的也是纸质版稿件。就连报纸组版，稿件和版面安排，也还是按照传统办法，在版样纸上一一标注每篇稿件的位置、标题走向、全文字数。二版综合新闻版稿件一般下午一上班就可以组版，下午下班时结束工作。一版要闻版，则往往都是下午临近下班时，由新闻部主任指导我们两个编辑轮流画版，同时负责夜班编辑工作。

夜班编辑的确非常辛苦，一般情况下夜里12点到1点之间下班，遇到全国两会或者其他重要活动，忙到夜里两三点是十分正常的。记得2002年党的十六大召开期间，恰好轮到我上夜班。为了准确无误地报道最后的选举结果，统一规范地安排新一届中央领导班子的报纸版面，一直等到夜里三四点，才得知准确的版面要求和安排，于是大家立即进入紧张的工作状态，一直忙到第二天早上7点才结束。记得那天早上，我们值班的编辑在吃了报社安排人买来的热乎乎的肉包子后，才迎着初升的太阳回家休息。

这种因特殊任务加班加点，延迟下班休息时间，可以理解，也非常正常。但有些非正常、完全是因记者个人原因造成的工作延误，则比较令人郁闷。

那时候还是手写稿件，有些记者龙飞凤舞的字，就需要编辑认真仔细地识别，不太规范的要尽可能抄写清楚，否则进入后续环节，打字录入人员就容易出错，编辑处理起来就更麻烦。这个时候，遇到疑难杂症，我们几个编辑就要碰头会诊，连蒙带猜地辨认、处理一些老记者酒后洋洋洒洒、下笔千言的大作。

有一次，一个记者晚上参加应酬酒喝得太多，竟然趴在桌子上睡着了，手机关机，一时还联系不上。当天必须发的稿件，夜里十一二点都没有送到编辑部，害得我们夜班编辑只得坚持等，一直等到夜里两三点才最后完工。

当然，在新闻部当编辑，也能学到新的东西。那时候，不仅新闻部主任轮流值班，负责各个版面尤其是新闻版面的最后定稿，报社老总也经常到夜班编辑部来，和夜班编辑一起修改、完善稿件和标题。我当年上夜班时，见过总编辑直接用毛笔在大样纸上，画版样示意图，交代编辑如何调整版面安排。更多的是见到，先后几任总编辑值夜班时，常常亲自动手修改标题，有些原来臃肿、繁琐的标题，经过总编们的处理，三下五除二，立刻显得简练精彩多了。

"删繁就简三秋树，领异标新二月花。"有着丰富经验的总编们，处理版面和标题的艺术，毕竟技高一筹，跟着他们一起工作，当然可以学习很多知识，不断提高自己的文字修养和编辑水平。

深入基层采访　交流工作体会

11 月 8 日，是每年一度的记者节。2001 年记者节期间，报社组织全体采编人员走进社会基层，深入群众生活，并在报纸上开设专栏《记者在你身边》，陆续刊发记者深入基层一线，来自普通百姓和社会各界的鲜活稿件。

这组《记者在你身边》的系列采访报道，持续时间较长，先后刊发了记者、编辑近 50 篇稿件，收到了预期效果。我是第一次以市级党报记者的身份参与此类活动，因此抱着向大家学习的心态，也算是给自己一次实战演练的机会，并且一开始就要求自己思想上要重视，准备要充分，采访写作更要认真对待。

我这次采访的是一个下岗女工，面对现实不抱怨不气馁，利用家住学校附近的便利条件，开办"家庭小饭桌"的情形。其实，这个现象在各地早已不是新鲜事，但走进这位下岗女工的家，走近她的家庭小饭桌，听她讲述自己曲折、艰辛的打工经历，我还是被她的平凡、朴实所打动。特别是她历经岁月风霜，面临重重生活压力，依然表现出积极乐观、自强自立的精神和简单朴实的生活愿望，深深地感染了我。

这一题材也许并不具有典型性和很深的社会意义，但毕竟也是发生在我们身边的普通人的一种生存状态，真实客观地描述他们简单朴实的生活、思想和情感，是一个新闻记者的社会职责。同时也能够提醒人们关注现实，热爱生活，珍惜自己的工作机会。正像人们经常所说的那样，生活是美好的，工作着是美丽的。

活动结束后，报社组织了一次交流研讨会，就这次集体采访报道交流体会和认识。我被点名做公开交流。在交流过程中，我结合这次采访写作活动，主要谈了三点感想与体会。

第一，改革开放的时代背景，丰富多彩的社会生活，为我们提供了取之不尽、用之不竭的新闻资源。生活中不是缺少美，而是缺少发现，只要开动脑筋真正深入社会的基层，就能够发现很多可写的素材。这一点从这次活动中，从大家所采写的各类题材中已经得到验证。

第二，作为一名新闻工作者，要努力培养敬业精神。特别是遇到好的题材，要有一种工作激情，在工作中体验成功的快乐与喜悦。就新闻工作者来说，这种快乐应该体现在两个层面。其一是外部的，就是要营造一种宽松愉悦的工作氛围，使大家能够心情愉快地投入工作，并通过开展一系列文体活动，增强大家的集体荣誉感和凝聚力。其二是内在的，就是一线采编人员要爱岗敬业，十分投入，力争有上佳表现。对于一个记者来说，就是遇到好的线索和题材，不要轻易放过，要尽自己的最大努力去打磨推敲，尽可能把它写成能代表自己水平与状态的精品力作。

我说，这一体验很多记者在多年的工作中都深有体会，这次活动报社编辑记者共采写了近50篇稿件，绝大部分都或多或少带有这种饱满的激情和表达的欲望。

我在交流会上说，如果把我在 T 学院党委宣传部工作的时间算进去，我从事新闻采编工作前后也有10多年了。但由于工作范围和采写题材的局限，我过去采写的新闻作品不是很多，但类似的感受多少也有一点。凡是自己感到比较满意或者有一点社会影响的稿件，包括曾经被《人民日报》《安徽日报》《新安晚报》《铜陵日报》所采用的几篇通讯，都是在情绪比较亢奋，充满一种表达的激情和欲望状态下写成的。

第三，也是最后一点，我还顺便提出了一个建议。这次集中采访报道活动结束了，但这一栏目和报道风格应该保留下来。《新安晚报》有一个《芸芸众生》专栏，市级党报也可以考虑开设类似的栏目。比如可以结合现有的《人物》专栏，将其改造成一个兼容性较强、面向基层群众的栏目，把这种面向基层、面向群众的栏目风格保留下来。因为贴近群众、贴近生活不仅是生活报、晚报的追求，日报在这方面也应该有所改进，有所作为。党报在保证权威性、指导性的同时，要进一步增强其群众性和亲和力，体现一种人文关怀和平民色彩，从而使报纸受到更多读者的欢迎。

我的采访体会和建议，未必特别深刻和高明，但感受是深切、真诚的，所提出的建议也是切实可行的，同时也符合中央及有关部门关于新闻媒体要坚持"三贴近"（即贴近实际、贴近生活、贴近群众），将更多的版面、镜头留给普通群众的要求和媒体改革的方向。

我当本报评论员

作为新闻版的编辑，除了日常编辑加工当天要发的新闻稿件，协助部主任值夜班，处理夜里定稿的报纸版面，还有一项重要工作，就是不定期为报纸刊发的重要稿件配发评论员文章，根据当前形势和政策需要撰写短评和系列言论。

我到新闻部上班一年后，2002年1月，每年一次的全市人大、政协会议（简称"两会"）很快就要召开了。按照惯例，

"两会"都是在春节前召开，报社除了安排记者采写大量稿件以外，人大、政协开幕式和闭幕式当天，都要分别刊发本报评论员文章。这类文章，看上去都是官话套话，可以从大会主报告中摘取一些重要内容穿插进去，但要写得生动活泼，有现场感，还是要下一点功夫的。

我首次接受为"两会"撰写本报评论员文章的任务，不敢怠慢。会议召开前，我就将"两会"的主报告拿过来学习消化，从总体上把握会议的主题和基调，特别是过去一年的工作成就和今年的奋斗目标，必须切实把握，并在评论员文章里加以突出强调。同时，代表、委员会前报到和"两会"分别结束的闭幕式，我都及时赶到会场，目睹现场见闻，感受会场氛围，并尽可能将有关现场细节融入评论员文章，增强文章的现场感和可读性。

应该说，经过我的精心谋划和认真努力，首次撰写的"两会"评论员文章完成得比较圆满，受到领导和同事们的肯定。

2002年初，铜陵市政府在人大会议上所做的《政府工作报告》提出，坚决克服和反对形式主义与官僚主义，不搞劳民伤财的形象工程，不求华而不实的为官政绩，赢得了代表们的热烈掌声。为紧密配合这项工作的宣传报道，报社领导决定，在报纸一版开设"五松短语"专栏，推出一组系列言论，由我和另外一个编辑一起分头撰稿。那个时期，我们先后撰写了一组十多篇相关短评，很好地配合了主题宣传，赢得了有关部门和领导的充分肯定和高度评价。这组评论中的部分稿件，后来还在有关好新闻评选中获奖。

我在新闻部工作时间不长，只有两年多时间。在此期间，我还先后围绕其他主题和重点报道，撰写了多篇评论员文章或署名评论。

当年，我对言论和杂文写作不敢说擅长，但也是做过一些努力和尝试的。在 T 学院党委宣传部工作期间，我除了报名参加人民日报社举办的新闻函授培训班以外，还同时报名参加了杂文报社举办的杂文函授高级班的学习。对于言论和杂文写作，我一度很有热情，先后在《杂文报》、《杂文界》双月刊（《杂文月刊》的前身）、《语丝》杂文专刊、《新安晚报》、《铜陵日报》、《安徽青年报》、《安徽教育报》等报刊，发表了不少杂文作品和带有杂文笔法的言论作品。其中《激扬文字，挥斥方遒——毛泽东杂文笔法学习札记》，在全国性杂文理论刊物《杂文界》刊发时，编辑还特别做了点评和肯定。后来，我还在《杂文月刊》和香港《大公报》等报刊上发表过杂文和言论作品。部分作品还先后在《安徽青年报》《铜陵日报》举办的杂文征文和有关读书征文中获奖。

长期的学习和实践，使我对于杂文和言论的写作有了一些经验和体会，对于如何将杂文笔法应用到言论写作中，也有自己的认识和尝试。我十分赞同那些有经验的杂文作家提出的观点："以杂文的笔法写言论则言论活，以言论的笔法写杂文则杂文死。"适当、巧妙地借用杂文笔法，不仅能让言论增色添彩，增强其可读性和行文的多样性，也能使言论具有更多的文学性。

1991 年，《铜陵报》开展"醒来，铜陵"的大讨论，影响所及，震动全国。这组稿件在《经济日报》刊发时，时任经济日报社总编辑的范敬宜先生，亲自动笔配发了一篇短小精悍的评论《醒来与起来》。这篇评论就是一篇最典型的运用杂文笔法撰写的言论，文章一开始不是直接入题，而是引用俄国作家小说中的人物形象，借题发挥。文章主题鲜明，形象生动，影响深远，作品的艺术性和感染力都很强，给读者留下了非常深刻的印象。

走上竞聘上岗的演讲台

2002 年 10 月，我参加了报社组织的一次中层管理人员竞聘上岗演讲答辩，结果因为我是半路杀出来的程咬金，打乱了个别分管领导的意图，最后改变了预定程序，煮成了一锅夹生饭。

回顾和总结那次竞聘上岗的过程，对于我个人不再具有什么实质意义，最多可以记录一下我的心路历程，反思我参与其事的因果得失。但对于年轻人来说，或许会从中得到一些借鉴和启发。所以，斟酌再三，我还是本着实事求是的原则，不带个人恩怨，尽可能如实地将其来龙去脉记录下来。

先简单介绍一下有关背景。20 世纪 90 年代，因工作需要，报社陆续从大学应届毕业生中招录一些新人入职。或许是考虑到新人上手比较慢，都有一个成长成熟的过程，于是，与此同时，报社领导也开始考虑从地方其他媒体中，引进一些新闻业务骨干加盟，以便改善职工的结构，适应和促进报社新闻采编业务的快速发展。这样，大约 1998 年前后，报社党组研究决定，根据工作需要先后从本市两家企业报，引进了几个有着多年新闻采编经验、比较成熟的业务骨干，并先后让他们担任了有关采编部门的负责人。当年，我作为地方唯一一所高校 T 学院的校报编辑部主任，也和他们几人一起，进入了报社领导的视野。时任报社党组书记洪哲燮亲自找我谈话，征求我的意见。当时正遇到妻子下岗、儿子正要升初中的关键时期，再加上处于房改过渡期间，我住的学校房子产权尚未明确，如果调动工作房子必须交回学校。考虑到这些因素，我没有如愿及时和那几个企业报的同志，同时调入报社工作。

从地方媒体抽调一些精兵强将加盟市级党报，无疑会有助于加强和改进报社的新闻采编队伍。谁知，好景不长，2000年报社一下流失了好几个编辑，他们都是有了几年工作经验的业务骨干，一时间报社新闻采编力量有点薄弱，急需再从地方引进熟悉新闻采编业务的骨干以解燃眉之急。于是，2000年11月，报社党组再次研究决定调我过去。当时，我在T学院也恰好遇到职业天花板，在职称评定上遇到了阻碍，又不想回到教学部门重新当老师。为此，时任报社党组书记、总编辑洪哲燮再次亲自约我谈话，代表报社党组表达这个意图后，我决定离开T学院，从新闻行业的"游击队"，加盟到新闻媒体的"正规军"——市级党委机关报。

2001年底，已经到龄的报社原总编辑洪哲燮去市政协任职，曾先后担任铜陵县委副书记兼组织部长，市委副秘书长、政研室主任的左玉堂，经市委任命到报社担任党组书记兼总编辑。2002年10月，因报社内部人员调整，新闻部副主任职位出现空缺。报社党组研究决定，根据新的人事改革精神，组织开展一次新尝试，实行中层干部竞聘上岗。根据报社制定颁布的关于竞争上岗的有关文件，新的人选要通过群众推举、自主报名、竞聘演讲、群众投票、领导研究决定等程序产生。

其实，一开始我并没有准备参加这个竞聘。因为我当时虽然已经参加工作17年，在T学院从事报纸编辑工作也有十多年，到市级党报工作后也快速进入状态，算得上是得心应手。但毕竟到报社工作还只有两年，对于报社各方面情况还不是很熟悉。令我没有想到的是，我没有主动报名参加竞聘，却在职工大会上被群众推举出来，成为得票最高的两个候选人之一。

这就为我出了一个难题。如果我主动放弃，可能会让个别分管领导满意，让竞聘程序按照预定方案毫无悬念地进行，结果也不会有任何争议。但那时我毕竟还年轻，觉得主动放弃这个机会，有点对不住积极推举我的报社职工。同时我刚到报社不久，很多人对我还不是很熟悉，觉得这也是一个让大家了解、认识我的机会。

参与这次竞聘前后，曾有人问我有什么想法，我说可以用两个词语8个字来概括，就是从"心如止水"到"波澜不惊"。老实说，一开始我基本上没有思想准备，的确是"心如止水"。接到参加竞聘演讲的通知后，心里多少有些触动，如平静的水面吹过一丝清风，荡起了几许涟漪。

这种心理上的波澜并不大，很快又平静下来。原因有两点：其一，我曾经主动辞掉在T学院的校报副总编兼编辑部主任这个正科级职位，现在竞聘市级党报新闻部副主任这个副科级职位，从世俗的观点来说，应该没有什么太激动的理由。其二，也许是因为人到中年心态也渐趋平淡成熟。古人云"四十而不惑"，接近40岁的人，经过了一段人生的磨炼，对人对事的看法一般会更冷静更客观，不再会像年轻时那样心浮气躁。

当然，必须承认，那时候我刚到报社不久，也依然还有朝气蓬勃的进取心，还没到暮气沉沉、对一切都失去热情的阶段。所以，我当时对一切事情都能很平静、坦然地面对，正如古人说的"尽人事而听天命"，自己能够把握的，尽力去做好，包括竞聘和答辩。既然领导和同志们给我这样一次机会，我就尽量准备得充分一点，以便让大家对我有一个比较全面的了解。至于结果如何，自己无法控制，完全听从报社领导和全体职工的选择。如果大家选择了我，我将毫无保留地把过去积累下来的一些经验、思考和设想奉献出来，在报社和部门领导的支持下，和大家一道，力求把各方面的工作做得更好。如果大家认为我不适合这个岗位，我也会一如既往，尽心尽职地做好自己的本职工作。这，就是我最后决定参加竞聘的心态和初衷。

因为不想辜负群众的推举，在报社办公室正式通知我参加演讲答辩时，我抱着重在参与的心态走上了演讲台。没承想，最后竟然事与愿违，给领导的工作带来了被动，也给我后来的工作和职业发展带来了一系列不可预料的影响。

演讲很成功　后果很严重

2002年10月，报社办公室通知我参加新闻部副主任岗位的竞聘演讲。既然通知我参加竞聘，我也就不再推辞，顺势而为，经过深思熟虑后，认真准备了演讲稿。

正式竞聘演讲那天，报社领导和全体职工都参加，市委宣传部干部科负责人也列席了。因准备充分，在第一位同志讲完后，我十分从容地把我的演讲内容，从头到尾非常完整地呈现了出来。我当时已经大学毕业参加工作17年，且当过5年的大学老师，做过十多年的校报编辑，自信心还是很足的。

我曾经一度痴迷于杂文写作，在T学院教写作课时也给学生讲过演讲稿的写作要领，知道演讲稿的开头设计十分重要。于是我引用了曾经在某篇杂文里读到过的"两壶论"作为我的开场白——

"曾经在一篇文章中读到过这样一则故事。20世纪80年代一家国企负责人在全厂职工大会上，对那些技术干部和刚刚分配来的大学生说，别看你们一个个人模人样、自命不凡，在我看来你们不过就像我手中的一把壶。我把它当茶壶，它就是茶壶，我要把它当尿壶，那就是尿壶。

"此时此刻，当我走上这个演讲台的时候，我感到自己仿佛就成了这把壶了。不过与过去不同的是，判断选择的方式发生了很大的变化，按照现在的标准说法就是，群众有了更多的知情权、参与权、选择权和监督权。应该说这是时代的发展，历史的进步，它的积极意义和对我们这个社会所产生的影响将会越来越显著。

"说到这里，我必须做一点说明，所谓'两壶论'不过是我借来做一个开场白，在座的各位特别是普通职工，不要产生误会，大家都是茶壶，都是很大很大的茶壶。"

应该说，我的演讲开头设计还是比较新颖的，一下就引起了在场所有人的兴趣和关注。我当天的演讲内容共分三个部分。一是对新闻部副主任岗位职责的初步认识，也就是工作重点，以及如何配合报社领导和部主任，开展工作。二是我竞聘新闻部副主任一职的优势和有利条件。三是谈谈自己参加这次竞聘的过程和几点感想。

在第一部分，我除了详细阐述新闻部副主任的工作职责，还紧密结合我到报社后，在新闻部工作两年来的所见所闻、切身体会，谈到了目前的工作现状、存在的不足和改进的建议。一是加强和改进评论工作，二是加强通讯员队伍建设。我认为这两个问题都是当前报社工作的薄弱环节。和其他很多地市级报社一样，我们没有专门设置评论部，各个版面的言论没有统一调度、合理分工，评论作者队伍没有形成。同时，通讯员管理也没有进入常态化，没有很好地发挥基层通讯员的作用。我从现状、问题入手，根据自己的观察和思考，提出了切实可行的对策和建议。总之，要通过组建内外作者队伍、开展评论文章征文等方式，发现和培养一批擅长言论写作的作者队伍，以备急用，配合本报编辑共同完成有关言论稿件的撰写任务。同时，新闻部要与报社群工部紧密合作，继承和发扬全党办报、全民办报的优良传统，强化指导与培训，进一步加强与基层通讯员的联系，共同抓好通讯员队伍建设，让他们成为报社采编力量的重要补充，与记者错位发展，合作共赢。

在演讲的第二部分，我主要结合过去十多年在 T 学院的工作经历、收获与体会，谈了我竞聘新闻部副主任的优势和有利条件。参加工作 17 年了，我自认为自己具备担任这一职务所必须的知识结构和业务技能，具有十多年新闻从业经历，对于报纸版面、栏目和通讯员选拔与培养，也都有初步的认识和管理经验。同时，具有一定的敬业精神，勤于学习，善于思考，自我评价多年来对自己要求还算比较严格。先后有多篇学术论文在大学学报和《中国地市报人》杂志刊发。

第三部分关于我个人参加竞聘的经过和感想，前文已经略有介绍，在此不再赘述。

中国人写文章讲究凤头、猪肚和豹尾，除了要有不同寻常的开头和充实饱满的主体内容，还要有一个十分精彩的结尾。演讲稿也是如此。我在演讲中，对于结尾部分，或者说最后的总结陈词，也是做了精心的设计和准备——

"各位领导、各位老师、各位同事：进入新世纪，网络传媒方兴未艾，报业竞争日趋激烈，广电技术突飞猛进。特别是我国加入世贸组织后，地市党报的生存与发展，正面临着新的机遇和挑战。如何面对新形势，迎接新挑战，促进新发展，这是我们共同面临的重大课题。本报复刊 20 多年所走过的每一步，凝聚着报社历任领导和全体职工的心血。报社今后的发展，更需要我们在座的每一位同志，贡献自己的聪明才智。正如江泽民同志在党的十六大报告中所提出的，我们要努力'适应新形势新任务的要求，在实践中掌握新知识，积累新经验，增长新本领。必须以宽广的眼界观察世界，正确把握时代发展的要求，善于进行理论思维和战略思维，不断提高科学判断形势的能力'。也只有这样，报社发展才有新思路，改革才有新突破，报社的各项工作才会有新举措和新面貌。

"各位领导，各位老师，各位同事：在这次竞聘上岗中，选出最佳、最合适的人选，既是领导的意愿，更是在座每一位普通职工的责任和义务，因为共同的事业已经把我们紧紧地凝聚在一起。我们和日报一起成长、进步，日报已使我们祸福相依、荣辱与共。如果大家通过对我比较全面的了解，经过认真、理性的思考，最终选定了我，至少可以传递出这样一些信息：

"第一，它可以使全体职工认识到，在报社，扎实进取，勇于创新，想干事、会干事的人不会被埋没，终究会赢得大多数职工的信任和支持。

"第二，它可以使我们，特别是更多年轻的同志深切感受到，报社正以更加开放的姿态和气魄走向社会，迎接新的机遇和挑战。《××日报》，值得我们付出自己的青春、热情和汗水。在这里，无论是谁，都能通过自己的艰苦努力，找到自己合适的位置，发挥自己的聪明才智，体现自己的人生价值，实现自己的光荣和梦想。"

演讲结束了，首次登上这样的演讲台，虽然不免有几分紧张，但总体效果应该说还不错。我自己也没有想到，过去那个从来不敢在公众面前大声说话，大学毕业后初上讲台时，连话都说不利索的人，竟然十分沉着、完整而清晰地念完了演讲稿，表达了我想表达的内容。后来偶尔想起来，我都佩服自己当年的勇气，那时候毕竟年轻气盛，有一股敢于挑战和不服输的劲头。

演讲虽然很成功，得到了不少同志的认可，但也出乎很多人的预料，客观上干扰了个别分管领导的预案，以致出现了两个候选人在群众投票中都不过半数的尴尬局面。

按照竞聘文件规定的程序，群众投票后，报社党组要根据投票结果进行研究，确定任职人选。虽然某分管领导对于我这个半路杀出来的程咬金心生芥蒂，从此把我作为搅局之人另眼相看，但刚从市委副秘书长、政研室主任调到报社担任党组书记、总编辑不久的左玉堂总编，以及其他几位副总编、党组成员和总编助理，对于这次竞聘结果，还是持总体肯定和客观的态度，对于两个候选人群众投票都不过半数的现实，绝大多数领导都不持异议。最后党组会议研究决定，新闻部副主任暂缓任命，以后再说。

这样的结果是我、也是很多人没有预见到的，它带来的后遗症，以及对于我个人今后的工作产生的消极影响，更是我始料未及的。我曾经复盘这次竞聘演讲的前前后后，多次进行自我反省，结论是：我还是太年轻，"拿着棒槌就当针"，果然是"图样图森破"（网络流行语，"太年轻太简单"的英语音译）！

可是，作为一名普通职工，按照报社出台的文件精神和规定程序，参加报社领导鼓励和要求的竞聘上岗，不正是对领导工作的积极支持吗？真要说有错，那就是我为人太天真，做事太认真！

新岗位　新职责　新使命

前文说了，2002 年 10 月报社开展新闻部副主任职位竞聘上岗时，因为我和另一位同志在群众投票中都没有过半数，新闻部副主任任职人选暂时搁置，没有确定。过了几个月，情况发生了新的变化。

2003 年 1 月，日报附属的生活类报纸《生活晨刊》原主编调出日报社，去了南方一家晚报任职。这样，除了我所在的新闻部暂时空缺一个副主任以外，日报《生活晨刊》采编中心又空出了一个部门负责人的职位。于是，报社党组研究决定，任命《生活晨刊》原采访部主任为采编中心主编，安排我接替他临时负责《生活晨刊》采访部的工作，安排新闻部参加竞聘的另一位同志临时负责日报二版稿件的审核把关，协助新闻部主任开展工作。半年以后，经过考察述职，我被正式聘任为《生活晨刊》采编中心副主编兼采访部主任，聘任另一位参加竞聘上岗的同志为新闻部副主任。这样，我们分别到不同部门任职，化解了当初竞聘上岗时两个候选人群众投票都不过半数、任职人选暂时搁置的尴尬局面。

21 世纪初，各类晚报都市报发展迅猛，它们在全国各地攻城略地，和各地的党报一起，争夺发行和广告市场。这个市场的蛋糕本来就很有限，为了维护自身的利益，增强发展后劲，各地的党报也都纷纷创办本地的晚报和都市报，以期与其他媒体相抗衡。大多数地市级党报没有获得独立的晚报都市报刊号，也纷纷依附党报创办都市生活类的附属版面。本市的日报《生活晨刊》

就是在原来《周末》每周一期的基础上，从 2003 年 1 月起改版为每周五期。

《生活晨刊》的定位是市民生活报，提出的口号是"说百姓话，解百姓忧"，围绕普通百姓的衣食住行和各种生活问题采编稿件，努力增强报纸贴近百姓、贴近生活的品格，不断增强党报的亲和力和服务性。我去《生活晨刊》采编中心任职时，共有 20 个采编人员，其中包括一个全面负责的主编，一个副主编兼采访部主任，一个副主编兼编辑部主任，在报社层面还有一个分管副总编辑。

刚去《生活晨刊》采访部任职，我就在分管副总编辑董俊淮的指导下，对采访部的人员构成、承担的任务和需要着力改进的工作，做了认真的调研和分析，并在全体记者参加的工作会议上和大家做了充分的交流沟通。

当时，采访部人员超过采编中心总人数的一半。除了我以外，共有 10 个记者，其中两个摄影记者。10 个记者大体分为老中青三个类别，既有经验丰富、具有多年从业经历的资深记者，日趋成熟、能够担当重任的中坚力量，也有富有潜力、热情高涨，同时也不乏灵性的后起之秀。

《生活晨刊》的中心任务是在坚持正确舆论导向，为市委市政府工作大局服务的前提下，努力实现宣传主功能与多功能的统一，突出指导性与可读性的统一。就采访部的功能定位来看，主要任务是为《生活晨刊》新闻性版面，源源不断地提供大量优质、特色鲜明、形式多样的新闻稿件。同时，还负责为一个专门设立的《特别报道》专版供稿，聚焦本地一些重大新闻事件，进行全方位、多侧面的报道。

《生活晨刊》正式创刊才短短两年多时间。因为没有独立的刊号，主要还是和日报捆绑一起发行，应该说还处于发展初期。两年来在报社各位领导的重视下，经过全体采编人员的共同努力，报纸几经改版已经积累了一定的经验，初步形成了自己的风格和特色，部分作品还在社会上产生了一定的反响，成为日报的延伸和补充。但我们也必须清醒地认识到，目前的《生活晨刊》与真正的晚报、都市报相比，还有很大差距，无论是人员数量、报纸版面，还是稿件质量、管理机制，都有很大距离。其中有些问题通过发展，有可能逐步得到解决，有些问题解决还需要一个过程。

经过仔细的分析，我感觉《生活晨刊》当时还存在一些不足或者说有待改进的地方。第一，新闻版信息量较大，但特色稿件还不多，具体表现形式是版面较碎，重头稿件、能够吸引读者眼球的佳作数量不足。第二，记者个人主动性积极性较高，但整体意识、团队精神需要进一步增强。第三，策划思路和机制有了，但功能有待进一步发挥，具体策划运行程序有待进一步完善和落实。

结合以上的具体情况和分析，我对《生活晨刊》采访部的工作思路做出了新的谋划和思考，并在有关会议上提出来与大家一起商讨，希望最终达成共识，成为大家共同遵守的原则。一是守土有责，各负其责。各分口记者首先要做好自己分内的工作，特别是对于自己分口行业里的动态，一定要随时掌握及时报道。二要加强沟通，增强团结协作精神。三要借鉴其他媒体记者的经验和做法，在熟悉的题材里发现独特的新闻，显示出自己独特的风格。四要培养新闻嗅觉，寻找独家新闻，着力开辟新闻源。五要群策群力，加大策划力度，真正落实三级策划的思想。

上任伊始，适逢 2003 年春节来临。春节期间，我恶补了两本书，一本是《新安晚报》的 10 年精彩选题回放《一招制胜》，另一本是集中展示全国省级 20 家晚报都市报报道艺术的《策划制胜》，从中得到了很多收获和启发。

我计划春节以后，认真落实三级策划机制，与采访部的全体记者一起，着力在新闻策划方面下点功夫，力争在原有基础上有所突破和创新。具体策划可以分成三个层级，一级策划就是圆满完成有关领导和编辑部安排的报道任务、报道计划。这是规定动作和硬任务，必须不折不扣地完成。二级策划是进一步发挥编辑部及策划小组的作用。策划小组成员要加强沟通协商，积极出主意、想办法，多出选题。三级策划就是群策群力，努力发挥各位记者的智慧，发动大家一起想点子、出题目，相信大家的智慧和力量。如果真能落实这三级策划的机制，我们就会有写不完的稿件，做不完的文章。

总之，归纳起来，就是提出这样一些想法和思路：资深记者，为了尊严和荣誉，我们要拿出自己的绝活，写出更漂亮的稿件，拍出更好的照片；中坚核心人物，已经崭露头角，为进一步树立名记形象，扩大自己的社会影响，我们应该继续保持旺盛的斗志，续写新的篇章；年轻的同志，为了自己的未来，为了更加快速地成长和进步，我们更要虚心向大家学习，不断积累经验，为自己今后的发展奠定坚实的基础。

有一句话说得好："资源有限，智慧无穷"，我希望和《生活晨刊》采编中心采访部的记者们多加沟通，互相尊重，通过加强交流和合作，共同把采访部的工作做好。这是我刚到《生活晨刊》采编中心，担任副主编兼采访部主任时的良好愿望和初衷。

大年初一去采访

因为采编岗位的分工不同，我去基层一线采访的机会不多，但 2004 年的大年初一去一个矿业企业采访的经历，却给我留下了很深刻的印象，其间的所见所闻至今依然历历在目。

2004 年 1 月 21 日，正是大年三十，我们一家人正在吃年夜饭时，突然接到报社总编的电话通知，1 月 22 日（正月初一）上午 8 点半与市电视台记者会合，一同前往铜陵金蟾矿业有限公司采访。

铜陵金蟾矿业有限公司于 2003 年 7 月由原铜陵县黄狮涝金矿改组改建而成，是当时安徽省最大的黄金生产企业。因企业生产需要，该矿采矿工程部等部门每年都要外聘数百名农民工。其中，既有矿区周边乡镇的农民，也有来自江西、湖南等外省的农民。为了稳定农民工的思想情绪，多年来，该矿一直按月及时足额发放农民工工资，从没有发生过拖欠农民工工资的现象。据了解，2003 年，该矿农民工的月工资平均水平达到 1000 多元，这对于当时的农民工来说，可以说是十分稳定和高额的工资待遇了。

1 月 22 日（正月初一）上午，我来到铜陵金蟾矿业有限公司采访时，公司组织的舞狮队正在矿办公大楼前激情表演，欢乐的锣鼓和不断翻腾的狮子舞，引起很多职工和家属的围观，每个人的脸上都洋溢着开心、快乐的表情，充满了新年的喜悦和对未来的期待。舞狮表演结束后，公司领导又立即在会议室主持召开了一个由企业领导、中层管理人员和职工（包括农民工）代表及部分家属共同参加的迎新年茶话会。会场气氛同样喜气洋洋，充满着和谐、欢乐的氛围。铜陵金蟾矿业有限公司总经理在接受采访时告诉我们，铜陵黄狮涝金矿党委是曾经受到中共中央表彰的先进基层党委。坚持"以人为本"，实行人性化管理，是他们多年来始终保持并不断完善的基本制度之一，也是企业不断发展壮大的根本。大年三十当天，该矿党委和行政负责人像往年一样，亲自为一线职工包括井下作业的农民工送年夜饭，与员工一起欢度新春佳节。

企业真诚关心农民工，农民工也把企业当成自己的家。2004年春节期间，该矿共有50多位农民工，不仅自己没有请假回家，反而把家属和孩子接到矿区来过年。除夕之夜，来到矿区过年的几十个农民工的孩子，还十分意外和惊喜地收到矿领导发给的每人50元的压岁钱。

那些年，农民工工资拖欠问题一度比较普遍，每到岁末年关，总会有一些农民工不能及时领到工资，快快乐乐地回家与家人团聚，媒体也一度加以强烈关注，帮助农民工讨薪。在这样一个大背景下，铜陵金蟾矿业有限公司春节期间因生产原因，不能放假让农民工回家，却让农民工将家属和孩子接到矿里一起过新年，就具有了一定的创新意义和新闻价值。

掌握以上相关情况以后，我初步确定了此次采访的重点内容，对于稿件的写作角度也已经有了基本的构想和思路。

为进一步了解来矿区过年的农民工和家属的具体情况及其感受，当天上午11时许，我又专门去矿区农民工的住处采访。当时，一位名叫王有贵、来自铜陵县新建乡（现属铜陵市郊区大通镇）的农民工，正与几位工友及其家属和孩子十分安闲地坐在门口晒太阳。得知记者的来意后，王有贵的妻子喜滋滋地说："今年矿里对我们照顾得很好，我们这些家属和孩子都非常感激。我把孩子带到这里与丈夫一起过年，既不影响他的工作，也能帮他洗衣做饭，全家人团聚在一起，这年过得也是津津有味，欢欢乐乐。"听到这里，王有贵和其他几位农民工及其家属、孩子都开心地笑了起来，那笑容正如那冬日里正午的阳光一样灿烂、明媚，让人从心底里感到舒适、惬意和温暖。

采访归来后，我根据自己的所见所闻，采写了一篇很有现场感的消息《50 多位农民工　合家矿区过新年》，稿件不仅介绍了企业的一些好的做法与经验，更以具体、细致的笔墨描写了像王有贵这样的农民工及其家属和孩子，在企业过年、生活的场景和感受。稿件刊发在大年长假结束后的第一期《生活晨刊》上，并为新华网、安徽在线等多家网站同时采用。在 2004 年度安徽经济好新闻评选中，这篇稿件也以其鲜活的题材、独特的角度和简洁、细致的场景描绘，获得了二等奖。

通过这篇大年初一采访见报并获奖的稿件，我深深地感受到，新闻工作者要采写出更多鲜活的稿件，至少要具备以下几个基本条件和素质：第一，要有随时深入基层一线采访的思想准备，领导一声令下，就要随时行动，不管是过节还是放假，都要及时赶到新闻发生的现场。第二，要有敏锐的新闻敏感，知道当时发生的新闻所处的大的时代背景，以及这个新闻本身所具有的不同寻常的价值和意义。第三，要真正走近基层，走近新闻当事人，只有近距离地接触新闻当事人，才能准确感知他们的生活状况和所思所想，准确把握新闻的导向和主题。第四，在撰写稿件时，还要尽量进行一些必要的构思和提炼，力争将最主要、最新鲜的新闻事实，用最恰当、最生动的笔墨加以呈现。

贴近实际、贴近生活、贴近群众，是新时期党、政府和人民群众对新闻工作者的新要求和新期待，也是我们做好工作、不负使命的内在要求。对此，在日常的新闻采编工作中，每一个新闻工作者，都应当时时刻刻加以铭记，孜孜不倦地去努力和追求。

2009 年，在全省新闻战线开展的中国特色社会主义理论体系、马克思主义新闻观、职业精神职业道德"三项学习教育"活动征文比赛中，我根据这次采访经过写成的一篇经验体会文章，被安徽省委宣传部评为三等奖。

拾荒孤儿圆了大学梦

《生活晨刊》的定位就是"说百姓话，解百姓忧"，日常报道内容最多的就是来自普通百姓的衣食住行、生活百态。2004 年高考结束后，我们集中报道的一个拾荒孤儿陈某，通过自己的艰苦努力，终于圆了大学梦，就是其中一个非常典型的事例。

1983 年，陈某出生在铜陵县流潭乡（现义安区东联镇）的普通农民家庭，4 岁那年母亲去世，病弱的父亲领着 4 岁大的陈某，每日靠捡破烂艰难度日。陈某拾荒拾到 9 岁时，在几个好心人和左邻右舍的帮助下，才如愿上了村边的小学。

陈某非常珍惜来之不易的学习机会，在小学、初中和高中学习期间，他一直学习十分刻苦，成绩优秀。课余，他在教室里、学校垃圾箱里捡废纸，上学放学路上，沿路捡破烂，假期更是在街头四处奔波，寻找可以用来卖钱的废旧物品。在小学和初中，陈某上学费用靠的全是自己卖破烂挣的钱。陈某上高中时，他的父亲病逝了，自此他开始独自依靠拾取破烂维持生活。即使是在如此困难的情况下，他也没有放弃学习。为了解决生活问题，他边拾破烂边学习，除了几位远房亲戚偶尔给予少量资助外，他高中几年的伙食费和书本费，就靠他双休日和寒暑假捡废品凑。高中几年，他几乎没有去过学校食堂吃饭，也没舍得买一件新衣，经常是在校外买几个馒头，就着白开水吃。由于捡废品的收入不稳定，有时他还不得不空着肚子上课。

生活的厄运没有使陈某屈服，相反却更加激发了他刻苦学习的热情和勇气。那些年，不管是寒冬酷暑还是雨雪交加，他从没因捡废品而迟到旷课，也从没有因为求学的艰辛而抱怨放弃。在2004年的高考中，他取得了521分的成绩，达到了大学本科线，并被安徽工业大学管理学院市场营销系录取。多年的努力终于有了回报，美好的大学校园终于离他近了。

2004年8月10日起，《生活晨刊》先后以《孤儿陈某12年艰辛求学路》《陈某拾荒求学让人敬佩令人感动》《陈某艰辛求学经历备受读者关注》等为题，连续发表5篇稿件，报道了陈某4岁开始拾破烂、矢志不渝上大学的经历。稿件见报后，陈同学自强不息、顽强求学的精神，立即引起了省内外媒体和社会各界的广泛关注。这些报道先后被新华社、《安徽日报》、《北京晚报》等媒体转载，引起了强烈反响，很多热心读者纷纷表示要给他捐款，予以鼓励和支持，帮助他顺利地跨入大学校园。

2004年9月11日上午，陈某在他姑父的陪同下，去安徽工业大学报到。我和文字记者郭月红、摄影记者周峰一起，全程跟踪采访，记录了他报到入学的全过程和每一个细节，拍下了一个个感人的画面。令人感到欣慰的是，在众多新闻媒体的真诚关注、社会各界热心人士的无私帮助和安徽工业大学管理学院领导、老师无微不至的关怀下，拾荒孤儿陈某终于圆了大学梦。

9月11日上午，安徽工业大学东校区彩旗飘扬，人山人海。

在新生入学报到现场，陈某及其姑父的到来，很快就吸引了马鞍山当地媒体记者的眼光。当天上午，本报 3 位记者和马鞍山当地媒体记者一起，全程采访记录了陈某报到入学的过程和细节。在新生报到现场，陈某及其姑父就陈某入学前后的有关情况，接受了我们及《马鞍山日报》《皖江晚报》和马鞍山电视台等多家新闻媒体记者的集体采访。

陈某的姑父以十分激动的心情告诉我们，目前已收到社会各界热心人士的捐款共 1.5 万元，他将替陈某管好、用好社会各界人士捐助的每一分钱，让陈某顺利完成大学学业，不辜负各位热心人士对陈某的关心和帮助。

陈某在向记者介绍了自己艰难曲折的求学经历后感慨万分地说，如果没有社会各界热心人士的帮助，他将很难圆自己的大学梦。因此，他对社会各界包括新闻媒体，对他的真诚关注和无私帮助深表感谢，并表示在大学期间他将更加刻苦努力地学习，以更加优异的成绩回报大家，回报社会。

对于陈某来说，能够顺利地进入大学学习，机会确实来之不易，大学 4 年的学习生活无疑将会是改变他一生命运的重要转折点。安徽工业大学管理学院的领导和老师，给予他无微不至的关怀，并就在大学期间如何处理好同学之间的关系，找出自己的差距，弥补现在的不足，扎实掌握专业知识，圆满完成大学学业等，向陈某提出了殷切的希望和要求。

安工大管理学院的有关领导，陈某所在班级的辅导员等，向陈同学和众多在场采访的记者详细介绍了安工大实行奖学金、勤工助学、申请助学贷款或减免一些特困学生部分学费的具体措施和实施办法。勉励陈同学上大学以后要继承和发扬高中阶段勤奋刻苦的学习精神，继续努力，争取在大学毕业的时候还能看到这么多新闻媒体跟踪报道他在大学取得的优异成绩。学校领导和老师，希望通过社会各界、学校和陈同学本人的共同努力，解决陈同学大学期间学习生活上的一些具体困难，争取让陈同学能够顺利圆满地完成大学学业。

听到老师和安工大管理学院有关领导真诚热情的讲话，陈同学和他的姑父以及所有在场采访的记者都露出了欣慰满意的笑容，因为我们都能深切地感受到，在社会各界热心人士和安徽工业大学管理学院领导和老师的真诚帮助下，陈同学的学习和生活已经翻开了崭新的一页。

从马鞍山市采访回来后，我和周峰、郭月红两个随行采访的记者分工合作，及时为《生活晨刊》采写了一个整版的特别报道，图文并茂、细致入微地展示了陈同学报到入学的全过程，给关心和帮助过陈某的社会各界热心人士带来最新的报道，受到读者的关注和好评。

在大学读书期间，本报记者依然关心着陈某的学习和生活情况。陈某说，进入大学后，马鞍山的一位医生给他介绍了一份勤工俭学的工作，周末他还去一个液化气换气点打工。虽然辛苦点，但每月有三四百元的收入，足够他的生活开支。从大一下学期开始，他找了两份家教，每月有 500 元的收入。陈某说，打工让他更多地接触了社会、体验了生活。随后几个暑假，陈某也都留在马鞍山市打工，获取读书期间的生活费。

他告诉记者，在他最困难也是人生最关键的时候，家乡的报纸和社会各界给了他热心的帮助与支持，也给了他生活的勇气和信心。对此，他会终生难忘，永远铭记和感恩。

新闻无禁区　宣传有纪律

——从暗访调查到内参专稿

在晚报都市报风起云涌的报业黄金时代，调查记者曾经风光一时。特别是从 20 世纪 90 年代到 21 世纪初第一个十年的近 20 年时间里，以《南方周末》和《新京报》等为代表，包括央视"焦点访谈""新闻调查"等栏目在内的众多前卫媒体，扛起舆论监督的大旗，采写刊发（播）了很多反映社会现实问题的深度调查类报道，引起社会各界的强烈关注，极大地推动了社会进步和某些领域的制度变革。这个时期，被人们誉为新中国成立以来报业的黄金时代，很多名噪一时的调查记者，成为许许多多普通百姓十分信赖，甚至仰慕和崇敬的时代英雄。电影《不止不休》中的主角，就是这个时代浪潮中的冲浪者。

在这样的时代背景下，很多地方媒体、特别是进入寻常人家、关注百姓生活的地市级都市类报纸的领导和新闻采编人员，感受到的是双重压力和挑战。一方面，他们要顺应时代要求，反映百姓心声，对于群众反映强烈的社会公共问题和群众切身利益，不能视而不见、听而不闻。另一方面，囿于地方经济发展的压力和有关部门的直接管控，很多反映具体问题的调查类报道，往往不是胎死腹中，就是记者采访后写成了稿件，最后也很难编发见报。

这种舆论监督"灯下黑"的现象，在地市级媒体普遍存在，难免会挫伤媒体工作者的积极性。不可讳言，当年我在《生活晨刊》采编中心工作时，也时常被这些左右为难的问题所困扰，甚至感到焦躁不安，无所适从。但即使在如此艰难的环境下，在报社领导和分管副总编辑的大力支持下，我们还是力所能及地做了不少关注社情民意、反映百姓心声的报道。很多记者都积极主动地通过暗访、实地调查等方式，采写有关调查类报道，积极关注社会热点，努力为群众排忧解难，受到群众和广大读者的关注和好评。

那几年，新闻热线是《生活晨刊》的一个重要信息来源，与此同时，几乎每天都有人找到报社编辑部反映问题，希望记者走访调查，帮助呼吁解决各类实际问题。凡是老百姓生活中遇到的困难事、烦心事，他们首先想到的就是《生活晨刊》的新闻热线和记者。

可以说，那几年《生活晨刊》的报道重点、宣传导向还是十分明确的，真正体现了"说百姓话，解百姓忧"的办报宗旨。采访部的所有记者，无论是文字记者还是摄影记者，大家互相配合，齐心协力地采写了很多关注民生、反映群众心声的热点新闻。一时间，《生活晨刊》可谓亮点纷呈，佳作迭出，在铜陵普通百姓中赢得了良好的声誉，影响力和公信力大大提升。

一个在上海工作、网名叫"钟之鸣"的铜陵人，曾在"市民论坛"发帖反映高压线从他家阳台穿越，存有安全隐患。关注到这个线索后，记者马卫东及时联系供电部门，帮助协调改变了高压线的走向，消除了潜在的安全隐患。为此，他回到铜陵时还专门给报社送来了锦旗，向报社和记者表示真诚的感谢。当年，诸如此类的报道和给记者、编辑部赠送锦旗的事例有很多，不胜枚举，采访部的每个记者都有这类经历和故事。其中，我本人也多次参与采写相关报道，比如关于医药领域的虚假宣传、欺诈消费和一度猖獗的医托现象等等，我都在认真走访调查后做了相关的报道，并都曾引起有关部门的高度重视，要求相关单位及时查处整改，取得了明显成效。

前面已经提到，与国家和省级媒体相比，地市级媒体受到的制约更多，工作环境也更加艰难。市级媒体不仅人财物需要依靠地方党政机关的扶持，有限的报纸发行和广告资源，也严重依赖地方政府和各行各业的大力支持。在此背景下，在开展批评报道和舆论监督时，难免会投鼠忌器，顾忌重重。

"新闻无禁区，宣传有纪律。"解决这个问题，最有效的办法，就是发挥媒体自身优势，根据内外有别的原则，对于那些重大、敏感但又不宜公开报道的热点问题，安排记者采写内部参考专稿，经过报社领导审核把关后，以编辑部的名义报送有关领导和部门参阅。

实践证明，这是一种行之有效的办法，是中国新闻界的优良传统，也是媒体人屡试不爽的法宝。我在担任《生活晨刊》采编中心副主编兼采访部主任期间，经报社领导左玉堂和分管副总编董俊淮指示，我和采访部记者先后给市级领导机关和有关部门报送了多篇内参稿件。这里仅以我和本报首席记者盛向锋合作采写的一篇关于某化工企业严重污染问题的调查报告为例，由此我们可以窥一斑而知全豹。

在 21 世纪初的一段时间里，针对铜陵县（现义安区）沿江区域某化工有限公司环境污染情况的投诉日益增多，省、市、县环保部门，市级党报、市便民服务热线、"市民论坛"等都收到类似反映和投诉。市、县环保部门曾就此问题对该公司环境污染情况进行过实地调查和整治，本报记者也就此进行了及时跟踪报道，但群众反映和投诉依然不断，为什么会出现这种现象呢？根据市领导、市新闻办和报社领导的指示和要求，2005 年春夏之交，我和首席记者盛向锋在一个多月时间里，就此问题对相关单位和附近居民，进行了多次深入走访调查，并最终写成了6000多字的调查报告。

调查报告从以下六个方面，对于问题的来龙去脉、现状、问题的根源和解决问题的思路与对策等，做了详细的介绍和分析：一、某化工公司的基本情况；二、群众投诉接连不断，污水和废气成为关注热点；三、记者调查：情况错综复杂，群众意见较大；四、铜陵县（现义安区）环保局对某化工公司及工业园区企业的整治情况；五、问题的根源；六、几点建议。

调查报告在准确把握具体事实，充分肯定有关部门和企业前期采取的整改措施，深入研究和分析多种具体复杂因素后，提出了以下几点对策建议：

一是树立科学发展观，正确处理经济建设和环境保护的关系，不能因急于发展地方经济而放松环境保护工作，着力解决影响人民群众健康及社会稳定的环境问题。

二是接受过去的经验教训，从严做好我市化工园区设置的规划布局和环境影响评价工作，对化工项目的引进要从严审批，拒绝投资规模小、项目污染严重的企业落户，并且要适度考虑受污染严重地区居民的搬迁问题，在有效降低污染的同时，维护人民群众的环境和健康权益。

三是有关部门应着重要求企业尤其是化工企业真正做到项目建设与环境治理设施同时设计、同时建设、同时投入运行的"三同时"，避免"先生产、后治理"带来的被动局面。

四是加强监管，认真落实有关工业园区环境综合整治方案，督促企业逐一抓好"一厂一策"工作，使工业园区的环境整治取得实实在在的效果。

　　五是以清洁生产和循环经济为抓手，督促企业加强生产管理，提高工人的责任心和操作技能，促进产品结构的调整和升级，促进园区经济全面、协调、可持续发展。

　　应该说，这篇调查报告采访比较深入扎实，有情况有分析，也有一定的深度，对于问题的根源和具体复杂因素，分析也很准确，提出的对策建议也比较全面，具有一定的可操作性。2005年6月，这篇调查报告作为报社内参稿件，以报社正式文件报送给了市委市政府领导和有关部门，对于领导和有关部门全面准确把握情况，采取措施科学决策，提供了极大帮助。不久之后，这个化工企业撤离铜陵，有关化工园区得到彻底整治，附近的居民区也予以搬迁重新安置，一个久拖未决的企业环境污染问题得到比较圆满的解决。

　　此后，为贯彻落实省市有关领导关于进一步改进新闻报道、加强新闻舆论监督的指示精神，报社还专门制订了《关于加强新闻舆论监督报道的实施办法（试行）》，要求坚持办好报社内参，对及时了解和采访到的突发事件、群体事件背后的新闻等，以报社内参的报道形式上报市委、市政府及市委宣传部和相关部门领导参考。这些都说明，在涉及群众切身利益的重大问题上，地方媒体和记者，包括当年的日报附属《生活晨刊》采编中心的记者、编辑，我们一直在场，我们没有缺席，而是积极主动地发挥了媒体自身应该发挥的功能和作用。

　　总之，在我担任《生活晨刊》采编中心副主编兼采访部主任的那几年，尽管因各种主客观条件的制约，新闻报道的大环境并不尽如人意，但我们全体采编人员，在报社领导的大力支持和分管副总编的具体指导下，还是在力所能及的范围内，竭尽所能地做了一些我们该做的事。

当然，因为我个人认知水平和能力的局限，有些新闻线索和有报道价值的题材，可能因种种主客观原因没有得到更加及时、深入的挖掘，难免存在一些疏漏和不足之处。但总体来说，在21世纪初那个特定的时期特定的环境下，作为诞生不久的日报附属的《生活晨刊》，经过全体采编人员的共同努力，在党和政府之间搭建起了连心桥，为缓和社会矛盾，促进社会和谐，加强法治宣传，推动社会主义精神文明建设，尽到了自己的职责，贡献了绵薄之力。

为落榜考生树立学习的标杆

我和作家、铜陵地方文史学者吴华同志后来成为经常见面的好朋友，但很多年以前，我首次和他见面交流，是缘于恰好看到他发在铜陵市民论坛上的一篇文章，引起了我的关注和极大兴趣。

在担任市级党报附属的《生活晨刊》采编中心副主编兼采访部主任期间，通过新闻热线、网络论坛等多种渠道寻找可以报道的新闻线索，安排记者采写新闻是我每天的日常工作。2006年夏天，高考刚刚结束，我正在考虑如何开展高考结束后的后续报道，突然发现铜陵"市民论坛"上有一篇非常及时应景的文章《英雄梦》，似乎可以作为采访线索做个深入报道。真是"踏破铁鞋无觅处，得来全不费工夫"。于是，我决定不把这个线索分派给记者，而是亲自去采访报道。

2006年8月发在铜陵市民论坛"文化广场"版块的文章题为《英雄梦》，作者署名"华仔乱语"。文章生动细致地叙述了作者高考落榜后自强不息、积极进取的过程。我和很多网友一样，读了文章立即被作者顽强执着的精神所打动。凭着直觉，我猜测作者应该就是在市郊区政府工作的吴华。于是，出于职业敏感和兴趣，我立即打电话与他联系，希望能给他做个专访。当时正是高考发榜的日子，我想他的经历和故事，对于那些落榜考生应该具有一定的启迪意义。

果然不出所料，"华仔乱语"就是吴华，他很爽快地接受了我的采访。吴华戴着近视眼镜，看上去显得成熟稳重。他说，他自小就一直有个"英雄梦"，曾经纯真地发誓长大后一定要做一个顶天立地的男子汉，干一番轰轰烈烈的大事业，成为一个真正令人敬慕的人英雄！

"有了这样一个远大理想，我从此在学习上就有了动力，并以全乡第一名的优异成绩考入了桐城县重点高中。当时在乡亲们的心目中，我中考全乡第一名，就意味着将来能考上大学继续深造，成为国家栋梁之材。"然而残酷的现实却给了他当头一棒。1982年、1983年连续两年参加高考，他都以相差无几的分数名落孙山。吴华说，两次高考落榜后，他的心像被刀割一般地难受，觉得自己的英雄梦破灭了。"在祖国改革开放的和平建设环境里，自己连大学都考不上，哪里还能为国家多做贡献，成为栋梁之材呢？"

"黑色的七月"之后，是农村最为繁忙的"双抢"季节。吴华默默地伴着父母一起下田劳作，割稻、打稻、担谷、栽秧等各种繁重的农活，他都抢着干。他想以此来忘却心中的苦痛，赢得父母对他高考失利的谅解。吴华家共有兄弟五人，他是老大。面对当时四个正在分别读初中和小学的弟弟，面对体弱多病的父母，他毅然打消了继续补习的念头。"双抢"一结束，他就背起行囊，前往江西南昌打工。在修建南昌市洪都大道工地上，他每天天没亮就出工，到天黑才收工，一天干十几个小时活。在同事们看电视、打扑克、下象棋的时候，他却独坐一隅看书。在打工的那两年中，他几乎天天如此。1985 年，他成了家乡初中的一名代课教师。因为爱好文学，从 1984 年到 1988 年，他先后创作了五部、改编了两部电影文学剧本。虽说这其中仅有一部剧本被长影刊授学院内部刊授刊物发表，但却激起了他的创作热情和自信。1989 年，他毅然辞去民办代课教师的工作，离开家乡来到铜陵闯荡，希望这个陌生的城市能够给自己带来生存和发展的机会。

几经周折，1990 年初吴华成为铜陵县（现义安区）塑料厂的一名农民临时工。半年后，因他常在报刊上发表一些小说和诗歌，竟然替代一位大学中文系毕业生担任该厂秘书，成为当时的铜陵县县办企业中第一个农民合同工秘书。

1997 年 4 月，市郊区计经委决定聘吴华为秘书。当时，他是全省唯一在县级政府机关从事文秘工作的"农民秘书"。于是，在家乡父老乡亲们的心目中，他又成了"英雄"。父老乡亲认为，在一些大学生毕业后连工作都找不到的情况下，他当初却能以一个农民的身份到县级政府机关工作，就是了不起，就是英雄。现在，通过多年的努力，吴华已经成了地地道道的城里人，并且当上了部门领导。

吴华同志为我的采访提供了不少资料和细节，为这篇新闻性和时效性都很强的专访增添了厚度和色彩。我给这篇稿件起了一个十分新颖的标题（引题加主题形式的双行标题）——

高考落榜并不意味着人生的失败和前途的暗淡，一位"农民秘书"以自己的经历告诫落榜考生

榜上无名 脚下有路

稿件见报后，引起不少读者的关注和兴趣，因为"榜上无名、脚下有路"这 8 个字很准确地概括了吴华中学毕业后求职、工作、成家、立业的奋斗历程。

这篇稿件内容鲜活，采写及时，在当年高考结束、成绩即将揭晓之际，为众多无缘到高等学府继续深造的落榜考生树立了身边这样一个值得学习的榜样。吴华同志的曲折经历足以说明，成才的路有千万条，只要坚持不懈，矢志不移，落榜考生也一定能走出适合自己的成才之路。

加强内部管理，重点策划亮点纷呈

2003 年初我到日报附属的《生活晨刊》采编中心工作，担任《生活晨刊》副主编兼采访部主任，2006 年 11 月我离开采访部到报社新成立的考评组工作。在近 4 年的工作时间里，按照报社领导的要求，在分管副总编的指导下，我注重规范日常管理，加强制度建设，创新工作方式，取得了明显成效。

我到《生活晨刊》采访部工作后，首先加强了部室日常管理工作，进一步完善了热线电话值班制度，并通过读者来信、热线电话、网络论坛和报刊、文件等各种渠道，广泛征集新闻线索。根据报社领导的统一部署和要求，2004 年，我结合新闻工作者"三项学习教育活动"，先后拟定、完善了《采访部工作规范》《新闻热线值班制度》以及《〈生活晨刊〉采编中心关于加强新闻策划的暂行办法》等规章制度，其中的部分内容作为报社文件下发执行。这些规章制度的出台，对于规范部室日常管理，提高每个人的工作热情和创造力，最大限度地发挥记者队伍的整体综合效益起到了积极的促进作用。

为方便热心读者提供新闻线索，经我提议，在新中国第六个记者节（2005 年 11 月 8 日）当天，本报又专门在日报网站《铜都论坛》开设了"在线报料"专栏。这样，读者提供新闻线索不仅可以拨打新闻热线，发手机短信，还可以通过网络（即"铜都论坛·在线报料"专栏）来讲述自己身边发生的新鲜事、突发事、感人事和困难事。"在线报料"专栏开通后，由我主持并根据读者提供新闻线索的具体情况安排记者予以采访报道，这在本报也是一个新举措，受到报社领导和大家的肯定。

在此期间，我参与、主持和组织了很多重大题材、活动、报道和选题策划工作，报纸陆续刊发了不少有特色、有影响的系列报道和专版，在社会各界人士中的威信和声誉不断提高。

2003 年 5 月，由记者陈震为主要撰稿人，我参与策划并采写一篇稿件的"寻找五松山"系列报道，经《新安晚报》转载后，在全省范围内产生了积极影响，并被评为 2003 年上半年优秀策划特等奖。

2003 年 9 月至 10 月，我主持策划并采写多篇稿件的"话说铜陵土特产"系列报道，视角独特，内容丰富，资料翔实，可读性强，刚刚见报便引起了广大读者和社会各界的关注，产生了良好的社会效应。市委宣传部专门就此发出一篇《新闻阅评》，认为这组报道对如何振兴地方经济、发展特色农业这一"硬"主题进行了"软"着陆，宣传效果显著，是改进和深化经济宣传的一次有效尝试。

2004 年 5 月，本市先后有两名中学生自杀身亡，我主持策划的《关注青少年心理健康》系列报道在当年高考、中考前夕推出，时机适宜，针对性强，见报后引起社会各界及有关人士的关注和好评。

2005 年 7 月 1 日是本报创办 50 周年纪念日，我当年 6 月主持策划开展的"走进报社、编读互动"活动引起众多读者的关注。在报社党组书记、总编辑左玉堂的积极支持下，本报陆续安排 10 多位读者走进报社，感受、体验报纸采编工作的各个环节和流程，并专门开辟"走近报人"专栏，刊发参加互动活动的读者撰写的体会文章。这次活动在本报报庆活动中独具特色，受到市委宣传部等有关部门、报社领导和广大读者的广泛好评。

2004 年度，《生活晨刊》采访部记者流动较大，自 6 月起至当年年底，先后有 3 位记者相继离开采访部。此外，还有两位记者分别请了一个月的婚假。因此，稿源压力一直很大。为弥补稿源不足，我在分管副总编董俊淮的指导下，加大了"特别关注"版的发稿频率。这一举措，不仅确保了新闻版面的用稿需要，而且增加了报道的广度和深度。其中我策划并参与采写的特别报道《天井湖公园能否成为开放式公园？》等专版，见报后引起了广大读者和社会各界的关注。

在担任《生活晨刊》副主编兼采访部主任期间，我还根据领导的要求和实际工作需要，适时主持和策划了很多其他具体选题，如《探访校园周边环境》《共建和谐社区》《建设节约型社会》《走近普通劳动者》《关注为民办实事》《关注医托现象》《老年人免费乘车遭遇尴尬》等系列报道，以及元旦、国庆、春节等节庆报道。随着《生活晨刊》刊发的有特色、有影响的优质稿件不断增多，重点策划和选题不断推出，可谓亮点纷呈，佳作迭出，报纸在市民及社会各界人士中的威信和声誉不断提高，媒体的公信力和影响力大大增强。

岁 月 如 歌

2006 年是我们大学毕业 20 周年。当年国庆、中秋节期间，毕业 20 年的大学同学在母校安徽师大相聚、联谊，我因故没能参加。2007 年 5 月，一位工作在本市的校友转交我一本联谊会编的《通讯录》。《通讯录》很小，看上去很不起眼，但仔细翻阅，一个个熟悉的名字、一张张容颜已改的照片，还是深深打动了我。这本小小的《通讯录》，仿佛一个神奇的魔棒，轻轻拨开了我记忆的闸门，让我不觉回忆起了 20 多年前我们同窗四载，朝夕相处的一幕幕。

其实，聚会刚结束没几天，我就从搜狐网班级《校友录》里看到了那次聚会的相关文字和活动图片。这个网上《校友录》，是当年的一位好友，曾在中国语言大学任教，长期在美国工作的同学孙宏林等人牵头开设的，不少同学经常上来留言或上传照片，本班同学的有关信息随时都能看到。可以说，网上《校友录》成了超越时空的信息园地，把远隔千山万水的同学紧密联系在一起。

从网上的《校友录》和收到的《通讯录》都可以看出，这次聚会的内容丰富多彩而又条不紊：有留校同学热情洋溢的欢迎致词，有当年任课的青年教师、如今已两鬓风霜的教授深情款款的回忆和祝福，有辅导员代表对学生的亲切慰问和勉励，也有学生诗人即兴赋诗的热闹场面。当然，歌舞联欢、把酒叙旧更是不可缺少的重要环节。

时光如水，岁月如歌。那年，中文系我们同一年级的学生多达 220 人，经过 20 年的历练和奋斗，当年一个个风华正茂的学子，现在已大都成为各行各业的骨干。其中，有跻身学术前沿的著名学者，有培养后生才俊的年轻博导，有叱咤商界的时代骄子，有在各级机关、单位从事行政管理工作的公务员，也有一直坚守在中学教育第一线的教师，大多成为教育界的佼佼者。至今我依然清晰地记得，搜狐网班级《校友录》开通后，我上传了两张照片，一张是班级毕业时的合影，我给它取名"风华正茂"；另一张是我所在的小组 10 多人在学校门前镜湖附近的留影，我为它取名"镜湖星月"，寓意是我们一起在大学度过了 4 年的美好时光，毕业后在各自的岗位上，无论是像月亮一样闪亮耀眼，还是如同星星一般仅仅发出微弱的亮光，都要尽心尽职，为社会贡献自己的一份力量。

再次翻开过去的老照片，对照大家现在的形容，我不能不感慨岁月的无情，心底不知不觉产生了几分伤感与无奈。同学们虽然风采依然，虽然眉宇之间透露出的神态笑貌还很熟悉，但岁月的风霜，工作、家庭和事业的重负，已在不少人的脸上留下了或深或浅的印痕。我一面仔细端详着这些照片，一面情不自禁地想起当年我们在一起学习、生活时的很多细节。

岁月可以更改我们的容颜，却无法更改我们共同拥有的记忆。母校，留下了我们岁月葱茏的青春脚步，见证了我们拔节生长的多姿多彩；母校，是我们思想和灵魂的故土，永远难以忘怀的精神家园！同班同学陈寿星，笔名罗巴，籍贯安徽怀宁，在校时就是一个小有名气的青年诗人。2006 年 10 月 3 日下午，他一气呵成，为中文系 82 级同学毕业 20 周年相聚母校作了一首诗，题名为《我的大学》，并在当天的晚宴上亲自朗诵，把这次聚会的气氛推向了最高潮。我没有身临其境，但完全可以想象得到现场那激情澎湃、火爆热烈的场面。

聚会之后，陈寿星同学就将这首诗发到了搜狐网的班级《校友录》里，让更多像我一样没能与会的海内外同学，在第一时间感受到了他们聚会时的氛围，共同分享同学的快乐和喜悦。我珍藏的这本联谊会《通讯录》里，也收录了这首诗，每一次重温，心底都会波涛汹涌，情不自禁。它缠绵如水，让我们回忆起了20多年前，虽然清贫、单纯，但却激情飞扬、充满美丽和忧伤的青春岁月；它热情似火，表达了我们对培养自己的母校和老师的深厚情意、依依难舍的眷念之情；它催人奋进，让人到中年的我们精神焕发，依然感受着青春勃发的信心和力量！

感谢诗人罗巴（陈寿星），我将永远保留这首诗，并将时时从中汲取营养，直到容颜已改，青春不再；直到满头银发，地老天荒。

迟到的缅怀

2007年春节前两天，我收到C出版社寄来的《生怕情多累美人——郁达夫的情爱历程》样书，仔细打量这本我十多年前即已脱稿，几经周折才得以正式出版的新书，我感到十分欣慰。这本装帧设计别具一格、清新雅致的书，无疑是我最好的新年礼物。

早在20世纪80年代，我还在安徽师范大学中文系读书时，就对郁达夫独具个性的文学作品、富有传奇色彩的人生经历产生了浓厚兴趣，并隐约地产生了一种愿望：毕业后要在1996年郁达夫先生诞辰100周年之前编著一本郁达夫传记。从那以后，我便开始有意识地广泛搜集郁达夫的生平史料及有关郁达夫的研究文章。1986 年 7 月，我从安徽师大毕业分配到 T 学院工作后，尽管环境、条件均有诸多局限，但仍坚持不懈地进行资料的搜集和整理。

通过对多达 12 卷的《郁达夫文集》及其他有关资料的认真阅读、分析和研究，我们可以看出，动荡不安、风云剧变的时代背景，清新壮观、绮丽秀美的家乡山水，坎坷艰辛、曲折多变的人生经历，汹涌庞杂、良莠并存的东西方文化，以及郁达夫本人聪慧的才智、丰富的情感、纤敏的神经、柔弱的气质等等，错综复杂地交织在一起，使得他无论人格与作品还是思想与情感，都呈现出一种缤纷斑斓、变幻不定的色彩。其中，尤为令人注目的是，他与诸多女性之间浪漫多姿、跌宕起伏的情感纠葛，不仅深刻地影响了他短暂、曲折的人生历程，同时也在他的小说、散文、自传、诗词、书信、日记等作品中都留下了鲜明、独特的印记。在他短短五十年的生命旅程中，他先后结了三次婚，但对他的一生产生过影响的女性却远远不止于三位。循着这一思路，我感觉到以郁达夫的情感历程为线索编著一本小书，详细、具体地梳理、勾勒一下他与诸多女性之间的感情纠葛，可以从特定的角度反映郁达夫一生重要的一个侧面，同时对近年来陆续出版的一些郁达夫传记和评传也是一种必要的补充。

书稿的内容和角度确定以后，写作起来就比较顺畅。1994 年底初稿完成后，我专程送给我大学时的老师——安徽师范大学文学院院长谢昭新教授审阅。令我感动和不安的是，谢教授不仅从繁重的教学、科研和行政事务中，忙中偷闲地认真审阅了书稿，而且欣然为我作序，且多鼓励、溢美之词。此外，江苏文艺出版社编审郭济访先生也非常热心地帮我审阅了书稿，提出了具体、详细的修改建议。1996 年是郁达夫先生诞辰 100 周年，江苏文艺出版社 1995 年起陆续出版关于现代作家的系列传记，他们准备将此书纳入这个系列于当年出版，一审、二审都已通过，但终审时当时的社长认为此书稿与该社已出的几本传记体例、风格相差较大，同时对书稿的市场前景和经济效益没有把握，最终放弃了这一选题。这样一耽搁就是十多年。2006 年 12 月 7 日是郁达夫先生诞辰 110 周年纪念日，2006 年 9 月我与 C 出版社有关编辑取得了联系，他们审阅书稿后很有兴趣，并很快与我签订了出版协议。

写作传记作品，不掌握众多的资料是不可想象的。本书的资料来源主要分两大类：一是郁达夫和王映霞本人的文字作品；二是与郁达夫一同工作和生活过的人们所撰写的回忆文章，以及已有的一些传记、评传和专著提供的细节与线索。前者是人人都可以共享的原始资料，也是我努力挖掘、充分利用的材料库。在中国现代文学史上，没有第二位作家能像郁达夫这样主动地给人们留下大量坦率、真诚的"心灵原稿"，直接、间接地参考引用他的小说、散文、自传、诗词、书信、日记等各类作品，无疑会有助于增强作品的真实性和感染力。第二类间接材料，我一般都要多方参证，觉得有必要加以引用的一些片段或资料，也一律注明出处及其作者。郁达夫短暂而曲折的人生经历，独具个性的文学题材和作品特色，丰富多样的"心灵原稿"，以及最后突然失踪的悲剧命运，一直吸引着很多读者和研究人员的目光，这些也正是激励我有勇气最终完成这本书稿的根本原因。

"在中国现代文学史上，将永远铭刻着郁达夫的名字，在中国人民反法西斯战争胜利的纪念碑上，也将永远铭刻着郁达夫烈士的名字。"这是胡愈之对郁达夫为国捐躯所作的中肯评价。本书在郁达夫诞辰 110 周年之后才得以正式出版，可谓是对郁达夫先生的一种迟到的缅怀和纪念。在此，谨向为了民族解放事业而光荣牺牲的中国现代文学家郁达夫表示崇高敬意和深切悼念！

策划创办《铜都网事》专版

2007 年初，报社新成立了绩效考评工作组，报社领导决定，让我到这个新成立的部门，负责报纸业务考评和报社采编人员的绩效考核工作。

当时，我年纪不算太大，到报社工作时间也不长，这么早就离开新闻采编岗位，我心有不甘，引以为憾。为适应时代发展，加强报网互动，2007 年 11 月 8 日记者节前后，在做好本职工作的前提下，我积极主动策划创办了《铜都网事》专版，并自 12 月试刊时起，兼任这个专版的责任编辑。

《铜都网事》以日报网站及其论坛铜都论坛为主要阵地和稿源，它是连接传统媒体与新兴网络媒体的桥梁和纽带。《铜都网事》关注新闻网及论坛的在线交流，倡导报网互动，连线民声民情，选发网友佳作。该版面稿件短小精悍，内容丰富多样，自创刊时起就受到众多读者、网友的关注与好评。

因完全属于兼职，没有专门的记者和编辑协助我做相关工作，且工作关系比较复杂，《铜都网事》版面和部门隶属关系不明确，基本处于无主管状态。不仅三级审稿制无法落实，我偶尔出差或有事竟然找不到替代的人选。于是，坚持一年后，2008 年底我结束了这个版面的编辑工作。当时，我曾提出如果有部门和编辑愿意接手，我可以负责做好相关版面和稿件的移交、衔接工作。可是，整个报社竟然没有一个部门愿意接手这个烫手的山芋。这不仅仅因为这是我标新立异、自行创立的新版面，也的确是这个版面需要投入太多的时间和精力。自此，这个横空出世的版面，在存在了一年零一个月共出版 50 多期后，又半途夭折了。

偶尔打开数字报，翻阅 2007 年 12 月至 2008 年 12 月每周一出版的《铜都网事》专版，重温每期的稿件内容和版面编排，其中的甘苦得失依然历历在目。

关于网络专版《铜都网事》，我曾经在深入思考的基础上，做了一个详细的策划方案。

《铜都网事》的版面目标是跟随时代发展，加强报网互动，凝聚网络人气，开拓读者群体。

《铜都网事》的定位是网络生活专版。它不是纯粹的新闻版，但要侧重于与本报网络论坛有关的新闻性稿件和动态报道；它不是专门的文学版块，但要兼顾与本报网络论坛有关的文学活动和作品。凡是与本报网络论坛有关的活动和内容，都可以通过整合，以有关栏目或某种方式见诸版面。

稿件来源：以铜都论坛为主要阵地和稿源，以本地网友和读者发在铜都论坛的稿件和开展的活动为主，适当兼顾外地网友和读者。

主要栏目和稿件安排主要有：1.《精华原创主帖推荐》：向读者推介几个精华原创主帖；2.《有话 QQ 聊——铜都论坛群》：整理几节本报记者与网友在论坛群里有价值的聊天内容；3.《连线民声》：根据网友在本报论坛《采编交流》等版块提供的线索，进行采访报道；4.《网友贴图》：选发网友上传到本报论坛的有特色的原创照片；5.《网友茶吧》：选发网友发在本报论坛的原创小言论，内容主要侧重于生活类、休闲类和一般性社会现象，一事一议；6.《特色版块》：介绍本报论坛人气较高、有特色的版块；7.《缤纷网事》：与网络或论坛有关的原创小品、段子和故事，尤其欢迎与本报网络或论坛有关的写实性稿件；8.《趣味短信》：格调不低俗的搞笑短信；9.《网友原创》：选发论坛上的优秀原创作品；10.《网友动态》：报道铜都论坛网友开展的积极健康、丰富多彩的活动，本报网站和论坛开展的各类活动，也可以及时予以报道。

版面总体要求：稿件短小精悍，内容丰富多样。为加强报网互动，活跃论坛人气，所有稿件必须先上传到论坛有关栏目，责任编辑直接从网上选稿或寻找线索，少数特约稿件和资料可以发到编辑个人邮箱。

对于这个专版，其他的不敢多说，有两点我可以引以为豪：一是这个版面是本报的首创，有其独特的定位和特色；二是它的存在，对于凝聚论坛人气、加强报网互动，起到了一定的积极作用。可惜，我不再兼职编辑这个版面以后，就再也无人接手这个工作，这也是我深感遗憾的事。

我曾经准备就这个版面的基本思路和做法，做一些经验总结，写成采编心得之类的文章投给相关新闻业务杂志发表，结果也因这个版面的结束而放弃了。实事求是地说，这也是一种无形的妥协和损失。令人欣慰的是，后来报社一位年轻的部主任为了评职称的需要，专门撰写了一篇理论文章，就《铜都网事》版面的内容定位和运营模式，从理论和实践等方面，进行了较为系统的总结和提炼，做出了中肯的评价，提出了改进的意见和建议。可以说，这也是我创设这个版面的余波所及和意外影响。

至暗时刻，背水一战成功突围

近年来流行一个新词语叫"整顿职场"，大意是指"00"后一代职场新人，不再顺从消极、不合理的企业文化，敢于维护自己的合法权益，拒绝职场上的歧视。"整顿职场"的意思是，不搞歪门邪道，不搞小团体，不委屈自己，所有一切的不舒适，还是需要靠自己的努力和进步来改变。

如果从这些正面积极的意义去理解，早在十多年以前，我就有过这类"整顿职场"的壮举了。

2008 年 8 月，在报社工作 7 年的左玉堂总编辑调离报社，当年的某副总编终于如愿以偿，成了主持报社工作的一把手。此前，我这个当年半路杀出来"搅局"的程咬金，已经被边缘化，远离新闻采编业务岗位，从《生活晨刊》采访部转到新成立的考评组，从事报纸考评和报社绩效考核工作。因先后在两个单位工作，职称评定耽搁的时间太久，直到转岗一年后的 2008 年，我才获评新闻系列副高级职称主任编辑。因此，初到考评组自我感觉难免有几分尴尬和不适。现在，新的更严峻的考验来了。

2010 年 2 月，报社调整部分内设机构，将非新闻采编的经营部门合并成一个公司，同时实行全员双向选择、竞聘上岗，探索尝试文化体制改革。

当时，报社实行了一个内部政策，距离退休年龄不到 5 年的部室主任可以保留待遇不再担任部门领导职务。报社群工部原主任符合这个政策，不得不提前让出岗位，这样群工部的主任职位就空缺了出来。

根据改革方案，我当时所在的绩效考评组将被撤销，相关职能合并到新闻研究室。时任新闻研究室主任是从记者部主任岗位过来的，比我年长四五岁，且已经在这个岗位工作多年，还有9年时间才能退休。3年前的2006年底，似乎专门为我量身设置了报社绩效考评组，3年后的2010年初，借着文化体制改革的名义，又要将这个考评组撤销。这种出尔反尔的反常做法，究竟出于什么目的，外人不得而知，我也不能妄加猜测。但在我和很多同事看来，这种朝令夕改的做法难免有思虑不周、失之草率甚至反复折腾之嫌疑。

但不管怎样，客观的现实是，我将又一次面临工作岗位的重新选择，何去何从成为摆在我面前的新问题。换句话说，在调到报社工作刚满10年、年龄不足50岁的职业黄金期，我面临了人生的至暗时刻，遇到职场又一个重要转折点。

在征求个人意愿，填写拟竞聘的岗位之前，主持报社工作的某总编直言不讳地和我说，报社绩效考评职能并入研究室，希望我去竞聘报社研究室主任的岗位。当时，我才47岁，距离退休还有13年时间，这么早就去新闻研究室，远离新闻采编业务工作等待退休，我的确心有不甘。

更为重要的是，新闻研究室原主任已经在这个岗位工作多年，且距离退休还有近10年时间，他肯定是希望继续留任直至退休。我为什么要置刚刚空出来的群工部主任岗位于不顾，而偏偏要去和一个老同志去竞争研究室主任的岗位呢？从哪方面说，这都违背人性和常理，不符合正常人的思维和逻辑。于是，我又一次犯了倔脾气，再一次辜负了某领导的"良苦用心"，拒绝了他为我安排的"退路"。我根据自己的实际情况和工作经历，经过仔细认真的权衡，决定竞聘群工部主任而不是研究室主任的职位。

做出这个决定后，我专门写了一个情况说明《我为什么要竞聘群工部主任的岗位》，分别提交给了报社各位领导，包括党组成员、副总编辑和总编助理，陈述我的理由和立场。首先，我具有主任编辑这个新闻采编业务副高级专业技术职称，应当尽可能从事与新闻采编业务相关的工作；其次，我尚不足 50 岁，距离退休还有十多年时间；最后，我从地方高校到市级新闻媒体的工作经历，使我有信心做好"理论"版编辑、通讯员管理和读者来信处理、群众来访接待等报社群众工作，自认为比较适合群工部主任的岗位。为此，我决定根据报社出台的文件和程序，参加群工部主任岗位的竞聘，并明确表态，接受竞聘过程中可能出现的一切后果，包括落聘下岗、学习培训后重新安置。

我的决心已定，没有人能够阻拦。因为准备充分，经过竞聘演讲和群众投票，在群工部主任竞聘中，我得票率最高，成功突围，又一次违逆了某领导的意愿。

我这次竞聘演讲的题目是《报社的群众工作只能加强不能削弱》。在演讲的第一部分，面对报社全体职工，我简明扼要地介绍了我的工作简历和工作业绩。

我 1986 年 7 月毕业于安徽师范大学中文系，同年分配到 T 学院任中文教师。1991 年至 2000 年，在学校党委宣传部从事对外宣传和学校党委机关报的专职编辑工作。2001 年 1 月调入市级党报新闻部，担任一版（要闻版）编辑。2003 年 1 月担任采访部临时负责人，同年 6 月被聘为《生活晨刊》采编中心副主编兼采访部主任。2006 年 10 月起到考评组从事报社绩效考评工作。2008 年 12 月，获得新闻系列高级专业技术职务主任编辑职称。

从 1991 年我在 T 学院从事专职新闻工作算起，我已经有长达 20 年的新闻工作经历，先后有 30 多篇作品在市级以上好新闻、好作品和各类征文中获奖，其中有 10 多篇作品分别获得安徽新闻奖、安徽经济新闻奖、中国地市报新闻奖，获奖的作品类型有消息、通讯、言论和新闻论文。

1993 年获得新闻出版系列中级职称以后，发表论文 5 篇，出版专著一本。先后在《杂文界》《中国地市报人》《安徽宣传》《新闻战线》和《铜陵社会科学》等刊物上发表论文共 5 篇，2007 年 2 月在 C 出版社出版一本 18 万字的人物传记。

总结归纳一下我的新闻工作经历和业绩，有这样几个"最"让我印象深刻，感受颇深：

——发表我新闻作品级别最高的党报是《人民日报》。在 T 学院工作期间，曾经在《人民日报》发表一篇人物通讯。

——发表我新闻作品级别最高的专业性报纸是《中国新闻出版报》。2007 年 2 月，我在日报二版发的一篇评论，同时被《中国新闻出版报》采用。

——发表作品地点最远的是香港《大公报》。2009 年 5 月，我在《生活晨刊·校园内外》版发的一篇评论同时被香港《大公报》评论版头条位置刊发。

——我自己感觉最有学术见解的论文是《关于地市组建报台合一传媒集团的构想》。这篇论文 2003 年 1 月在《中国地市报人》杂志 2003 年第 1、2 期合刊上发表，全文 3000 余字。论文分析、论述了在传媒集团化、集约化的背景下，地市组建报社、电台和电视台多种媒体合一的传媒集团的必要性、可行性及其原则、方式和步骤。当时，全国地方市级媒体还很少有这样的实际例子，学术界也还很少有这样的文章和观点，我受到新疆某农垦师新闻中心初步探索的启发，结合媒体集团化发展的方向，做了大胆的推测和建议。

当时，黑龙江牡丹江市、广东佛山市已结合实际，组建了地市一级的报台合一传媒集团，可以预见，这将是我国中小城市媒体改革与发展的一个新趋势和新动向。这篇论文在 2003 年发表，应该说具有一定的超前性。所以 2008 年我在申报副高职称主任编辑的材料中，大言不惭地说，这篇论文能在 2003 年发表，还是具有一定的学术见解和预见性的。

——最让我感到意外的是论文《地市党报的发展瓶颈与改革对策》，在《铜陵学院学报》2007 年第 6 期刊发后，又被当时的全国新闻核心期刊、国家百种重点期刊，人民日报社主办的新闻专业类杂志《新闻战线》2009 年第 4 期《前沿关注》专栏选用，题目改为《地市党报改革发展的思考与对策》。这也是到目前为止我发表论文级别最高的新闻学术类杂志。这篇论文先后获得安徽省好新闻（论文类）三等奖和铜陵社会科学优秀成果奖。

——最让我费心伤神的还是那本人物传记《生怕情多累美人——郁达夫的情爱历程》。这本书 2007 年 2 月在 C 出版社出版，全书共 18 万字。我之所以说它最让我费心伤神，是因为我还在大学读书期间就开始收集资料，构思酝酿，原来是希望在我毕业十年后的 1996 年也就是郁达夫诞辰 100 周年时能够出版，但好事多磨，屡经退稿、几经周折在 2007 年郁达夫诞辰 110 周年后才正式出版。

这本书学术含量未必很高，但切入的角度、资料的安排和选择、整体布局和构思等还是很费了不少心思。我从网上查阅了一下，全国不少图书馆，包括香港中文大学图书馆在内的很多大学图书馆都收藏了这本书。

我的这次竞聘演讲准备充分，内容也很实在。其中用几个

"最"概括的工作业绩和闪光点，应该也给大家留下了深刻印象，从而在报社全体职工出席的竞聘演讲中赢得了最多的支持票。

俗话说："狭路相逢勇者胜。"这次竞聘，我是破釜沉舟，怀着"不成功便成仁"的决心背水一战，结果再次成功突围，为自己赢得了十多年的职业黄金期。

有时候我反问自己，如果再一次面临这样的情形，你还会有胆量、有勇气如此选择吗？我的回答是不确定。那时候还算年轻，想法单纯，不患得患失，也不怕得罪人，有一股不服输也不怕输的劲头和勇气。后来回顾反思，可能因为我在 T 学院工作多年，接触社会少，难免不谙世事、书生意气。但人一旦被逼进死角、无路可走时，只能勇敢面对、背水一战。真要下定决心，放手一搏，或许还有柳暗花明、绝处逢生的转机。

机会总是留给有准备的人

俗话说："机会总是留给有准备的人。"竞聘群工部主任岗位前，我结合自己的工作经历和体会，对于报社当时群工部的工作情况进行了认真的研究和分析，并在肯定已有成绩的基础上，提出了进一步改进群工部工作的思路和对策。

群众工作部（简称群工部）是报社一个重要的内设机构，是报社与读者联系的窗口部门。如果说报社群众工作是报社联系群众的桥梁和纽带，那么群工部负责人就是具体贯彻落实报社党组关于报社群众工作方针、政策的执行人，是协助报社领导和报社做好群众工作的参谋和助手。

但一段时间以来，由于种种原因，不少报社的群众工作有所弱化。我想，作为报社的一个部门，虽然工作方式会不断改变，工作重点会有所变化，但总体上说，报社的群众工作只能加强不能削弱。

作为本报的群工部，除了一般报社群工部的基本职能外，还承担了理论宣传的任务，负责编辑出版《理论》专版。这就要求群工部负责人既要有热心为本报采编工作服务的精神、真诚为群众服务的情怀，还要有一定的理论素养。

我认真思考后认为，我现在的工作经历和经验，特别是在报社领导的关心、指导和各位同仁的帮助下，新闻部两年多的编辑工作实践和采访部近 4 年组织稿件、接待来信来访和群众投诉的工作经历，对于我做好报社的群众工作会有很大的帮助。我想，如果这次竞聘，我能受到大多数职工和领导的认可，有幸走上群工部负责人的岗位，我将在以下几个方面进行新的努力和探索。

第一，加强编读互动，打造一支精干的热心作者和通讯员队伍。这方面本报近年来已着手在做，并已初见成效，今后还需要在新的起点上进一步加强和推进，努力为本报的新闻采编和报纸发行奠定一个坚强有力的群众基础。

第二，真诚服务，加强沟通，做好信访信息反馈工作。认真倾听读者意见，热情接待读者投诉，化解社会矛盾，努力营造和谐的社会环境。适合报纸采用的投诉信件和信息，及时提供给相关记者采写稿件，不能公开报道的可以采写内参，供有关部门和领导参考。

第三，创新思维，在工作载体和工作内容上进行新的探索。新技术的发展给我们带来新的挑战，同时也给报社的群众工作带来新的机遇。我想，只要开动脑筋，认真去做，报社的群众工作在工作载体和工作内容上都会有新的平台和潜力。我们要与新媒体有机结合，充分利用本报新闻网有关互动栏目和论坛的优势，开设《投诉直通车》《记者调查》《读者建议》等众多栏目，把读者来信来访和网友网上的投诉、爆料整合到一起，为编辑、记者、读者和众多网友共同打造一个沟通、交流和表达的平台。

总之，坚持群众办报是党报的优良传统，贯彻落实新闻工作"三贴近"原则，需要继续实行开门办报、群众办报。同时，在新形势下继承和发扬全党办报、群众办报的优良传统，也需要我们进行新的思考和探索。我接受全体职工和报社领导的公平选择，如果有机会到群工部工作，我愿意为此做一些积极有益的探索和努力。

应该说，我的这次竞聘演讲同样很成功，赢得了大多数职工的赞成票，最后报社领导集体研究时，根据已经公布的文件和程序，择善而从听从大多数职工的意愿，选择我担任群工部主任。

我通过竞聘演讲，成功"突围"担任群工部主任后，出现了一些前所未有的新现象。一是报社机构改革方案中明确规定，要将关于报纸考评和绩效考核的职能调整到新闻研究室，但因为我的岗位变动，这项工作没有其他人接手，竟然事随人走，让我兼顾带到了群工部。也就是说，我到群工部任职，是把原来考评组的工作一并带过来了，而且一兼就是十多年。二是我在群工部岗位工作了 11 年之久，直到 2021 年初，报社推进媒体融合发展再一次全面调整内设机构，报社群工部原来我一人负责的众多职能一分为三，此前的理论版编辑和全体职工的绩效考核分别调整到其他专门设置的部门。因此，可以大言不惭地说，我在报社群工部工作的 11 年，无论是工作内容还是工作时间，都创下了报社的历史纪录，可谓前无古人，也将后无来者。

回顾这次竞聘上岗的过程，总结成功竞聘的心得，可以得出以下几点经验和启发：

第一，所有人，无论是领导还是普通职工，都要尊重规则尊重程序。既然制定了竞聘上岗的有关文件和工作程序，就必须认真领会、按章办事，必须严格执行有关制度和工作程序。

第二，准确把握自己的优缺点，客观评析自己做好拟竞聘岗位工作的有利条件，树立做好本职工作的信心。

第三，充分调研和分析拟竞聘岗位的现状、不足和工作要求，在充分肯定已有成绩的基础上，提出进一步改进工作的思路和对策。

第四，在准确把握自己的优势和拟竞聘岗位匹配度的基础上，认真撰写竞聘演讲稿，以自己的工作业绩、理性分析和真诚态度，打动职工群众，赢得大多数职工的信任和支持。

第五，心底坦荡，无私无畏，做好落聘的心理建设和思想准备，接受一切后续可能发生的结果。

做好以上准备工作和心理建设，就可以按部就班、从容不迫地去参与竞聘了。至于结果如何，是自己控制不了的，那就顺其自然，"尽人事而听天命"，一切听从天意吧。

开创报社群众工作新局面

坚持群众办报是党报的优良传统。报纸要赢得群众喜爱，博得群众青睐，就要密切联系群众，真心实意地依靠群众办报。毛泽东同志曾在《对晋绥日报编辑人员的谈话》一文中指出："办报和办别的事一样，都要认真地办，才能办好，靠全体人民群众来办，靠全党来办，而不能靠少数人关起门来办。"

我担任群工部主任后，虽然部门总共只有两个人，但承担的工作任务却比较繁杂：负责通联工作，抓好通讯员队伍建设；接待处理读者来访来信，倾听读者意见，接待读者投诉；编辑出版《理论》专版；参与报纸考评，负责审核采编人员的绩效考核，按月计发报社员工的绩效工资，审核寄发外发稿酬；完成报社领导交办的其他工作；等等。这些工作都由我牵头负责，亲力亲为。很明显，我担任群工部主任后，承担的工作内容比过去更多更杂，对我个人来说，无疑面临着全新的压力和挑战。

自 2010 年初担任群工部主任后，在继续开展报社内部绩效考核，立即接手《理论》版的编辑工作后，当务之急是重新招聘组建通讯员队伍。于是，在报社党组的支持和分管副总编俞维祥的具体指导下，我通过发放通知，先后建立通讯员 QQ 群和微信群，以及重新招聘、登记等方式和途径，不断加强和改进通讯员队伍建设，积极开展相关活动，进一步加强与通讯员的联系和沟通，受到不少基层通讯员的欢迎和肯定。

为方便与本报通讯员的联系，及时交流、沟通有关信息，2010 年 4 月，报社群工部专门建立了通讯员 QQ 群，在报社与通讯员之间建立更加方便、快捷的信息交流方式。截至 2012 年，已有 80 多位登记在册通讯员加入通讯员 QQ 群。报社通讯员群自建立以后，我先后向入群的通讯员转发了各类好新闻竞赛和征文启事，以及报社常用投稿电子信箱等，受到不少通讯员的关注和好评。在日常工作中，一旦得悉因高温、长假季节性因素造成报纸新闻稿件和图片紧张，也都及时在群里发布有关采编动态和信息，让基层通讯员为报纸版面及时提供各类可用的稿件。

2010 年 8 月和 9 月，我和报社分管副总编俞维祥一起，先后用一个多月时间分片召开座谈会，与 40 多位通讯员进行了面对面的交流和沟通，听取大家对于本报新闻报道和群工部如何更好地开展相关工作的意见和建议。通过多种方式的交流和沟通，很多通讯员对报社改革和发展以及新闻宣传工作给予了积极的评价，同时也就如何更好地开展相关工作提出了意见和建议。会后我就此写出专题调研材料，对于通讯员们提出的意见和建议，进行了集中归纳和整理，供报社领导和有关采编部门参考，同时也为报纸的改版提供参考意见和建议。

2012 年 11 月和 12 月，我们又先后牵头组织召开了三个层次、范围不同的报纸改扩版征求意见座谈会，主要目的是通报近年报社工作情况，传达 2013 年报纸改扩版方案，征求大家的意见和建议。在 2012 年 11 月 2 日举办的 2013 年报纸改扩版征求意见座谈会上，来自市委宣传部、一县三区等有关单位和部门相关负责人相聚一堂，就 2013 年报纸改扩版等工作，交流研讨，建言献策，发表了许多中肯的意见和建议。

此外，我还经常深入基层，开展业务交流和调查研究，努力提供个性化服务，满足基层单位提高新闻业务知识和素质的要求。

2011 年，在报社开展"走基层、转作风、改文风"活动期间，我发现基层通讯员中有不少同志同时在单位兼职编辑企业报（行业报），但在新闻采编工作中，大家都或多或少遇到一些困惑与难题。为此，我积极进行专题调研，对收到的企业报（行业报）进行整理分析，就普遍存在的共性问题进行归纳整理，提出改进的对策和建议。

2011 年 8 月上旬，我组织分别来自铜陵华源麻业公司、铜陵首创水务公司、铜陵市人民医院、中车长江铜陵车辆公司和安徽省地矿局 321 地质队的部分通讯员，专程前往企业报办得比较好的铜陵三佳集团公司学习取经，并就如何更好地办好企业报进行了交流和座谈。就如何办好企业内部报纸，我分别从明确报纸定位和版面定位，学点报纸编辑知识，提高自身业务素质等方面提出了自己的意见和建议，并就大家各自所办的报纸进行了现场点评。通过交流学习，一些基层通讯员的新闻采编业务能力得到明显提升。

担任群工部主任以后，十多年间应基层单位的邀请，我先后到县区党政机关、乡镇社区、企事业单位，包括铜陵学院、滨江社区、铜化集团新桥矿业公司、中国十五冶铜陵分公司、铜陵县（现义安区）交通局、铜陵县（现义安区）供电公司、市人民医院、有色天马山矿业公司、铜陵武警总队、市总工会、郊区大通镇、铜官区西湖镇、义安区西联镇、市社科联、中国工商银行铜陵分行、中国银行铜陵分行、铜陵农业发展银行、市银行业协会、铜陵特材公司、华东冶金地质勘查局 812 地质队、铜陵首创水务公司、铜陵市第三中学和安徽省地矿局 321 地质队等数十个基层单位，开展新闻采编知识讲座和业务交流活动。通过交流学习，一些基层通讯员的新闻采编业务能力得到明显提升。

党报，是党和人民的耳目喉舌。办好报纸，要依靠全党，依靠人民群众。在报社领导的重视和支持下，自 2011 年起，本报通讯员工作逐步走向正常化、规范化，在有些方面还进行了积极的探索和尝试，取得了明显成效。通过开展评先评优、组织异地采风等系列活动，既为基层通讯员提供了联络感情、互相学习的机会，也进一步密切了报社与基层单位，记者与通讯员之间的联系，这无论是对报纸采编业务，还是对报纸发行和广告经营，都起到了积极的促进作用。通过不断完善和改进包括评先评优工作在内的各项服务工作，群工部进一步加强和改进了通讯员队伍建设，充分发挥了基层通讯员的积极作用，努力为采编一线服务，为基层通讯员服务，更好地发挥了群工部的桥梁和纽带作用。

红色之旅展风采

根据实际工作的需要和一些基层通讯员的要求，从 2011 年起由我负责的群工部牵头，每年组织开展一次新闻宣传总结表彰会议，并组织大家开展异地采访和摄影采风活动。会议除表彰一批优秀通讯员，通报报社改革与发展情况，总结报社通讯员工作以外，还经常邀请新闻部、摄美部、副刊部等有关部门负责人与通讯员进行业务交流，受到广大基层通讯员的欢迎。每年的会议也都安排几位优秀通讯员做经验分享，他们紧密结合基层工作实际，以大量具体事例现身说法，让很多通讯员深受启迪，受到广泛好评。

2011 年 5 月 20 日至 22 日，报社组织 30 余名通讯员，来到全国十大红色旅游景点之一的江西上饶集中营和革命老区龙虎山，进行异地采访和摄影采风活动，开展爱国主义教育，交流摄影创作、新闻写作心得，让通讯员们受益匪浅。

红色之旅从 20 日下午开始。当天上午，报社举行了 2010 年度通讯员工作总结表彰会，来自全市各行各业近 40 名通讯员欢聚一堂，与报社领导和各部室负责人就进一步提高办报质量和做好通讯员工作等展开交流。会上，10 名表现突出的基层通讯员被评为 2010 年度优秀通讯员，与会人员就提高新闻专业技能和业务水平、通讯员发稿要求和培训等进行了交流，并积极为报社新闻宣传工作建言献策。

参加当天下午开始的异地采访摄影采风活动的通讯员，充分展现了各自的才艺。虽然 20 日、21 日气温较高，但大巴车上气氛更热烈，一路欢歌笑语不断，多才多艺的通讯员们拿出各自绝活，特别是大家竞相演唱的《十送红军》《映山红》等经典江西红歌，博得一阵阵热烈的掌声。

5 月 22 日，是安徽省地矿局 321 地质队通讯员汪有红的生日，这一细节被我在登记身份证号码时发现。在大家的组织策划下，当天晚上旅行社导游特地送上生日蛋糕，还有一些通讯员买来了啤酒。同在一个餐厅就餐的上海一家单位的数十名团友，看到报社通讯员团队气氛热烈，纷纷前来加入祝贺汪有红生日快乐的行列。汪有红激动地说："这是我记忆中最特别、最难忘的一个生日。"

虽然这次通讯员异地采访摄影采风活动时间短暂，但在全国十大红色旅游景点之一的上饶集中营、《闪闪的红星》潘冬子坐过的小小竹排上……让大家接受了一次深刻的爱国主义教育、革命英雄主义教育。在回程的路上，通讯员们说得最多的是："感谢报社给我们这次难得的学习交流受教育的机会。""市级党报永远是我们最珍重的一块精神家园，希望报社今后经常举行这样的活动。"

这次"红色之旅"是我到群工部工作后，开展评先评优，组织异地采风，加强经验交流的首次活动，类似的活动此后基本每年开展一次，受到基层通讯员的极大欢迎和高度评价。因为开展评先评优，组织异地采风，这既是联络感情、互相学习的机会，也进一步丰富了大家的生活。

2011 年 5 月首次开展的江西龙虎山"红色之旅"，共有 30

多位通讯员参加。活动结束后，随行的摄影记者过仕宁还及时为《生活晨刊》采写了几乎一个整版的图文报道，生动、详细地记录了这次异地采风的全过程，给大家留下了深刻的印象和美好的回忆。

信访无小事 用心解民忧

2011年11月4日，市民万女士和她的母亲来到报社群工部上访，反映离婚后孩子的探视权争议问题。来访者情绪激动，认为市中院擅自推翻铜官山区（现铜官区）法院的一审判决，袒护男方，存在司法不公，要求记者采访干预。我与对方耐心交流一个多小时，并主动与市中院政治部、研究室有关负责同志电话交流，希望他们予以了解关注，妥善处理，化解矛盾和纠纷，并让来访者留下相关材料供记者参考，同时建议她们去市妇联求助，必要时可以寻求律师相助，来访者深感满意后离去。

随后，我将此情况反馈给当时的《生活晨刊》采访部，晨刊记者就此问题专门采写了稿件《探视权之争到底伤害了谁?》，希望面对骨肉亲情，离婚夫妻都应设身处地为对方想一想，在不影响孩子健康成长的前提下，双方应多一份理解，少一些意气用事，让孩子拥有一份完整的父爱和母爱。

在我担任群工部主任期间，诸如此类的信访问题，屡见不鲜，我在处理时都耐心接待，尽可能提供帮助和咨询服务。因为我信访工作基础扎实，成效显著，有一年还曾被评为市信访工作先进个人。

发挥职能部门作用，积极做好来信来访的处理和协调，接待处理来信来访，倾听群众的意见和呼声，是报社群工部的职能之一。自 2010 年起，我们每年都要接待来访 40 多人次。读者来访的内容主要分两大类，一类是反映本报新闻报道存在失实或不够准确的问题，另一类主要是反映涉及个人或社会公益问题的投诉。对于前者，我根据实际情况及时向有关领导和部室反馈意见，协助有关部门做好说明解释和善后工作。

对于群众来访中反映的涉及个人和其他社会公益问题，我大多进行了登记和初步了解。对于其中有新闻价值、可以采访见报的线索，我积极联系采访部门安排记者采访报道，根据此类线索采写的稿件每年都有一些。

对于不能采访见报的来访信息，我都耐心听取当事人的情况介绍，指导他们联系有关部门咨询，并主动与涉及的部门联系，沟通信息，希望引起有关部门的重视，尽量化解社会矛盾。

其实，自从 2001 年 1 月调入报社工作后，我先后在新闻部、《生活晨刊》采访部、报社考评组和群工部工作，无论是在哪个岗位，都十分注重联系读者和群众，热情倾听读者和群众的呼声，并努力结合实际，认真做好相关信访工作。特别是在 2003 年至 2006 年担任采编中心副主编兼采访部主任期间，我十分重视群众的来信来访和通过报社新闻热线收到的读者投诉，当时《生活晨刊》很多新闻报道都是来自基层一线的读者爆料，为真正落实《生活晨刊》的办报宗旨"说百姓话，解百姓忧"做出了积极的努力。

报社记者联系面广、掌握信息多，对于一些复杂、敏感，公开报道未必有助于问题的及时解决，但却是必须引起有关部门高度重视的问题，往往通过报社内参向有关部门和领导反映，督促相关部门采取措施积极整改，切实解决问题。在担任采访部主任期间，我先后多次安排记者采写了有关内参稿件，我参与调查、采写的多篇内参稿件，都受到有关领导和部门的关注与重视。

2007 年至 2009 年在报社考评组从事报纸业务考评工作期间，我也非常重视读者和群众的建议与呼声。凡是涉及读者和群众对报纸、报社工作的批评建议，都第一时间通过有关渠道和方式，向报社领导和采编部门反馈信息，督促有关部门加以重视，不断改进采编工作，提高新闻采编质量。

2010 年 3 月担任群工部主任以后，我更加重视读者来信来访工作，注重发挥群工部的职能作用，积极做好来信来访的处理和协调，努力从源头上减少和化解社会矛盾。

一位家住县区某镇的居民曾来报社群工部反映，他所在的小区即将拆迁改造，但还没有谈好安置补偿条件时，有人竟然雇人半夜三更将他们附近 10 多户人家的门锁注入强力胶水，致使大门无法打开，后来他们报警后，开发商安排负责拆迁工作的人员重新给这 10 多户人家换了新锁。没过几天，一位同样住在该小区的居民再次向本报反映，当日凌晨有人向他家里砸砖头，他怀疑此举依然与负责该小区拆迁工作的人员有关。我一面将这个线索转给采访部记者，一面与有关县区政府办电话联系，通报相关情况，希望他们能予以重视，及时干预，防患于未然。随后，《生活晨刊》也及时刊发了本报记者采写的相关报道《深夜，砖头砸进拆迁户家中》。在这篇报道中，记者没有直接点明此举与拆迁方有关，但却写了拆迁户的怀疑和他已经报警、有关部门正在对此进行调查等情况。

有一段时期，媒体先后报道了多起因拆迁纠纷引起的非正常事件，有些甚至造成了当事人自焚，当地县委、县政府领导被就地免职的严重后果。这一系列事件的发生无不让人感到心痛和震惊。与这类恶性事件相比，本地部分县区发生的蓄意破坏拆迁户的门锁、半夜三更向拆迁户家砸砖头等行为，不过是提不上桌面的小动作、小插曲，但值得警惕的是，诸如此类拆迁过程中发生的小矛盾、小纠纷如果不能及时得到有效处理，小矛盾就会酿成大麻烦，小纠纷也会成为大问题，其后果将会难以预料。

正确处理和化解这些人民内部矛盾，首先就要做好"注重从源头上减少矛盾"，这就要求我们更加认真细致地了解基层单位在具体工作中存在的问题和不足，切实提高基层工作人员的素质和应对复杂问题的能力，面对事关百姓利益的问题，严格执行相关政策，注重维护群众权益，同时要防微杜渐，及时发现和处理可能存在的事件苗头和隐患，尽量把问题解决在萌芽状态。

报社是新闻单位，各项工作既相互联系，又相互独立，信访工作呈现出点多面广的特点。在工作中，我结合报社实际工作和面临的问题，积极主动提出自己的意见和建议，希望报社领导和有关部门在专职人员配备、各类资源的有效整合、相关资料的收集整理等方面，进一步加以重视和落实，努力使报社信访工作在保持现有成绩的同时，成效更加显著、特色更加鲜明、管理更加规范、制度更加健全，更好地发挥新闻媒体联系党、政府和群众的桥梁、纽带作用，为维护社会大局的稳定、促进社会和谐做出更加积极的贡献。

理论版的探索与实践

在很长一段时期，日报理论版的编辑出版，一直由群工部承担。我担任群工部主任后，在充分调研的基础上，着力增强理论宣传的新闻性和服务性，使本报理论版的编辑工作，定位更加明确，重点更加突出，特色也更加鲜明。

从 2013 年 11 月起，我们与市委党校合作联办《市情理论研究专版》，不断增强理论宣传的贴近性和服务性。在栏目设置上，尽量多样化，不断丰富版面的内容和形式。通过这些探索和努力，进一步增强了版面的灵活性、生动性和可读性。几年间，我主持编辑的理论版先后两次受到中共安徽省委宣传部《新闻阅评》的关注和好评。

2013 年 11 月 1 日，日报理论版推出"市情理论研究"专版，刊登铜陵市委党校课题组关于铜陵改革之路的研究，并以此为标志拉开铜陵市委党校与报社理论宣传、市情研究战略合作的序幕。

为充分发挥市委党校"思想库""党的哲学社会科学研究机构"的功能作用和日报在理论宣传上的主阵地作用，经双方协商，自 2013 年 11 月起，市委党校与报社联合主办"市情理论研究"专版，通过建立更加紧密的理论宣传合作关系，进一步促进市委党校科研工作"围绕中心、服务大局"，进一步促进日报加强和改进理论宣传，共同为建设美好铜陵提供智力支持和理论支撑。

2013 年 11 月 1 日首期推出的"市情理论研究"专版，聚焦"铜陵改革之路"，通过考察铜陵四次思想解放大讨论，梳理"敢为人先"的铜陵人改革创新之路，总结近年来铜陵在推进城市管理、结构转型以及城乡一体化进程等方面的新思路新举措新经验，以期为推动包括铜陵在内的我国中小城市当前的科学发展、下一步改革的深化提供参考和借鉴。

首期"市情理论研究"专版出版后，反响不错，受到社会各界的关注和好评。据市委党校有关领导介绍，报纸出版当天，他们就先后收到社会各界的电话，高度评价这个专版。2013 年 11 月，中共安徽省委宣传部《新闻阅评》第 76 期专门刊文予以点评，给予积极肯定。

《新闻阅评》阅评文章《铜陵日报回顾与反思绽放改革的光芒》指出，在党的十八届三中全会召开前夕，开设"市情理论研究专版"，围绕"醒来铜陵、起来铜陵、崛起铜陵"三个方面对铜陵改革开放历程和道路进行了回顾和反思，并探讨了如何进一步深化改革。阅评员认为，专版以"铜陵改革"之路为题，集中刊发回顾与反思的理论文章，脉络清晰、历史实证有力，处处绽放思想的光芒，有高度、有深度、有力度，对铜陵市学习贯彻党的十八届三中全会精神，全面深化改革有现实的启示意义。

此后，我们又和市委政研室合作，开设了"铜陵决策咨询研究"专版，及时刊发市软课题研究成果，扩大政策研究等软课题成果的影响，促进市软课题研究成果的转化。这些极富地方特色的理论专版的推出，扩大了理论版的合作领域，进一步增加了理论宣传的新闻性和贴近性，同时也受到社会各界的关注和好评，获得了良好的社会效益和经济效益。

从"市情理论研究"专版和"铜陵决策咨询研究"专版的推出及其反响，我们可以得到以下两点启示。

首先，领导重视、精心谋划，是做好理论专版，提高版面质量的保证。专版推出前，就联合主办专版问题，我们先后多次与市委党校有关领导和职能部门商讨、沟通，论证这个专版的可行性和具体细节。在党校和报社有关领导的具体指导下，通过前期的积极工作，市委党校和报社正式签订了双方建立理论宣传合作关系的协议，明确了专版的合作宗旨、合作方式、合作机制等细节。首期专版出版前，合作双方的领导，也都给予了具体指导，具体承办人员就版面内容和形式，先后经过多轮协商和修改。这些都说明，专版的推出，是双方精心谋划，特别是市委党校和报社领导高度重视和积极支持的成果。

其次，贴近市情，贴近实际，是理论版的基本要求和定位。多年来，理论版一直坚持理论联系实际，注重理论宣传的贴近性和新闻性。在具体工作中，理论版主要围绕以下三个方面抓选题策划：一是注重重点宣传。在一个时期内集中时间、版面、力量宣传某一重大主题，以凸显高潮，形成规模效应。二是围绕中心，服务大局。注重围绕党和政府的重大决策和中心工作来抓选题，对市委市政府的重大决策部署，及时从理论层面上进行解读。三是结合铜陵实际，关注有现实针对性的研究成果。注意选发与本市企事业改革、发展等有关的专题调研报告和对策建议，增强理论宣传的针对性和实效性。首期"市情理论研究"专版赢得社会各界的关注和积极评价，更加印证这个基本定位和要求是准确的。

此后，本报在理论宣传中一直注重紧密联系当下社会发展，敏锐捕捉线索，从理论高度分析透视新闻内核，用理论视角深化凝练新闻意义，用理论语言全面提升新闻思想性与权威性，精心编排增强理论文章可读性。选取的文章涉及美好铜陵建设、社会和谐、反腐倡廉、招商引资、中国梦等方面，理论宣传发挥了重要的主渠道作用。

2014 年 2 月，中共安徽省委宣传部《新闻阅评》再次对本报理论版进行点评，高度评价我们在本报理论版编辑工作中的积极努力和探索。

阅评员认为，本报理论宣传密切联系实际，所发稿件融新闻性、知识性、可读性于一体，就事论理，加深了读者对时事的理解和把握，起到了释疑解惑和正确引导的功效，使受众在掩卷遐思之际，得到启迪和提升。这样的宣传报道社会认可、群众喜欢，报纸的公信力、影响力和美誉度也得以增强，收到"多赢"的效果。

重返校园：与青年大学生面对面

担任群工部主任后，因直接负责和管理基层通讯员工作，我应邀去基层单位开展有关调查研究，举办新闻写作基础知识讲座和业务交流活动日益增多。2011年至2022年十多年间，我先后应邀到县区政府机关、乡镇社区、企事业单位、金融机构、武警部队、高等院校等数十家单位，开展有关新闻（信息）写作的基础知识讲座，受到邀请单位的欢迎和肯定，有些单位甚至去过多次。这项工作，既是群工部联系基层单位的职责之一，也是新闻媒体组建和培训通讯员队伍的客观需要。其中2012年3月28日，我第二次应邀回到曾经工作过的T学院，和学院学生记者站的同学那次交流，感受比较特别，印象尤其深刻。

2012年3月28日下午，应T学院党委宣传部和学院学生记者站的邀请，我和同事、报社首席记者——从T学院毕业的原校报学生记者盛向锋一起回到学校，在T学院翠湖校区教学楼B-109教室举行新闻写作基础知识专题讲座，T学院党委宣传部负责人、部分教工通讯员以及院学生记者站全体成员共百余人参加了讲座交流活动。

讲座中，我为大家介绍了新闻写作的基础知识，并重点讲解了消息的分类和写作技巧。我列举了很多鲜活的、新近发生在学院的典型案例。在场的很多听众都表示："讲座既贴近实际，便于理解，又对今后大家提高新闻写作技巧具有切实的指导意义。"

我在学校工作 15 年，还曾担任校报编辑部主任兼学生记者指导老师，对在校时与学生记者一起工作的情景记忆深刻。这次讲座我首先为大家梳理了 1991 年至 2000 年，从学生通讯社、学生记者团（后更名为学生记者站）走出的优秀学生成长成才的经历，以此鼓励学生记者珍惜这个难得的平台，为日后走上社会参加工作打好基础。我还紧密结合实际精当地点评了学生记者撰写的消息稿，提出了针对性的修改建议。

报社首席记者盛向锋作为从 T 学院学生记者团走出去的优秀新闻工作者，他用朴实的话语动情地向大家描述自己的记者之路，并联系学生记者现状，对他们的学习生活和人生规划提出了建议。

在讲座进行中，我结合自己在学校、报社工作的一些经历和体会，给到会的学生记者提出了几点意见和建议。我说，我在 T 学院工作了 15 年，盛向锋记者是 T 学院的毕业生，我们这次回学校开展讲座交流，有一种回家的感觉。

在开始具体的业务交流前，我首先简单介绍了有关背景情况和我们此次交流的意图。我和同学们说，截止到 2012 年，我大学毕业参加工作 27 年，但相对来说，还是在 T 学院工作时间长，在学校工作 15 年，到报社工作 12 年。所以，记者站的学生朋友找到我，邀请我来和大家见面做个交流，我不好拒绝。从我当时负责的工作来说，和基层单位通讯员保持联系和交流，也是一种工作职责和义务。

在学校期间，除了开展学校内外宣传等工作以外，我在学生记者的选拔、培养等方面应该说也做了一些积极的努力和探索。十年间，先后有一些学生通过在校报编辑部的工作、锻炼走上了专业新闻工作岗位，成为我们新闻界的同行，有的做得还很不错。有一些在校报工作过的学生记者虽然没有进入新闻行业，但在实际工作中也发挥了自己在校报工作期间积累的经验，打下良好基础，成为单位的业务骨干，甚至走上领导岗位。

我之所以不厌其烦地先说这些情况，主要是想给参加讲座交流活动的学生一些鼓励和信心，告诫他们不要小看自己在学生记者站的工作，院报新闻采编等众多平常、琐碎的工作同样能够培养人、锻炼人，能够扎实提高大家的文字能力，不断增强大家的信心和综合素养，为将来走上社会发挥自己的优势、找到适合的工作奠定坚实的基础。

我通过多种渠道得知，多年来，在学院宣传部领导和各位老师的悉心指导下，一些学生的稿件多次获奖，特别是在学生记者队伍建设方面，跟过去相比更加出色，队伍更加壮大，管理更加规范，而且分工很细致，各方面工作开展得有声有色，也陆续有不少学生通过在院报的学习和实践走上专业新闻工作岗位。所以，我相信，有这么好的基础和条件，只要大家共同努力，积极参与和支持院报新闻采编等各项工作，一定会在各方面得到锻炼和成长，宣传部的领导和老师会指导得更好，各位学生记者也一定会比 10 多年前的师兄师姐们做得更加出色，发展得更好。我相信他们中间，也会有更多的同学在宣传部领导和院报编辑老师的悉心指导下，通过在院报期间的工作和锻炼，走上能够发挥自己专长的工作岗位。

我在讲座交流中说，这次回 T 学院，主要目的是和学生记者朋友做一些信息交流，希望大家通过在院报编辑部的工作，很好地锻炼自己，提高综合素养，迎接时代挑战。通过在学校和报社这么多年的工作，特别是看到过去一些在校报编辑部锻炼过的学生的成长和进步，我深切感受到，文字能力的提高对于学生还是很重要的，通过文字工作可以锻炼一个人的多方面素质。比如思维能力、文字表达能力，通过采访、参加社会活动培养的社交和公关能力等等。同时，我也结合自己多年的实际经历和感受，有针对性地给大家提出了一些意见和建议。

第一，要过语言文字关。过好中文的语言文字关，无论以后从事什么工作，都会大有助益。

第二，掌握常用基本文体（新闻类、公文类、学术类）。各类文体的基本规范要掌握，考研、考公务员和事业单位，都对文字素养和文体规范有要求。以后走上社会在具体工作中，更会涉及各类文字材料的撰写，包括单位的工作和个人的业务发展，这都需要掌握基本的文体规范和一定的文字表达能力。

第三，注重综合能力的培养。现在是个开放式社会，综合素质越来越重要。

第四，关注新媒体的发展。有兴趣有条件的同学，可以有意识培养适应全媒体发展所需要的各种能力和素养。现在新媒体发展迅速，这方面的综合性人才还比较缺乏。进入多媒体发展的时代，需要全媒体记者，以后新闻从业人员将会装备更多先进设备，在新闻的采集、加工、传递和使用的过程中，一个源头，多种处理，在新闻现场，文字、图片、视频摄像等等，各类新闻表现形式都要及时传递到位，这无疑对于新闻记者要求更高。一个新闻通过不同的渠道和方式加以呈现，记者必须第一时间按照规定的形式加工完成，否则，就不能适应工作需要。这是媒体发展趋势，所以各位记者站的朋友，有兴趣有条件可以在这些方面提前介入，未雨绸缪，或许以后在媒体招聘中你就会以熟练掌握多方面技能的独特优势，领先一步，占得先机。

在专题业务交流结束后，我还就学生提交的几篇稿件，进行了现场点评和修改。因为准备充分，资料翔实，特别是列举的新闻作品，都是与学院有关的最新作品，讲座受到到场同志的关注和欢迎，大家反映不错，取得预期效果，T学院党委宣传部的领导和老师，以及到场的学生记者站记者都给予了高度评价。

记者节前夕走访基层通讯员

自2001年1月，我从T学院调到报社工作后，先后担任新闻部编辑、采访部主任和群工部主任。虽然没有在专职记者岗位工作过，但在报社组织的多次"记者下基层"活动中，我都积极主动深入基层一线，开展专题调研和新闻采访活动。在报社开展"走基层、转作风、改文风"和拜师学艺活动中，我也积极参加，和新记者结对帮扶，一起到厂矿企业和乡村基层采访，先后撰写并刊发多篇稿件。

11月8日是每年一度的记者节，2012年记者节前夕，我和刚到报社工作不久的新记者张久愿一起，专程前往铜陵县（现义安区）胥坝乡，采访基层通讯员的代表——沈卫蛟，随后在报纸上刊发了我们合作撰写的人物通讯《沈卫蛟：扎根乡土写华章》。

这篇人物通讯在记者节当天的11月8日见报，还是十分及时和应景的。稿件深入、细致和全面地报道了几十年来，一直坚守在乡村、平凡而又不平凡的优秀基层通讯员沈卫蛟的成长经历和感人故事，稿件标题我也同样做了精心提炼。

　　一场雨后，深秋的季节又增添了几分寒意。2012 年 11 月 4 日，星期天，雨过天晴，阳光灿烂。上午 9 时，铜陵县胥坝乡残联专职委员、食品安全监管员沈卫蛟和往常一样，来到乡政府办公室，收拾起照相机和笔记本准备外出采访。根据事先的联系和安排，这天我们将和他一起前往胥坝乡长杨村采访乡村清洁工程。对于沈卫蛟来说，这只是他极其普通的一个工作日，是他数十年兼职从事乡村新闻报道工作以来，无数次奔走在乡间田野里的一个十分寻常的日子。

　　"你是从什么时候开始学习新闻写作的？"利用和他一起出去采访的机会，我们对他本人也进行了一次"跟踪采访"。

　　"应该是 20 世纪 80 年代初期，那时我还在上初中，因为一个偶然的机会，我开始学着写新闻，并试着给乡和县里的广播站投稿。"当年 40 多岁的沈卫蛟个头不高，身材微胖，紫红色的脸庞上戴着一副近视眼镜，言谈举止之中，透出几分成熟和稳重。他说，他对新闻写作产生兴趣，最初是受到在乡政府工作的父亲和哥哥的影响。"有一次，哥哥在当时的《铜陵报》上刊发了一则短新闻，父亲把报纸拿回家给家人看，我看了后说这个文章我也能写。"随后，父亲就有意识地把乡村工作的各类信息告诉他，让他写出稿件再拿给乡里的领导审核、盖章后，邮寄或者叫人带到报社、电视台、广播电台等新闻单位。

　　"那时候没有电脑，条件非常艰苦，投稿多有不便。但一篇新闻稿件被采用后总是非常激动，因为对于很多没有出过远门的乡村人来说，我就是文化人了。"谈起当初的经历，沈卫蛟脸上依然洋溢着难掩的兴奋。有一次，他收到 4 元钱的稿费，还专门买了一幅画送给老师。他说这在当时是个让他感到很开心也很自豪的事。

1987 年，沈卫蛟高中毕业。因儿时意外致残，行走多有不便，不能和很多同龄人一样外出打工。随后，他在胥坝乡原群心村小学当了 5 年代课老师，同时利用课余时间给省市各类媒体投稿，并从此一发而不可收，稿件被采用的频率越来越高，渐渐成为乡里、县里，甚至全市都小有名气的乡村通讯员。他告诉我们，多年来，他每年都要在新华网、人民网、《安徽日报》《安徽青年报》《铜陵日报》、铜陵广播电视台等媒体刊播文字、图片等各类稿件百余篇。每年他都在《铜陵日报》刊发文字、图片等稿件数十篇。

随着发稿量的增多和知名度的提高，很多熟悉或者不太熟悉沈卫蛟的人，常常主动与他联系，提供线索，让他予以关注和采访。这让他在艰辛中得到一些安慰与快乐，同时也感受到了大家对他工作的认可，群众对他的信赖与支持。

因为工作勤奋，沈卫蛟获得过很多荣誉，受到过多次表彰。他多次被评为乡优秀党员，连续 3 年被县委县政府评为信访工作先进个人，连续 4 年被铜陵县政府评为食品安全先进个人，2009年被铜陵市政府评为爱心助残先进个人。

"但在所有获得的荣誉中，我最珍视、最看重的还是'优秀通讯员'称号！"说到这里，沈卫蛟充满自豪，如数家珍：他曾经 3 次被铜陵县委评为宣传思想工作先进个人，先后 10 次分别被铜陵县委、铜陵县委宣传部评为"优秀通讯员"，连续 3 次获得铜陵日报社"优秀通讯员"称号，2011 年还荣获铜陵日报社首次评选的"十佳通讯员"称号，曾有优秀新闻作品入选《铜陵日报》年度好稿选，并获年度好稿二等奖。

"为什么我特别看重这些荣誉呢？因为我在新闻采写工作中投入的时间、精力最多，当然，付出的辛劳、获得的成就感也最多!"几年前，铜陵学院大学生到胥坝乡与当地小学生开展手拉手、送温暖活动，为了拍到一个效果更好的图片，他站在很高的大堤上慢慢往后退，一不小心从堤埂上滚到了十几米远的大堤下面。当年7月，为了近距离拍好一头误入胥坝乡浅水滩的中华鲟被救放生的照片，他用塑料袋套住相机，用手扶着他人的肩膀慢慢走到很长的跳板上拍摄。

"给相机套上塑料袋是防止相机掉进水里弄坏了。我会游泳，自己掉进水里问题不大。"他微笑着向我们解释，显得十分真诚与憨厚。

多年兼职从事乡村新闻报道工作，也让沈卫蛟有了很多独特的经验、体会和感悟。

"这些年我之所以能取得一些成绩，原因是多方面的。"谈到这个话题，沈卫蛟思路清晰，侃侃而谈。

"首先要感谢各类媒体包括有关领导，很多记者、编辑老师的热心帮助和大力扶持。"他说，很多年前他送篇稿件给当时还是编辑、后来担任铜陵日报社副总编的陈百如，陈总用红色毛笔仔细修改后让他当场抄写誊清。这种当场指点，堪称手把手的教导让他印象深刻，记忆犹新。

"其次，历届市、县残联和乡政府领导也都对我很关心，给我外出学习、培训的机会，为我提供各种便利。"沈卫蛟说，"要做好基层新闻采访工作，同时还要多向专业新闻工作者和其他优秀通讯员学习。"多多关注、琢磨他们的稿件，有助于自己业务素养的提高。

"特别是农村通讯员要立足于乡村实际，善于学习和把握政策。"对此，他似乎深有感触和体会，"其实现在开展新农村建设，乡村的变化很大，可以挖掘的新闻素材也很多，只要我们多加关注，勤于思考，就有写不完的稿件，也能写出新鲜、独特甚至能够获奖的新闻作品。"

作为兼职基层通讯员，不少人只是把新闻报道作为一种附属工作和领导交办的任务，为什么他能长久地保持这么高的工作热情呢？这是我们感兴趣的问题。沈卫蛟的回答解开了我们的疑惑："我自幼出生在农村，身体条件也有一些局限，很多需要体力的农活我做不了。乡村通讯员工作，丰富了我的知识和阅历，让我的能力得到了锻炼。可以说，兼职乡村通讯员，不仅改变了我的生活和工作环境，给了我生活的勇气和信心，也让我感受到了生命的价值和尊严！"

采访结束了，但沈卫蛟的经历及他真诚、朴实的话语依然在我们耳边萦绕，给我们留下了长久的感动和回味。

其实，沈卫蛟只是许许多多基层通讯员的代表，正是因为有了他们的辛勤付出，基层各单位的新闻宣传工作才开展得有声有色，各级各类媒体也才有了源源不断的新闻线索和素材。在倡导全党办报、全民办报的方针指导下，无论媒体如何融合发展，我们都不能忽视这支基层通讯员队伍，不能忘了这些业余新闻工作者付出的努力、汗水和奉献。

三封维权函　了结侵权案

2013年春夏之际，因为一本书的再版问题，我和C出版社有了一段短暂的交涉。虽然结果让我不是太满意，但其曲折过程却给我留下了深刻的印象，让我对知识产权特别是其中的著作权（版权）的相关内容有了更加具体、细致的了解，对著作权受到侵害后如何合理合法地维权也有了亲身、切实的体会。

2007年2月，我在C出版社出版了人物传记《生怕情多累美人——郁达夫的情爱历程》一书（第一版），首印8000册。根据双方签订的出版协议，出版方拥有5年的出版权，我对该书享有合法、完整的著作权，当时双方履行了相关权利与义务，结束了全部协议内容。但2013年5月上旬，我上网查询发现，2010年8月，在我不知情的情况下，该出版社再次出版了该书数千册（第二版），封面设计、内页排版和印数，都与第一版完全不同。

当初的协议里，我非常明确地注明了，在为期5年的时间内，出版方只拥有该书纸质图书的版权，没有电子出版及转让的权力。但经初步查证发现，在没有经过我知情、授权的前提下，多家网站在向读者提供在线收费阅读服务，获取不当利益，而这些电子书的来源也与该出版社或者其相关合作单位有关。

得悉这些情况后，我一边搜集资料和证据，一边立即在网上购买了两本再版书。自己的书再版了，竟然一无所知，且还要自己网购样书留存，这真是莫大的笑话与悲哀。查明真相、掌握确凿证据后，我立即给该出版社法务室发去第一封维权函，提出质疑和异议：第一，此书5年版权期限已过，当初签订的出版协议已经失效，双方不再有协议里达成的任何权利与义务。若有意再版此书，必须与我本人重新商谈、签订出版协议，履行应尽的责任和义务。第二，2010年8月再版3000册，我一点都不知情，也没有收到任何报酬，这于情于理都说不过去，希望出版社查证核实后按照规定处理，该给作者的样书和稿酬，请及时补寄，妥善处理善后工作。第三，几家擅自提供收费阅读服务的网站，我已经在一一联系交涉。网上流传的电子版本出自出版社应该是毫无疑问的，你们有责任和义务帮助我做好相关工作，一起追究这些网站的侵权行为。发函后，我根据出版社法务室的要求，立即提供了再版书的封面、封底、版权页复印件及相关收费阅读网站链接地址等资料。

紧随其后，我发出了第二封维权函，统一给擅自提供收费阅读服务的网站发函，明确表明此书的电子版权我没有授权转让给任何出版机构或单位，网上所有提供收费阅读服务都是侵权行为。请相关网站立即与我联系，及时办理有关授权协议，并合理支付前期相关费用。否则，坚决要求立即删除相关内容，并承担相应的侵权责任。

两封维权信函分别发出后，陆续有了回应。几家网站反应较为迅速，不仅立即下架了电子版图书，有的还通过电话或信函向我解释和说明，说电子版图书是出版社内部某网络公司授权转让的，应该由出版社内部的网络公司与我协商处理。而出版社法务室有关人士也在和相关编辑及网络公司联系、磋商，协调处理善后事宜。据反馈回来的信息，责任编辑一会说再版印数很少，没有什么实际收益，一会说主要是为国内各大图书馆配发的图书，实际发行数不多，敷衍塞责，消极应付。

面对责任编辑这种消极敷衍、极不负责的态度，我立即起草发送了第三封维权函。可以说，那几天我一边与出版社及几家侵权网站交涉，一边在"恶补"著作权法的相关知识。经过紧张的学习，掌握了相关法律法规和对方违反有关著作权法的确凿证据后，我在第三封维权函里向出版社表明了以下观点和立场：首先，出版社侵权确凿无疑。出版社不通知作者本人不支付报酬，擅自再版《生怕情多累美人——郁达夫的情爱历程》一书，不仅更换了封面设计，内容版式和编排也与第一版相差甚远，是一种确凿无疑的再次出版，其中少数需要纠正的差错也没有经我审核纠正。这些行为已经构成侵权事实，给我造成了一定的影响和经济损失，需要承担相应责任并给予经济赔偿。《中华人民共和国著作权法》第 31 条第三款明确规定："图书出版者重印、再版作品的，应当通知著作权人，并支付报酬。"其次，法律解决的可能结果。参考网上的案例和该出版社曾经涉及的具体版权纠纷，可以明确：通过律师诉讼解决问题，法院判决的稿酬是上限标准，赔偿额会高很多。根据该出版社及有关编辑解决问题的诚意和态度，我将会提出要求赔偿经济损失和一定的精神损失。此外，我还会提出支付我网购的图书资料、电话费和其他相关开支，以及出版社必须承担的诉讼费用。如此，真要进入司法程序，以上几项合计将会是一笔不小的费用。但从我的本意来说，并不想把简单的问题复杂化，为了为数不多的稿酬陷入持久战，耗费过多的时间和精力。

在这第三封维权函的最后，我十分明确和坚定地指出，事情已经发生近三年了，无论是责任编辑还是出版社，竟然一个电话都没有，完全无视作者的存在，这是我深感困惑的问题，也很难理解这是一个在业界影响深远的知名出版社的作为。尽管如此，我依然不想把问题搞复杂化，希望我们都能正视这一问题，在严肃对待的前提下，各退一步，达成相对合理、互相基本能够接受的处理结果。如果出版社和有关责任编辑毫无解决问题的诚意，想以什么花招随便打发我，那我也不能不坚决奉陪。可以采取的对策，一是通过新闻媒体公开报道侵权和维权新闻；二是通过司法途径解决问题。此信专门提请出版社法务室的同志审阅处理，并转给有关部门参考，我希望以简单的方式尽早结束这一不愉快的过程。

或许是因为我的维权态度坚决而又灵活，对有关法律法规比较熟悉，同时及时收集提供了相关侵权案例的参考材料，经过多轮交涉和磋商，2013 年 6 月中旬，就有关图书再版和电子版版权侵权问题，出版社及相关的网络公司先后与我达成了和解协议。出版社和相关网络公司对于没有事先书面通知我、没有征求作者的修改意见而擅自再版该书，以及不经本人知情授权，擅自转让电子出版物版权的行为向我表示道歉，同时分别支付一定的补偿费用。在此前提下，我不再追究对方的侵权责任、违约责任等，也不再要求其他经济赔偿、补偿等。

毕竟是法治社会，总体上看，无论是出版社还是相关的网络公司，对待问题的态度还是比较积极的，办事效率也算高，在先后签订了两个和解协议，两个侵权主体分别象征性地补偿一些费用后，我不再追究他们的相关侵权责任。

前后一个多月时间，通过三封维权函，解决了一件不算复杂的著作权纠纷。此次维权经历，也使我深深体会到，在目前的环境下，要切实保护知识产权，维护权利人的合法权利，依然任重道远。

第一，在市场经济发展过程中，一些人包括一些专门传播知识的新闻出版行业工作人员，著作权（版权）等知识产权意识还很淡薄，常常有意无意地忽略作者的知识产权，为此需要不断加强知识产权的教育和普及工作，不断提高社会各界对知识产权的保护意识。

第二，随着网络技术的发展和数字媒体的蓬勃兴起，电子出版物的版权问题日益突出，不少单位和部门任意侵害作者的网络著作权，这需要引起高度重视，并采取有力措施加以规范管理。

第三，要切实维护自己的知识产权，有关权利人也要学习了解相关法律法规，只有熟悉和掌握知识产权法律法规，我们才能有效维护自己的合法权利。

第四，在发生知识产权纠纷后，要注意及时收集相关资料和证据，也只有掌握确凿证据，在自己的合法权利受到不法侵害时，我们才能有理有节地据理力争，切实维护自己的合法权益。

2015年，铜陵市中级人民法院举办"我身边的知识产权"主题征文比赛，我根据这一素材撰写的文章，在这个比赛中荣获一等奖。

再忆如歌岁月　畅叙真挚友情

自从1986年7月我从安徽师范大学中文系毕业后，中文系82级先后举办了3次返校活动，前两次我都因故没有参加。2016年国庆节期间举行的毕业30周年校友返校活动，我参加了。对于这次活动，活动组委会特别是在芜湖市工作、包括留校工作的同学做了精心的策划和准备，提前半年就发出了热情洋溢的邀请函。

返校活动于2016年10月2日下午报到，回校的同学统一安排在学校附近的铁山宾馆住宿。除了留校工作的同学、大学辅导员和少数任课老师外，还有一些我们不熟悉的领导和老师也应邀参加了活动。

10月3日上午，校友毕业30周年返校师生欢聚会在赭山校区田家炳楼报告厅举行，仪式由82级同学、文学院党委书记余大芹主持。留校工作的同学钱奇佳致欢迎词，对老师们表示崇高敬意，对所有同学表示亲切问候和热烈欢迎。女同学代表还向老师们献上了精心准备的礼物，代表全体同学表达对老师的思念和感谢。

师生欢聚会上，82级中文系校友集体向母院捐资5万元爱心助学基金，帮助贫困学生完成学业。随后还举行了学院向校友赠书仪式以及校友林爱心捐赠仪式。

在师长赠言环节中，教师代表袁立庠深情回顾与82级学生的师生之缘、朋友之情，勉励校友们勇于承担社会责任，为国家发展贡献自己的聪明才智。辅导员代表查振科表示，自己十分珍惜与82级同学们相知相识的缘分，愿和同学们一起拥有慈爱之心、仁爱之心和博爱之心。

会上，储泰松院长代表文学院感谢校友们为学院发展做出的贡献，介绍了学院的基本情况，并希望大家能够一如既往地关心学院建设和发展，守望共同的精神家园。

听了校友们的同学情、母校谊，安徽师范大学副校长毕明福发表了热情洋溢的讲话，肯定了文学院在人才培养、科学研究、社会服务等方面做出的贡献。希望与校友们共同谱写高水平大学建设的美丽篇章，预祝返校活动圆满成功。

在各班级分享环节中，7位学生代表先后上台发言，畅聊求学趣事，回顾成长经历，共享人生感悟。同学们来到赭山校区重访当年的教室和寝室，在食堂进行怀旧午餐，在似曾相识的情景里寻找共同的回忆。大家排队打饭、围桌而坐，再次体验学生时代的生活，重温青春记忆。

其间，我和当年同寝室的两位同学——分别在淮北市委党校和宁波大学工作的丁武教授、毛豪明教授，还专门寻访到我们当年住宿的学生一号楼415寝室，一起合影留念，回味几十年前一起学习生活的点点滴滴。

随后，返校聚会的同学，还前往花津校区参观了校史馆、博物馆等校园新建筑，追寻母校发展历程，再续师大情缘。

10 月 3 日下午 4 时，安徽师范大学文学院纪念中文系 1986 届毕业生毕业 30 周年诗文朗诵会，在花津校区团委多功能厅温情上演。此次朗诵会是文学院师生为校友们献上的特别礼物，在校学生将校友的原创诗文整理成册，挑选作品进行排演和朗诵。朗诵会分为"赭山脚下忆往昔：恰同学少年，风华正茂""故园离情追流年：思同门旧友，朝花夕拾""花津河畔看今朝：存海内知己，聚首重逢" 3 个篇章，校友们争相上台，用诗歌抒发母校情怀，在热烈的氛围中享受了一次诗歌的盛会。

2016 年国庆期间，安徽师大文学院校园网对于我们这次返校活动，做了及时报道，内容丰富，图文并茂，其情其景至今依然历历在目，给我和同学们留下了深刻而难忘的美好记忆。

推进媒体融合和转型发展是大势所趋
——关于媒体转型发展的探索与思考

进入新世纪，中国的媒体格局发生了重大变革，多媒体融合发展已越来越深入，跨地域跨媒介的传媒集团化发展趋势也日趋明朗。关于媒体融合和转型发展，我曾经做过比较深入系统的学习和研究，对于媒体融合和转型发展的思路与改革方向，也曾有过深入的思考和探讨。

2013 年，习近平总书记提出，加快传统媒体与新兴媒体融合发展。2016 年，在党的新闻舆论工作座谈会上，习近平总书记要求尽快从相"加"阶段迈向相"融"阶段。从"你是你，我是我"向"你中有我，我中有你"转变，进而向"你就是我，我就是你"转变，着力打造一批新型主流媒体。

2020 年 9 月，中办国办《关于加快推进媒体深度融合发展的意见》指出，要推动主力军全面挺进主战场，以互联网思维优化资源配置，把更多优质内容、先进技术、专业人才、项目资金向互联网主阵地汇集、向移动端倾斜。

2020 年 11 月 3 日，《中共中央关于制定国民经济和社会发展第十四个五年规划和二〇三五年远景目标的建议》发布，明确提出"推进媒体深度融合，实施全媒体传播工程，做强新型主流媒体，建强用好县级融媒体中心"。

这些重要讲话和方针政策，为媒体融合和转型发展指明了方向和路径。

（一）率先探索地市组建报台合一传媒集团，具有一定的超前性和预见性

早在 2003 年，我就曾在中国新闻类核心期刊《中国地市报人》杂志发表了一篇学术论文《关于地市组建报台合一传媒集团的构想》，系统论述了在传媒集团化、集约化的背景下，地市组建报台合一传媒集团的必要性、可行性及其原则、方式和步骤，引起一些新闻界同仁的关注和思考，并获《中国地市报人》举办的"鞍山杯"地市报自强发展论坛有奖征文优秀奖。

当时，全国地方市级媒体还很少有这样的实际例子，学术界也还很少有这样的文章和观点，我受到新疆某农垦师新闻中心初步探索的启发，结合媒体集团化发展的方向，做了大胆的推测和建议。可以预见，这将是我国中小城市媒体改革与发展的一个新趋势和新动向。

这篇论文在 2003 年发表，应该说具有一定的超前性和预见性。随着互联网的发展和社会进步，这一战略设想和目标似乎越来越逼近，也越来越迫切。

地市党报是平面媒体中的一支重要力量。但是，省级强势媒体的渗入、区域性媒体的冲击、地方其他媒体对市场的拼抢以及新媒体的蓬勃发展，使得地市党报的竞争环境十分残酷。尽管大多数地市报在当地的优势地位仍在，但发展形势不容乐观。

对于地市党报来说，把报纸办出特色、办出水平，是必须解决的生存问题。同时，更要考虑如何扩大发行和经营收入，拓展经营空间，在竞争中取胜。

（二）在《新闻战线·前沿关注》专栏发表论文，畅谈地市党报改革发展的思考与对策

传媒产业的发展受多种因素的影响。在经济发展大环境欠佳的情况下，地市党报要在竞争中突围，需要勇气，更需要智慧。为此，由人民日报社主办的新闻专业类杂志《新闻战线》2009年第四期《前沿关注》专栏专题讨论新形势下地市党报面临的挑战和战略突破，选发的4篇文章从不同的角度探讨了地市报的现状、面临的形势和应对措施，希望能对地市报同行有所启发。其中，就有我的一篇论文《地市党报改革发展的思考与对策》。

我在这篇论文中提出，实现地市报业"振兴计划"，地市党报应认真研究面临的诸多问题和挑战，树立新的办报理念，深化体制改革，完善内部运行机制，积极探索报业数字化发展战略，充分把握报纸作为新闻传媒信息的源头地位，积极采用数字化技术，实现报纸新闻内容、纸质报纸、网络报纸和电子版销售的完美融合。

《新闻战线》当时是全国新闻类核心期刊、国家百种重点期刊，这是我发表论文级别最高的新闻学术类杂志，我也似乎由此

成为本报复刊以来在《新闻战线》发表论文的第一人。我的这篇论文先后获得安徽省好新闻（论文类）三等奖、铜陵市社会科学优秀成果奖。

（三）党校学习谈体会：树立互联网思维，促进媒体转型发展

担任报社群工部主任以后，因为具体负责理论版的编辑工作，我参加有关学习培训的机会也相对较多。

2014 年 12 月 10 日至 12 日，经单位安排，我参加了市委宣传部举办的全市宣传理论干部学习贯彻十八届四中全会精神专题培训班。在为期 3 天的学习中，我们先后聆听了来自复旦大学、清华大学、省委宣传部、市委宣传部和市委党校有关专家、教授的学习辅导和视频讲座，内容涉及党的十八届四中全会精神、习近平总书记系列重要讲话精神、新网络时代的思考、中国崛起与儒学复兴、好莱坞电影与美国文化软实力、全国文艺工作座谈会精神、文化产业发展趋势及文化产业考核等众多方面和领域。其中，时任市互联网宣传管理办公室主任高业权关于《新网络时代的思考》讲座，给我留下了深刻印象，引起我的共鸣和深思。为此，我结合工作实际，联系多年来的学习与思考，撰写了一篇学习体会文章。

这篇题为《树立互联网思维，促进媒体转型发展》的文章经市委宣传部领导批示后，在铜陵市委宣传部《铜陵宣传》简报上摘要刊发，并印发全市新闻宣传系统，供全市各新闻宣传单位领导阅读参考。

这篇文章后来全文在《铜陵社会科学》杂志刊发。文章提出，地市党报在全国整个报业体系中占有重要的地位，但是相对中央和省级报业来说，地市报却有明显的弱势。除少数发达地区

以外，因种种主客观因素的影响，不少地市党报在办报理念、报道内容和手段、采编运行机制、人力资源管理及考核激励措施等众多方面都显得相对滞后。地市党报要敢于正视现实，积极探索新媒体与传统媒体融合之道，以新的观念和姿态迎接数字化时代的到来。我们要适应时代发展，积极转变思想观念，学习、掌握和树立互联网思维，着力加强媒体融合，大力促进媒体融合转型发展，努力拓展报业多元化发展的新空间。

第一，要学习、掌握和树立互联网思维，努力转变思想观念，积极迎接时代的挑战。从 1994 年互联网进入中国时起，短短 20 多年时间，互联网在给我们的工作和生活带大极大方便的同时，其影响和冲击也已经涉及社会的各个行业各个方面。可以说，目前整个社会都面临着互联网的挑战，同时也都在积极寻找合作共进、融合发展的对策与思路。作为传统媒体之一的报纸，报业的转型发展除了积极探索新媒体，走新媒体与传统媒体融合发展之路以外，培养和树立互联网思维，对媒体自身的定位和运行体制进行及时的调整和完善，更是当务之急。

所谓互联网思维，就是在互联网、大数据、云计算等科技不断发展的背景下，对市场、对用户、对产品、对企业价值链乃至对整个商业生态进行重新审视的思考方式。按照最早提出"互联网思维"这一概念的 360 公司董事长周鸿祎的说法，互联网思维的核心就是提倡"用户至上、体验为王、单点突破、颠覆创新"这 16 字箴言。因此，学习、掌握互联网思维，就要努力转变思想观念，更加重视合作与分工，更加强调用户意识、服务意识，更加注重体制、机制的再造和重建，更加重视各类新闻作品的质量和新闻传播方式的改革与创新，更加注重新闻报道的社会效益、经济效益和传播效果。而这一切，都需要我们以全新的思维和开拓性的举措，去加以落实和保障。

第二，要积极探索媒体融合路径，及时调整媒体内设机构和运作程序，不断适应新媒体的发展，大力推进媒体融合。

第三，要认真研究成立市级报台合一传媒集团的可行性，将成立市级传媒集团作为我市媒体融合发展的新战略，尽快列入议事日程。

地市党报、广播、电视是我国数量众多、覆盖面广并具有重要地位和作用的基层媒体。进入 21 世纪以来，网络传媒蓬勃发展，报业竞争日趋激烈，广电技术突飞猛进，特别是在各类新媒体的步步紧逼下，地市党报、广播、电视的生存和发展都面临着新的机遇和挑战。如何面对新形势，迎接新挑战，促进新发展，这是地市党报、广播、电视共同面临的重大课题。为了开创新局面，谋求新发展，实行更大范围内的资源整合与重组，组建市级报台合一、多种媒体相互依存、共同发展的传媒集团，是一种值得认真关注、探讨和尝试的发展思路与对策。

我在这篇文章的最后提出，随着网络媒体的蓬勃兴起、社会经济的快速发展、改革开放的日益深入，新闻媒体所肩负的责任越来越大，发展的压力和挑战也越来越多。我们必须审时度势、顺势而为，以改革创新的精神，抓住机遇、迎难而上，大力促进媒体融合转型发展，以更加积极的姿态做好新时期的新闻宣传工作，为实现中华民族伟大复兴的中国梦，发挥更大的作用，做出新的贡献。

（四）复旦归来话改革：明确媒体改革的目标和发展思路

推进媒体融合和转型发展，首先媒体领导和职工群众思想要进一步解放，观念要进一步更新。为此，2018 年 4 月，报社组织全体职工分批前往上海，参加复旦大学举办的媒体融合专题培训班，这次培训对我们触动很大，大家都感觉收获颇丰。复旦大学专家学者和新闻业界实际操盘手的报告，理论联系实际，令人耳目一新。学习归来，我按照要求撰写了学习体会文章，对于媒体融合和转型发展有了更加深入的认识，也更加明确了媒体改革的目标和发展思路。

第一，媒体融合发展，加速发展全媒体，是传统媒体改革发展的必由之路，也是传统媒体脱胎换骨、走向新生的自救之道。当前，在互联网尤其是移动互联网的巨大冲击下，传统媒体形势严峻，这已经是不争的事实，大家都能感同身受，所以改革是必须的。

第二，促进媒体融合发展，需要在媒体管理的基本理念、思路和方式等方面，适应媒体融合发展的新形势和新要求。特别是在新闻传媒的管理理念、机制、方式等方面，既要系统总结和继承以往媒体管理的成功经验和做法，也要深刻反思和改变存在的不足之处。正如有关专家所指出的，媒体融合发展的关键，不是传统媒体与新兴媒体的简单叠加，而是要在信息社会和互联网时代的大背景下，在充分尊重和遵循新闻传播规律的基础上，对传统媒体的管理机制、组织方式、发展模式等，进行战略性的调整和转型，建立与现代社会相适应的新型传媒体系和组织架构。

第三，推进媒体融合，加速发展全媒体，要结合本市和本报目前的实际情况，全盘考虑，稳步推进。推进媒体融合、发展全媒体是整体的变革，不是某些局部的调整和修修补补。这就要求从机构设置、职责定位、人员聘任、规章制度、奖惩待遇等方面，进行全方位的设计和变革，真正做到制度创新、机制创新。也就是说，要有整体谋划和顶层设计，必要时可以引进先行一步、已经取得初步成效的兄弟媒体的同行专家给予帮助和指导，包括单位整体架构、工作流程和规章制度的合理吸收和借鉴，尽量少走弯路，努力使新旧模式转换平稳、有序。

习近平总书记着眼时代大势，多次强调媒体融合发展关键在融为一体、合而为一，要尽快从相"加"阶段迈向相"融"阶段，着力打造一批新型主流媒体。当前，媒体融合正逐步由"你中有我、我中有你"向"你就是我、我就是你"的发展阶段跨越。同时，媒体融合发展，要坚持以社会效益和经济效益为导向，以市场和读者需求为目标。

总之，改革是必经之路，早改早主动，早改早受益。但在具体实施时，还是要提前谋划，整体设计，尽量把所有环节各个细节考虑周全，拿出科学、合理的整体方案和实施细则，在同行专家的指导下，积极稳妥地推进。

迎接更加美好的生命时光

2021年初，报社实行媒体融合改革，将过去一直延续下来的十多个工作部门，合并精简为几大中心，如融媒体编辑中心、融媒体采访中心、融媒体专副刊中心、融媒体运营中心等等。群工部依然保留，但原来承担的众多职能分别划分到三个部门。理论版改由专副刊中心负责，绩效考核事务由新成立的绩效考核办公室负责，我又成了绩效办这个新成立部门的临时负责人。当时距离我退休还有两年时间，这也就意味着从此我正式告别报社一线采编业务，进入准备退休的过渡期。

2022年注定是个不平凡的一年，大事多，喜事也多，新冠疫情防控在持续，党的二十大即将召开。2022 年的夏天也不同寻常，很多地方都出现了连续 40 多天的持续高温，创下了历史纪录。9 月初，零星下了几场雨后，异常的高温才逐渐退却，早晚略显几分秋天的凉意。

中共中央政治局会议决定，中国共产党第二十次全国代表大会于 10 月中旬召开。全国各地的媒体，围绕党的十八大以来十年走过的历程、取得的辉煌成就，纷纷开设专栏展开全方位的报道。各地报纸、广播电视台和网络新媒体，也先后开设了"我家这十年"的栏目，报道社会各界普通人在这十年里的生活变迁。这不禁使我忽然想到，这个题目我不妨也可以做做，稍稍梳理总结一下这十年我和我的家庭的生活变迁。

概括地说，这十年国内国际环境都发生了历史性的巨变，中国的国际地位大大提升，人民的生活水平和幸福指数稳步上升，我们每个人每个家庭都随着时代的发展步伐而日新月异。就我们这个小家庭来说，这十年，发生的变化也非常显著。

十年前，妻子退休了，开始按月领取退休金，并且退休金逐年增长，生活无虞。十年来，儿子在本省读完大学后，又去上海理工大学读了研究生，2014 年毕业时通过全省统招进入本市一家银行工作。2019 年 5 月，他与大学毕业、在本市另一家银行工作的儿媳结婚成家。2021 年 7 月，可爱的孙女出生。现在，已经两岁多的宝贝孙女整日撒欢嬉闹、牙牙学语，给我们带来了无尽的安慰和快乐。

时光飞逝，岁月匆匆。一转眼我参加工作已经 37 年，从懵懂无知的少年，到充满期待和希望的青年，从初入社会的茫然，到成家立业、肩负家庭和工作的多重责任，品尝过收获和成功的喜悦，也遇到过很多坎坷和挫折，经历了人生的跌跌撞撞、风风雨雨。回首匆匆而过的几十年，回望走过的路，遇到的人和事，我们每个人都会有自己不同的收获和感慨。

2009年，全国高考安徽考区语文作文题目是《弯道超越》，那一年儿子正在读大二。记得当时得知这个考题后，我就和儿子说，这个话题我可以做个很好的同题文章，因为我的人生经历正是弯道超越的典型例证啊。

曾经在网上看到一个来自农村，最后在上海读书和工作的大学毕业生的生活故事，其中广为流行的一句话是："我奋斗了三十年，才能和你坐在一起喝咖啡！"当初读到这句话时，我心灵顿时为之一颤，这的确是很多从农村进入城市工作的人走过的艰辛历程和心灵体验。而像我这样经历尤其曲折的人，感触无疑就更为深切了。

人到中年时，有了一些阅历，遭受过几次挫折，有了一点人生体验后，我常常会在孩子面前说教几句。偶尔在家里喝了几杯小酒，也不免和儿子唠叨："你要记住，你祖父20世纪50年代末被划为'右派'从城里下放到农村，我80年代通过高考从农村重新返回城市，这期间经历了将近30年的时间。我弯道超越30年，才让你和城里的孩子走上了同一起跑线，享受到一样的阳光和雨露啊！"

晚上躺在床上，我偶尔也会想道："如果真的是地下有灵，我那个被划为'右派'导致全家下放农村、自己含冤早逝的父亲，得知我们现在这样的生活状况，该会有怎样的安慰和感慨！倘若他能坚持到最后，看到自己'右派'问题得到平反纠正，体验到改革开放后社会的发展和进步，并亲眼目睹自己后辈日益健全、丰富的生活，也该有沉冤得洗、后继有人的欣喜和快慰吧！"

弯道超越三十年，既是我难以忘怀的苦涩历程，也是一笔不可多得的人生财富，值得认真咀嚼和回味。回望来时路，可以增添克服困难的勇气和信心，汲取激励自己不断奋进的智慧与力量。当然，归根结底，还是要感恩改革开放的新时代。正是这个划时代的历史大转折，才让无数像我这样的个体和家庭，历经磨难曲折，重新获得了新生和希望。

2023年3月中旬，经单位工会安排，我和几位即将退休的同事一起，前往浙江省宁波工人疗养院，参加由市总工会组织的职工疗休养。我今生今世似乎与工会组织有着特别的缘分，当年结婚时，参加了市总工会组织的集体婚礼，退休前夕又参加市总工会组织的疗休养。

2023年3月14日，是个特别的日子。这一天，我们正在宁波市象山县半边山旅游度假区休养。这一天，也恰好是我档案里最早填写的出生日期（查询万年历，我的准确生日是4月7日，农历三月十四）。按照规定，档案里最早填写的这个生日就是我离开工作多年的单位、正式退休的日子。提前查看天气预报时，预告当天是晴天，导游说这是近一周观赏海上日出的最佳日子。于是，我们相约清晨5点即起，徒步来到不远处的东海之滨，听大海涛声，观海上日出。

涛声阵阵，浪花拍岸，发出雷鸣般的声音。日出东方，冉冉升起，如燃烧的火炬渐渐照亮了海平面和半个天空。如此良辰美景，似乎有着一种特别的寓意。

浪涛翻卷，让我心潮澎湃。日出东方，令人思绪万千。退休，意味着退出职场，但并不意味着退出生活。它标志着我们进入人生新阶段，不必每天为工作忙忙碌碌，它让我们开启了新生活，每天可以睡到自然醒。

当然，在东海之滨看日出东方，听浪涛拍岸，自然而然也会让我们浮想联翩，感慨不已。我们不企图东山再起，旭日东升，但也不能满足于涛声依旧的日子，不能沉湎于夕阳西下的感叹。唯愿此后余生，可以活得更通透、更洒脱，在享受生活、享受生命的过程中，尽可能本色做人，读自己想读的书，做自己想做的事，努力让生活更有意思，让生命更有价值，让人生更有意义。

2022 年 9 月 4 日，俞敏洪先生过 60 周岁生日时写了一篇文章，题为《迎接更加美好的生命时光》，他说打算以 10 年为期来安排一下自己的生命，也就是 60 到 70 岁这个阶段。他声称，自己并不想做什么轰轰烈烈的事情，求得生命的充盈、丰富就好，如果还可以加点佐料，那就增加一些热烈——

"如果后面十年岁月晴好，我希望自己能够行走中国和世界的大地，用脚步去丈量人类文明的嬗变，体会人间烟火的点滴美好；我希望再阅读至少一千本图书，让那些美好的思想和情感流过我的身心，就像流星划过长空，让我的心灵明亮；我希望能够背诵几百篇优秀的文章和诗歌，让这些人类精神的瑰宝时刻像灯塔在内心闪耀；我希望用我笨拙的笔记录下这十年我的所思所想，不为传世，只为老年孤独时自己阅读……"

我没有俞敏洪先生这样的雄心壮志，不要说做事，单纯就读书而言，数量和效果也不敢随便夸下海口。但是在时间宽裕的前提下，多读一些自己过去想读而没有读过的书，多做一些过去想做一直没有来得及做的事，倒是应该作为重中之重优先考虑的。

2023 年 4 月，我退出工作岗位，进入了人生的新阶段，开始退休后的新生活。"迎接更加美好的生命时光"——借用俞敏洪先生文章的标题给我这个非虚构写作系列收尾，那是再恰当不过了。

生活，翻开了新的一页。

陋室散墨

《陋室散墨》，是作者当年在天涯论坛开设的博客名，这里选取的是作者部分杂文随笔等作品。作品共分为4个部分50多篇文章，第一部分是杂文作品，第二部分是散文随笔，第三部分是言论杂谈，第四部分是论文书评。这些作品都先后在《安徽日报》、《新安晚报》、《安徽青年报》、《铜陵日报》、《杂文报》、《杂文月刊》、《语丝》杂文双月刊、香港《大公报》和人民日报社《新闻战线》等省内外报刊发表过，是从作者多年撰写的众多作品中挑选出来的代表作。

茗 窗 清 谈

掌　声

　　关于人，有一个十分流行而又抽象的命题："人为万物之灵。"但要问人究竟"灵"在哪儿，目前似乎还没有一个统一并且具有权威性的结论。有人说是"能劳动"，有人说是"会思考"，有人说是"能说话"，也有人说是"会写字"，还有人说是"会笑"，如此等等，不一而足。既然众说纷纭，莫衷一是，我不妨再异想天开，聊备一说，就是人的"灵"还在于"会鼓掌"。试想，有什么动物能像人一样，仅以两掌相互击打而产生的或轻或重的声响即可表达自己的思想、情绪和感受呢？尤为有趣的是，同样是掌声，在不同的环境和气氛下，也会显示出截然不同的含义和功能。

　　掌声最主要、最常见的功能是表示肯定、赞赏性的判断，所以，"鼓掌欢迎""鼓掌拥护"这类词语间的搭配便十分常见。英国一位名叫罗德里克·麦克法夸尔的中国问题专家，在其专著《文化大革命的起源》一书中，曾就当时的新闻报刊对某位领导人在党的八大上的报告赢得掌声的不同表述方式进行了细致的分析。他以计分法将鼓掌的热情程度分为四类：鼓掌（1分），热烈鼓掌（2分），长时间的热烈鼓掌（3分），全体起立，长时间的热烈鼓掌（4分）。当然，在我们看来，他的这一分析方法未免过于机械和烦琐，但联系到当时特定的政治环境和历史背景，或许也不无他的独特之处。

与表示肯定、赞赏等正面含义相反，掌声有时也表示否定、排斥的含义。这种情形，在艺术界，特别是旧社会以卖艺为生的演员中时有发生。当演出中出现意料不到的疏漏时，一些观众故意鼓掌叫好，使演员难堪，故其又叫鼓倒掌、喝倒彩，俗称叫倒好儿。这种场面，只有经验丰富的老演员才能沉着冷静，处变不惊，并随机应变地改戏救场，而刚刚出道，经验不足的新手便不免惊慌、怯阵，不知所措。

掌声，一般的普通百姓无缘享受，它是那些万众瞩目的风云人物的专利。但也正是因为掌声有着截然相反的两种含义和功能，那些令人瞩目的风云人物在尽情享受这种令人陶醉的成功与辉煌时，也不免会遇到鼓倒掌的风险与尴尬。有时，他们一面笑容可掬、志得意满而又恋恋不舍地向台下的观众挥手致意，一面又不知不觉地在心里直犯嘀咕："这台下观众的热烈掌声，究竟是对我的真诚回报和挽留，让我再接再厉'再来一个'，还是别有用心地故意喊倒好儿？"

掌声，表达的未必总是爱。

贴 金 有 术

民间有一句流传甚广的俗话，叫作"人靠衣装，佛靠金装"，意思是说，无论是人是佛，都可以借助美丽、闪光的外表去装扮、掩饰，增辉添彩，没有"衣"的装扮、"金"的掩饰，人的形象、佛的光彩都会大受影响。

当然，无论是"衣"装还是"金"装，因为它们都仅仅是一种外在、有形的低层次的"包装"，故其效果大抵也都直观可见，一览无余。比如不久前新闻界曾向人们透露过的这样一个信息：世界首尊金玉大佛已在侨乡广东江门动工精制。据悉，这座大佛将采用黄金 160 公斤、白金 10 公斤、白银 60 公斤以及大量名贵钻石、宝石、翡翠、珍珠云云。不难想见，这样一个货真价实、佛光四射的至尊大佛，远非一般泥塑木雕的佛像可以比拟，说不定，它落成之后甚至还会有幸载入吉尼斯世界纪录也未可知。

不过，无论是泥塑木雕还是金铸玉就，佛毕竟不能与万物之灵的人相提并论。人除了"衣"装这一低层次的表层包装方式外，更擅长一种内在、抽象而又远为复杂的高层次的"贴金术"。据笔者的粗略考察与分析，这种高层次的"贴金术"，尽管因其原理的复杂，操作的难度因各色人等自身修养、技能的高下优劣而显得流派纷呈，各尽其妙，但大体都不出于以下三大流派：

一曰"拉祖配"。阿 Q 说的"我的祖先可比你阔得多啦"，堪称此术的经典之作，故此也可称之为"阿 Q 式贴金术"。举凡以悠久的历史、灿烂的文明或用"××第几十代玄孙"式的语言骄人者，都属于这种"拉祖配"式贴金术。此术的要诀是胆要大，气要盛，恰如胡适博士的名言："大胆假设"，但却不必"小心求证"。

二曰"狗尾巴拴棒术"。与"拉祖配"的思维方式恰恰相反，"狗尾巴拴棒术"目光专门向下，且多运用于"人民公仆"比较集中的领导机关。无论是直接的下级，还是非直接的下级，甚至是下级的下级的下级的……下级，如民间的一句歇后语所戏谑的"狗尾巴拴棒槌——根本不相干"的人物，只要做了一点工作，出了一点成绩，有关"领导"都可以鼓动如簧之舌，挥动生花妙笔，将你的成绩、功劳一一"领导"到自己的口袋里。此术的要诀是"小心求证"，但也不妨"大胆假设"。

三曰"多方位立体式贴金术"。这种"贴金术"是前两种单向思维方式的综合运用，借用写作学上的一个时髦名词，可谓多方位立体式的"发散式"思维。其要诀正如陆机在《文赋》中所倡导的："精骛八极，心游万仞。"

据说，古时候有个人，父亲中过状元，儿子中过进士，唯独他是个白丁，还半痴半傻，故而经常受到人们的嘲弄和揶揄。有一次，这个半痴半傻的白丁愤激之余忽然灵感大发，以骄傲的口吻说："他们都不如我，我儿子的父亲不如我的父亲，我父亲的儿子不如我的儿子。"

这个半痴半傻的白丁运用的正是这种"多方位立体式贴金术"。此术用到妙处，可以纵横捭阖，左右逢源，那一星半点的成绩，恰如李敖先生称之为"国赌"的麻将中那种神奇、万能的"配子"，放到哪儿都天衣无缝、恰到好处。

置身于滚滚红尘，面对这摇曳多姿、流派纷呈的"贴金术"，愚拙不敏的人们不免眼花缭乱，如堕五里雾中，但有眼光、有头脑的智者却能明辨真伪，不为所惑，因为他们时时牢记着一句同样与金子有关的名谚，就是："闪光的未必都是金子。"

说话的艺术

语言是人们交流思想的基本工具之一。除非先天患有哑疾，人自降生不久便会牙牙学语。长大以后出入社会，更要借此和各阶层人士交往、相处。

尽管人人都会说话，但说话的水平、技巧却天差地远，迥然有别。其中有先天的机敏、愚拙之分，更有后天环境和职业的熏染。少儿时期，大都真诚、纯朴，胸无城府，可谓"赤子之心"，"童言无忌"。在安徒生童话《皇帝的新装》中，那个"赤裸裸"的骗局正是被一位实话实说的孩子揭穿的。所以有人不无偏激地说，人的成熟是从学会说谎开始的，越会说谎，甚至把假话说得比真话还要动听、可信，就越显得成熟。

有一些职业，天生注定离不开说谎。比如医生，出于医疗工作的需要，有时不能不向病人暂时隐瞒病情，说一些善意的谎言。在西方，职业政客的诚信度也常常受到公众的怀疑。据说美国民间每年都要举办一次全国性的说谎大赛，各色人等均可报名，唯有政府官员被拒之门外。或许在大赛组织者看来，那些政府官员都是职业说谎者，即使全国一流的说谎高手也不及三流政客的水准。此外，旧时乡下的媒婆也需要非同一般的口才。为了谋生和成就"月下老人"的伟业，有时她们凭着三寸不烂之舌，竟然能够把稻草说成金条。曾经听过一段单口相声：一位媒婆给女方介绍对象，说那个小伙子人挺老实，有力气，只是眼下没什么，嘴不太好。女方父母听了心想，乡下人只要为人本分、能吃苦耐劳就行，眼下家境不佳总会慢慢改观。至于嘴不好，无非是像个"长舌妇"，喜欢说说闲话而已，也不算什么大不了的毛病。谁知一见面，才知男方是一个既没有鼻子（"眼下没什么"）、又先天兔唇（"嘴不太好"）的丑八怪。可见，语言是一门艺术，但太过艺术化的语言，有时也会令人云山雾罩，深不可测，就像时下颇为流行的脑筋急转弯之类，一不留神就会掉进其预先设置的陷阱。

在日益开放的现代社会，懂得说话技巧的人总是占有极大的便宜。笨嘴拙舌、不会说话者则往往弄巧成拙，被人看低。有这样一则笑话：一位先生要请甲、乙、丙、丁四个朋友吃饭。开席之前，甲、乙、丙三人都准时到了，唯有丁仍未见踪影。主人不无焦急地说道："该来的还不来。"甲听了心里很不舒服："难道我是不该来的？"他立即转身走了。主人见了气恼地说："不该走的又走了。"乙听了心里嘀咕起来："莫非我才是该走的？"随即也起身告辞。主人一见又连忙说道："我又不是说你的。"丙一听顿时恍然大悟："原来你是在说我啊！"他也头也不回地走了。这位先生真是太不会说话了。原本安排好的宴会竟被自己弄得不欢而散。

说话需要技巧，听话也要有慧心。中国人说话历来讲究委婉，注重修辞，往往需要仔细琢磨，才能听出言外之意，弦外之音，不像西方人那样直接、爽快。不过，从语言的功能和作用来看，准确地表情达意才是最重要的。随着生活节奏的加快，越来越多的人已经意识到，除了外交辞令及其他一些特殊场合，不得不字斟句酌以外，一般情况下，说话还是尽量简洁、明朗为好，没有必要为此花费太多的时间和精力。因为，我们毕竟还有更多、更有价值的事情要做。

世 事 如 棋

很长时间以来，我一直不大明白为什么将棋类比赛也列入体育竞技的范畴。在我看来，与田径、游泳、球类等需要消耗大量体能的项目相比，两人相向而坐，仅在一块不大的棋盘上角逐，主要是智力的较量，与其说是"体育"，不如说是"智育"更切合实际。

将、车、马、象、士、炮、兵，不仅各有特定的走法，而且具有先天的厚薄之分。其中，"马"走"日"时，还得时时提防脚下的羁绊，当心被别了马腿；而"兵"更是只能前进，不能后退。

与象棋相比，同样源于中国几千年的东方文明、只有黑白两种棋子的围棋似乎显得更为简洁、公正。正如一位围棋教练所说："在围棋这个黑白世界，一切靠人的努力，一切全在公平、自由、激烈的竞争中决定输赢。"围棋的子力靠特定的场合，一人一手去发挥，绝不存在先天特定的大小，每一个黑白子的机会完全均等。

从棋子的名称和比赛规则来看，国际象棋与中国象棋既有相近的地方，也有明显的差异。国际象棋的棋子分为王、后、车、象、马、兵6种，其中"王"是最重要的棋子，相当于中国象棋的"将"。国际象棋"马"的走法比较特殊，它不仅没有中国象棋中"马"的绊脚之虞，而且是唯一可以跳越阻碍前进的棋子。国际象棋中的"兵"也是只能前进不能后退，但前景比中国象棋的"兵"要辉煌、灿烂得多——它的价值和地位在一定条件下可以升变，即当任何一个"兵"前进到对方底线时，就可选择"王"以外的任何其他棋子来代替它。也就是说棋越接近终局，"兵"的价值就越大，一旦它攻进敌方的最后一道防线，即可完成从"士兵"到"元帅"的奋斗过程。"不想当元帅的士兵不是好士兵"，拿破仑的这句名言一语道破了国际象棋"兵"的升变规则。

世事如棋，处于改革和发展阶段的中国社会，在建立和完善社会主义市场经济体制的过程中，亟须创造一个公正、合理的"黑白世界"，亟须形成一种无"绊脚"之虞、有"升变"之机的宽松环境和激励机制，只有这样，才能出现自由竞争、人才辈出的良性循环，才能真正实现国家和社会的繁荣、兴盛和发展。

馊　点　子

"点子大王"何阳栽了，一年前他因涉嫌诈骗被公安机关收审。但中华民族毕竟是个已有五千年文明史、充满灵感和智慧的民族，所以电视上有《金点子》栏目，民间也有各类咨询、策划公司，各种出售"点子"和发明、专利的活动依然红红火火。

读书看报，自己脑子里有时也会莫名其妙地蹦出一些另类点子，姑且称之为"馊"点子。看到小偷偷出了一个个大贪官的报道，不免突发奇想：何不成立一个"神偷"公司，专门协助公安、检察机关侦查那些一时难以取证的疑难案件？得知一本妓女的日记牵扯出一连串腐败、堕落的官员，几个不法分子以一名"三陪女"的名义向全国数百名官员散发敲诈、勒索信，竟然骗取一笔数额不菲的巨款，顿时又灵感大发：可以组织一支"女子别动队"，专门协助纪检、监察机关开展反腐倡廉工作。

　　如果说以上两个"馊"点子只是我的胡思乱想，目前还缺少法律依据，很难付诸实施，那么一个名叫李云青的先生提出的另一个"馊"点子则没有法律上的问题，不妨试试。李云青先生的"馊"点子是《"首届官员大奖赛"构想》，文章发表在《杂文月刊》2002 年第 12 期上。他建议借鉴中央电视台各种"大奖赛"的做法，举办一次全国"官员大奖赛"。大赛宗旨：展示新世纪中国官人的德、识、才、学，竞选改革开放时代的优秀公仆。参赛对象：县长。他还就比赛的时间、地点、程序、评委会设置及题目的类型等一一作了全面、细致的设想和提示。如：表达题：1. 用 1 分钟介绍自己的简历（要说出法律公证人，特别是学历，要当场亮出《证书》）。2. 用 1 分钟介绍本县概况（要听"人杰地灵"的有利条件，更要听"山穷水尽"的不利条件）。3. 用 1 分钟进行自己的就职演说（官话、套话、空话、大话，倒扣分）。

　　又如：问答题：1. 你县提拔的干部，是你指定的多？是班子提名的多？是群众推荐的多？是毛遂自荐的多？……""选答题：1. 你愿意到哪里视察？——先进单位 / 一般单位 / 落后单位。2. 你喜欢哪类干部——听话的 / 爱提意见的 / 反对自己的……此外，还有素质题、现场人员提问等等。最后的颁奖仪式建议在央视"黄金时间"举行，全国各县组织收看。

　　李云青先生的点子虽然"馊"了一点，但动机不坏，至少可以大大提高政府官员的综合素质。如果真能付诸实施，必将产生极佳的现场效果和深远的社会影响，因为它比某些歌手大奖赛之类无疑更有价值，也更有意义。

智商·情商·德商

智商一词的提出已有一百多年历史，其内涵几乎人人皆知，用不着多费笔墨加以解释。

自从 1995 年《纽约时报》科学专栏作家、心理学家丹尼尔·戈尔曼所著《情感智商》一书问世之后，情商开始受到世人的广泛关注，并被具体运用到企业人才管理等领域。所谓情商，是指测定人的情绪情感的一种指标，具体包括情绪的自控性、人际关系的处理能力、挫折的承受力、自我的了解程度以及对他人的理解、宽容即团队合作精神。有人声称，经研究显示，一个人的成功，只有 20% 归诸智商，80% 则取决于情商。

毫无疑问，情商概念的提出为人们开辟了一条事业成功的新途径。它有助于人们克服过去那种一味强调智商所造成的无可奈何的宿命论思想，并使人相信，只要通过不断学习、认知与调整，正确面对情绪的变化，每个人都有开创美好前景的机会。那么，这是否意味着，情商是万能的，只要有了很高的情商，就一定会有益于社会、造福于世人呢？答案也许并不这样简单。正如高智商既可以为人类造福也可用于犯罪一样，情商也是一把双刃剑。

翻开历史我们不难发现，古往今来，无论是气度恢宏的文人雅士、壮志凌云的英雄豪杰，还是阴险毒辣的朝中权臣、阳奉阴违的奸诈小人，都有很高的情商。令人扼腕叹息的是，那些见风使舵、八面玲珑的奸诈小人，情商往往比许多坚持操守、公道正派的人更高，也更能获得世俗之人所谓的"成功"。比如和珅，就是乾隆身边情商很高的宠臣。当然，刘罗锅的情商也不低，所以他们二人才演出了一连串斗智斗谋、令人捧腹的好戏。至于那些为达到目的不惜出卖肉体、人格和灵魂的人，一般人当然更不是其对手。也正因为如此，"世人皆醉我独醒"的屈原只能以自沉汨罗的方式来表明自己的清白，仕途多舛的李白才有"古来圣贤皆寂寞"的浩叹。

或许正是由于智商、情商都有其正反两面性的缘故，近年来又有人提出了"德商"的新概念。所谓"德商"，就是指测定人的道德素养的一种指标，具体是指一个人的所作所为、言行举止是否符合当时社会所公认的道德操守、行为规范。因此，要全面、公正地评价一个人，除了要看智商、情商以外，更要考察其德商，看他是否具有高尚的思想道德情操，公平、公正的处事原则及勤勉、踏实的工作作风。

如果仍然以百分比来衡量，我认为智商、情商可以各占30%，德商应该占40%。智商、情商、德商都很高的人，无疑是凤毛麟角、不可多得的杰出人物。这样的人无论从事何种职业，处于何种境地，迟早都会众望所归，脱颖而出，取得不凡的工作业绩。德商较高，智商、情商不足的人，也许一生比较平淡，没有什么耀眼的光芒，但却不至于侵害他人、危及社会。最可怕也最可恨的是那些德商极低，智商、情商反倒很高的人，这些人往往成事不足，败事有余，对社会和人类的危害也最大。自古以来，那些横行霸道、专权弄国的奸臣，贪赃枉法、祸国殃民的污吏正是其中之集大成者。懂得这一点，我们也许就能更深刻地理解近年来党和政府一再强调以德治国，强调选拔、任用党政领导干部必须坚持德才兼备的原则，坚持以好的作风选人、选作风好的人，强调被选拔的人既要有本事，更要靠得住的真正内涵所在。

名 正 言 顺

中国人自古以来就十分重视子孙后代的名讳。在家族观念很浓的封建社会，一个新生命的诞生，标志着宗嗣、血脉的延续，故为其命名是一件庄重而又神圣的事情。讲究的人家往往要查家谱，翻典籍，除了取名，还要另起与其相关的字与号。如今的人们早已摒弃了这些繁文缛节，取名似乎也简单、随意多了。但每当一个小生命降临人世之际，不少初做父母的人们依然为取怎样一个名字而处心积虑、孜孜以求。

一些研究"姓名学"的人认为，有时，从一个人的姓名也隐约可以看出其志趣与性格，因为不少父母在给孩子取名时总是或多或少寄寓了自己的一点理想与期盼，而这种隐含在名字里的期盼往往也的确能给人以潜移默化的暗示与影响。至于因名得福或因名取祸的故事，自古以来也是史不绝书。

据《挥麈后录》记载：宋王朝第十任皇帝赵构流亡临安，路遇两位篙工，一曰"赵立"，一曰"毕胜"，赵构龙心大悦，认为一定可中兴。后来又去萧山，有人路旁晋见，问是谁，答曰："宗室赵不衰。"赵构一听，心里更舒服，心想我赵宋王朝一定不会就此衰落。据说这三人因名得福，先后被赵构带入宫中，随侍左右。

因名取祸的事，历史上也不乏其例。《水浒传》里那位号称"智多星"的军师吴用自幼聪慧好学，10岁便中了秀才。大比之年又一举夺魁，赢得众考官的赞赏。但蔡京却面奏皇上：吴用文章虽好，但名字不吉利，若钦点他为状元，天下人听说状元竟是

"无用"，岂不有损大宋形象？皇上一听言之有理，当即决定不加录用，于是吴用便名落孙山，终至落草为寇。

以上是古代的事，有人或许会认为是带有封建迷信色彩的谶纬之语，全是无稽之谈。这自然很对。但这种趋利避害的心理在现代人们的观念中，仍然有迹可循。举一个典型的例子：记得曾在一部电影中看到，在战争年代，毛泽东和周恩来都曾使用过化名，一为"李得胜"，一曰"胡必成"。他们之所以要取这样的化名，与其后来终于战败了"蒋该死"（蒋介石）而大获全胜，固然没有什么必然的联系，但其心态也是耐人寻味的。

这说明，"姓名学"也与民间崇尚"八"（发）一样，有着根深蒂固的民族传统。对此，有识之士尽可褒贬议论，但要在短时期内彻底消除其对人们言行特别是心理上的影响，恐怕也十分不易。

中国人历来讲究"行不更名，坐不改姓"。"姓名学"中那些封建迷信的东西固然应当摒弃，但动点脑筋，为孩子取一个响亮、动听、享用终生的好名字，还是无可厚非、值得一做的。

当初吃"苦"为啥？

宋郊（后改名宋庠）、宋祁兄弟都是北宋时期的诗人，并且同时在宋仁宗赵祯继位的第二年即 1024 年进士及第。兄长宋郊历任兵部尚书、同平章事、枢密使；弟弟宋祁官至工部尚书、翰林学士承旨，曾受命与欧阳修共同编写《新唐书》这部重要史籍。

冯梦龙在他的《白话笑史》里记载了这对宋氏兄弟的一则逸

闻：有一年正月十五日上元节（即元宵节），整个都城张灯结彩，歌舞喧嚣，热闹非凡，可是宋郊却视而不见，充耳不闻，依然坐在家里专心致志地读书。与此同时，他的弟弟宋祁却点起华灯，簇拥着一些歌伎舞女，通宵达旦地饮酒寻欢。第二天一早，宋郊让家人传话给弟弟说："相公寄语学士，闻昨夜烧灯夜宴，穷极奢侈。不知记得那年上元，同在州学吃斋煮饭否？"宋祁立即回答说："寄语相公：不知那年在州学吃斋煮饭为甚的？"

宋郊问得委婉，但饱含了兄长对弟弟的关爱与责备："你还记得当年那次元宵节，我们在州学读书时吃青菜喝稀粥的苦日子吗？"宋祁答得干脆，却也清楚明白："当年之所以含辛茹苦，不就是为了今天的荣华富贵、纸醉金迷吗？"

这一问一答，不仅提出了吃"苦"的目的这一严肃、认真而又发人深省的问题，也十分鲜明地表露了他们兄弟二人理想和精神境界的崇高与卑下。

如今，有不少人早年也吃过"苦"，为党和人民做了一些有益的工作。他们之所以会晚节不保，遗恨终生，原因固然很多。但像宋祁那样吃"苦"的目的不高尚，动机不太纯，或许也是一个十分重要的因素吧。

冯梦龙在记叙了宋氏兄弟的这一逸闻后，照例写了一句评语。这一句"冯评"是对宋祁吃"苦"目的的感慨，但也同样适用于那些中途落"水"、有失晚节的人们："原来只为这个！可叹可叹！"

不做金钱的奴隶

"钱不是万能的，但没有钱却是万万不能的。"不知从何时起，台湾女作家三毛的这句格言日益流行起来，甚至成了不少人的口头禅。

说来也是，如今的社会哪一样离得了钱？按照马克思的说法，钱这东西不过是固定充当一般等价物的"特殊商品"。当然，也正是其中的"特殊性"，决定了它从一产生便成了人们生活中须臾不可离、甚至竞相追逐的宠物，并由此而导演了一幕幕色彩缤纷、仪态万千的人间闹剧。

晚明有一首《题钱》的民歌，极其生动、具体地描绘了人为金钱所奴役的"悲惨世界"："人为你跋山渡海，／人为你觅虎寻豺，／人为你把命倾，／人为你将身卖。／细思量多少伤怀，／铜臭明知是祸胎，／吃紧处极难布摆。／人为你亏行损，／人为你断义辜恩，／人为你失孝廉，／人为你忘忠信。／细思量多少不仁，／铜臭明知是祸根，／一个个将他务本。／人为你东奔西走，／人为你跨马浮舟，人为你一世忙，／人为你双眉皱。／细思量多少闲愁，／铜臭明知是祸由，／每日家蝇营狗苟。／人为你烦惹恼，／人为你梦扰魂劳，／人为你易大节，／人为你伤名教。／细思量多少英豪，／铜臭明知是祸苗，／一个个因他丧了。"你瞧，为了金钱，有人卖身亡命，有人忘义负恩，有人毁誉折节，有人苟活终身。之所以会落到如此地步，就是因为人没有做金钱的主人，反倒成了金钱的奴隶，成了"金钱拜物教"的牺牲品。

不做金钱的奴隶，不是像现代作家郁达夫那样，因为受足了金钱的迫害，就把钱填在鞋底，借以发泄对金钱的复仇心理。不做金钱的奴隶，也非主张清心寡欲，否定个人的正当利益。现实生活，谁也离不开钱，多有点钱绝非罪过。相反，从某种意义上说，我们追求小康生活，正是希求国富民强，"口袋殷实"，但这只能通过诚实的劳动去逐步实现，一步一个脚印地去奋斗。

面对金钱，是做主人还是做奴隶，这不仅反映了一个人的价值观和人生观，它同样昭示着一个的人生轨迹和生存状态。

搔痒的秘诀

搔痒无疑是人人都会并且常常发生的行为。大凡身上发痒，总得劳驾自己的双手亲自去搔，依赖别人的帮忙往往是解决不了问题的。明代耿定向所著《权子》一书记载：从前有一个人身上发痒，就叫他儿子给他搔，搔了几次都没有搔到痒处。接着他又叫他老婆来搔，搔了 5 次也还没有搔着。这个人生气地说："老婆是我最亲近的人了，为什么搔个痒处还这么难为我呢？"于是自己伸手一搔，就把痒给搔好了。作者叹曰："痒者，人之所自知也。自知而搔，宁弗中乎？"

搔痒是如此，一个人要发现和纠正自己的缺点和过失又何其不然？

隐恶扬善，"逢人且说三分话，未可全抛一片心"，这似乎是自古以来就为人们所津津乐道、倍加推崇的立身处世之本。尽管在浩瀚的历史长河中也有为数不多的古之圣贤因勇于做"净友"、发"净言"而被传为美谈，然而更多的司空见惯的现象则是，无论是虚情假意、故作姿态，还是真心诚意、虚怀若谷，人们大都不会开诚布公、毫无保留地直陈己见。常常不是空洞无物的浮言虚词，就是不痛不痒的"鸡毛"和"蒜皮"。至于那种明抑暗扬、似贬实褒的高级"拍马术"更是精于此道者的拿手好戏。

所以，古人在慨叹"净友"之难能可贵的同时，也更加强调自我反省和修养的必要，所谓"吾日三省吾身"者是也。因为自己身上的"痒处"只有自己最清楚，别人的帮忙往往靠不住，哪怕是自己的儿子和老婆。

修明政德才是最大权谋

今年的出版界，仿佛是"谋略学大潮年"。从报刊上的书目广告，到书店的橱窗内，乃至于随处可见的书摊上，常可见到《三十六计》《中国谋略大观》《历代权谋要览》等诸如此类的书籍出售，而且据说销路不坏。

本以为这些谋略《大观》《要览》之类也不过像两年前笔者有幸一睹的清末民初学者李宗吾所著"奇书"《厚黑学》一样，援引一些史例，故作惊人之论罢了。尽管当时读后，也确曾为这位"厚黑学祖师爷"读破二十四史，竟将数千年的封建官场高度凝练为"厚""黑"二字大为惊骇了一阵。直到近日经一位友人推荐，粗略翻看了一遍《历代权谋要览》，方知自己孤陋寡闻，很有一点井底之蛙的狭隘。

具体细节不必多说，单是浏览一下该书的要目也会令人耳目一新、大开眼界。书共六篇，一曰通权篇，即"无权通有权，小权通大权之谓"；二曰用权篇，即"行使职权"；三曰养权篇，即"滋养扶护"等养权之道；四曰用人篇，即"用人之道"；五曰任势篇，即"根据具体的客观实际及其变化发展的可能性与现实性，采取与之相适应的对策以图成事"；六曰惕厉篇，即"要有忧患意识"，"心存戒慎，以避免政治灾难的降临"。

平心而论，书中所举历代"权家"的沉浮盛衰、荣辱得失实可为当今"谋权"者借鉴、参考，甚至可以进而作为案头必备之书常读常新。只是我想，一味沉溺于"权谋"的人未必真能达到"谋权"的目的。有时，并不精通"权谋"之道的人反倒功成名就、仕途畅达。

由此看来，权谋《大观》《要览》之类也只是给今人提供了部分经验，不可一味迷信。诚如该书编者在序言中所说："修明政德、端正心术、适顺民情、协和众心、用贤斥佞、建树功德以利天下，乃最大权谋。"

走路·说话·做人

读《曾国藩家书》，深为其望子成龙的殷殷之情所动。令人不解的是，曾国藩曾再三地告诫儿子："尔语言太快，举止太轻，近能力行迟重二字以改救否？""尔走路近略重否？说话略钝否？千万留心。"据粗略统计，诸如此类的文字在其家书中共有数十处。莫非走路的轻重、说话的缓急与人的品行、操守有着一定的联系吗？

查阅了有关资料，才恍然大悟，疑虑顿消。原来人的言行举止果真与其身份、修养密切相关。据说汉代男女、学者、达官贵人各有步法。汉乐府《孔雀东南飞》有诗曰："纤纤作细步，精妙世无双"，这是女子的步法。《后汉书·马援传》记载："勃

（朱勃）衣方领，能矩步。"矩步者，回旋皆中规矩，这是学者之步。做官的则更有讲究。乐府诗《陌上桑》中的秦罗敷在夸耀官居太守的丈夫时说："盈盈公府步，冉冉府中趋。"对此，闻一多先生曾解说得非常明白："案古礼，尊贵者行迟，卑贱者行速。……太守位尊，自当举止舒泰，节度迟缓。此所谓公府步府中趋，犹今人言官步矣。"

"举止舒泰，节度迟缓"，大抵表现了一个人从容不迫、胸有成竹的气度，所以它也似乎成了中华民族的"国粹"，一直被后人奉为做人的准则，乃至发扬光大，延续至今。曾国藩的教子术或许有其一定的道理，但却未必尽然。轻浮急躁固然会于事无补，拖拉散漫常常更贻误时机。恰当的深谋远虑与必要的雷厉风行之完美结合，才是做人处事最佳境界。

"拍 砖"

"拍砖"是现在比较流行的网络用词。百度"知道"里对"拍砖"一词推荐了这样一个"最佳答案"："要说'拍砖'，得先说说何谓板砖，板砖学名砖，俗名砖头，乃黄土和水的混合物也，经水淹火烧而成。此物性格分明，头角峥嵘，可盖房，可砸人，可自卫，就地取材，用处多多。所以渐被网民相中，成为BBS上攻击性常规武器也。通俗点说，'拍砖'就是在网络中骂人，而且还是有其自己的特点的骂。"

这个解释的确称得上是"最佳"，不仅介绍了所"拍"之"砖"的来源、学名和俗称，而且详细列举了其功能和使用价值。

"拍砖"不仅网上常见，网下也有更加精彩的表现。不久前，一位安徽网友因不满央视《百家讲坛》主讲嘉宾、北京满学会会长阎崇年关于清朝历史的种种评说，网上"拍砖"没有得到回应，一气之下从网上走到网下，利用阎崇年在无锡签名售书的机会，公开对其进行掌掴。这种从网上"拍砖"发展到网下"掌掴"的非常事件，引起媒体和读者的广泛关注，余波所及，至今未了。

由此，我又联想起了本地媒体近日刊发的两则社会新闻。第一则新闻题为《陪母购物不耐烦 抢起石块砸玻璃》，说的是一位年仅 6 岁的小男孩，见母亲在服装店里不停地试衣，早想回家的他很不耐烦，操起一个石块将服装店试衣玻璃镜砸碎。第二则新闻题为《给人修电脑 误为第三者》，内容是市民丁某的妻子见家中的电脑坏了，就请修电脑的汪师傅来家里看看。正当他们走在路上时，恰好被丁某看见。丁某见妻子和一个陌生人有说有笑地走在一起，顿时心生猜疑，以为对方是第三者，于是立即怒从心头起，恶向胆边生，不问青红皂白，上前就给修电脑的汪师傅一顿拳脚。

与"掌掴"事件相比，这两则社会新闻看起来比较琐碎，登不上大雅之堂。但仔细琢磨，不仅有趣，其中的荒诞、幽默成分也似乎有过之而无不及。看了第一条新闻，我首先感到有趣，继则感到惊讶。这个年仅 6 岁的小男孩咋会这样聪明呢？他竟然知道"伤物不伤人"，既委婉地表达了自己的不满与抗议，又没有与大人发生直接冲突。很多人说，80 后、90 后的孩子有个性，我看这个 21 世纪出生的娃娃更厉害，真是一个"人小鬼大"的机灵鬼。看完第二条新闻，我又情不自禁地笑出了声。但笑过之后，产生的第一个念头却是，以后可得要加倍小心，不管有无必要，千万不要单独和某位女性在街上行走，否则遇到像丁某这样既多疑又莽撞的汉子，无缘无故地饱受一顿老拳不说，如果不幸被对方打破了头，回家还不好向妻子解释，其结果恐怕真是比窦娥还要冤。

小孩"拍砖"砸碎店家玻璃，缘于年幼无知，大人莫名其妙地给人一顿拳脚，更多的是因为猜疑和鲁莽。网下"拍砖"和网上"拍砖"毕竟不一样，弄得不好，轻则赔款，重则受到治安处罚。那位掌掴阎崇年先生的安徽网友，被警方罚款1000元，治安拘留15天。那个"拍砖"砸碎服装店玻璃的小男孩，经警察调解，其母亲向店主赔款100元。孩子闯祸，父母买单，这是天经地义的事。至于那个不问青红皂白，见到和自己妻子一道行走的男人，什么话不说就饱以一顿老拳的哥们，报道说，警方不仅让他向当事人赔礼道歉，还偿付了400元的就医及误工费。

所以，我的结论是，孩子年幼无知不能多加责怪，成人之间彼此"拍砖"还得三思而后行，凡事还是谨慎一点为好，否则不仅有意或者无意地伤害了别人，最后也会给自己带来意想不到的麻烦。

大吼一声，还要猛踹一脚

细心的读者或许已经注意到，今年以来，从中央级媒体，到省市地方报纸，都在悄悄发生变化：稿件篇幅短了，信息量更大了；领导动态、会议新闻少了，来自基层一线的鲜活新闻多了；报道内容更加贴近百姓，更富有生活气息；关注民生、涉及百姓衣食住行的新闻越来越多了。毫无疑问，这既是各级领导认真贯彻落实中央关于改进工作作风、密切联系群众八项规定的实际成果，也是新闻界学习领会中宣部关于创新报道，改进文风，提高新闻媒体的传播力、公信力、影响力，增强舆论引导的及时性、针对性、实效性要求的具体表现。它犹如一缕清风扑面而来，让人感受到一种久违了的崭新气象。

好的文风最忌"假、大、空"。一段时间以来，一些领导做报告、发表讲话和文章，喜欢穿靴戴帽，动辄洋洋数千甚至上万言。空话连篇、夸张浮泛的不良文风，读者生厌，群众反感。"墙上芦苇，头重脚轻根底浅，山间竹笋，嘴尖皮厚腹中空。"这是延安整风期间，毛泽东在《改造我们的学习》一文中，引用并教育那些只会夸夸其谈，无真才实学、不讲求实际的干部，那些冗长乏味的文章，则被他讥为"如同懒婆娘的裹脚布，又臭又长"。

好的文风倡导"短、新、实"。说长话容易，说短话不容易，要写新鲜、独特而又有实际内容的短文章，更加不易。去年底，中纪委书记王岐山主持召开党风廉政建设和反腐败工作座谈会时，借用丘吉尔的一段话说："如果给我5分钟，我提前一周准备；如果是20分钟，我提前两天；如果是1小时，我随时可以讲。"可见，要讲简短而又有新意的话，写新鲜、独特而又有实际内容的短文章，都需要下一番真功夫。其实，自古以来，中国人一直以简约为美。记载老子一生心得的哲学著作《道德经》，不过五千言；王安石的论说文《读孟尝君传》，全篇只有四句话、不过寥寥百字，却以强劲峭拔的气势，跌宕变化的层次，雄健有力的笔调，成为我国古代有名的短篇杰作，被历代文论家誉为"文短气长"的典范。而"博士买驴，书卷三页，不见驴字"的书呆子，终因其下笔千言，离题万里，注定成为人们的笑料和谈资。

行文至此，突然想起近日在网上看到的一个段子：街上遇见多年未见的班花，她问我最近都忙啥？我如实回答："这两天很忙，昨天给中石化下了个单，今天签订了与电信的合约，明天还要去谈一个与联通、苹果三方合作的方案。"媳妇从后面给了我一脚，吼道："加个油、装个宽带、买个手机你嘚瑟啥！"

好的文风就是要向这个媳妇看齐，实话实说，简洁明白，而不是如前者那样装模作样，让人云山雾罩，不知所云。树立好的文风，看来也得学学这位媳妇的做法，对于那些装腔作势的人，不仅要大吼一声，还要猛踹一脚。

"扯淡经济学"又有新成果

"扯淡经济学"是讥讽那些看上去莫测高深，实际上不过是在"扯淡"的所谓新理论、新见解的。持此"学问"的人，也就此理所当然地获得了"扯淡经济学家"的称号。

起源于美国的金融危机引起全球关注，自然也吸引了部分"扯淡经济学家"的目光，"扯淡经济学"也因此有了种种研究新成果。

成果之一："如果经济萧条，避孕套销量就会增加。"一则来自韩国的消息说，全球经济危机导致韩国避孕套的销售额迅速增长。"一些学者认为，经济萧条会给人带来压力和恐慌感，而作为克服这些情绪的方法之一，人们大多是追求快乐来消除这些不安心理。"

成果之二："男性荷尔蒙是引发全球金融危机的'祸根'。"据《环球时报》报道，英国剑桥大学一位名叫约翰·科茨的教授在世界权威杂志发表的论文中宣称，男性在陶醉于胜利和成就感时，就会分泌过多的荷尔蒙，从而引发非理性行为和贪欲。也就是说，投资银行等金融机构推出各种引发此次金融危机的次级贷衍生商品，同时使股市产生泡沫的部分责任，在于睾丸激素。

原来，此次金融危机的罪魁祸首竟然是男性荷尔蒙。这不能不使我这个男人深感罪孽深重、诚惶诚恐。

"扯淡经济学"的拿手好戏就是故作惊人之论，常常把复杂问题简单化，把毫不相干、甚至完全可以找到很多相反例证的事情，毫无逻辑地扯到一起。

我的一位比较"贪杯"的朋友曾幽默地说："我在家一般不喝酒，但以下几种情况例外：第一，心情好时喝两杯，这是'开心酒'；第二，心情不好时喝两杯，这是'解闷酒'；第三，人生不如意事十之八九，哪能事事如意，天天开心？所以心情不好不坏时，也喝两杯，这可以算是'随意酒'。"这纯粹是"酒鬼"的强词夺理。如果让"扯淡经济学家"上升为理论，就成了正反都有理的学说：其一，"经济形势趋好，在外应酬和在家喝'开心酒'的增多，酒的销售量大幅增加"。其二，"经济萧条，在家'喝闷酒'的多了，酒的销量必然增加"。其三，"经济形势不好不坏，人们对生活持一种'由它去'的心态，随意喝酒和喝'随意酒'的多了，酒的销量也将增加"。

"扯淡经济学"的实质是，只要会"扯"就行。

朝 花 夕 拾

"文坛刀客"韩石山

　　韩石山最初以小说成名，后来致力于散文、杂文和文学评论的写作，但让更多的人认识和关注，引起更大反响的，还是因为他的《李健吾传》《徐志摩传》《少不读鲁迅　老不读胡适》以及一系列有关民国时期文人的论著。韩石山笔法老到、言辞尖利，以此确立了自己在现代文学研究上的地位，也让他成为当代不可多得的学者型作家之一。韩石山多次表达过这样的观点：年轻时可以从事文学创作，中年时不妨做点学术研究，晚年精力有限，可以从事乡邦文献的整理。或许这也正是他从自身的实践中总结出来的经验之谈。

　　我对韩石山先生的关注，始于 20 世纪 90 年代，那时经常在各类报刊上读到他的文章，看得多了，不免从中读出与同时代其他作家稍稍不同的风格和趣味。其中感受最深的就是他不回避现实，文章时有锋芒，但表达得却很有艺术和技巧。20 世纪 90 年代，安徽省淮南市文联办了一个杂文刊物《杂文》（后改名《语丝》），上面经常刊发韩石山和全国众多杂文作家的大作。有两次，我还十分荣幸地与韩石山等作家一起有作品被选用。自此，对于韩石山的文章更加关注，每有发现，都要拜读一遍。现在，我收藏了韩石山的新浪博客，经常上去看看，了解他的最新动态和文章。

2005 年、2006 年，韩石山连续出版《少不读鲁迅　老不读胡适》《谁红跟谁急》两部文学评论集，把批评"笔头"对准鲁迅、胡适、王蒙、王朔等一批文坛名作家，惹起满城风雨。支持者赞扬他字字锋芒，刺到中国文坛之痛，反对者嘲讽他不知轻重，质疑他评论的水准与资格，韩石山由此获得一个不仅得到他首肯，而且还常常引以为豪的雅号"文坛刀客"。

韩石山曾在接受媒体采访时说，他是个善于表达、也敢于表达的人，无论是写文章还是著书立说总希望有自己的思考、有自己的印证。在当代作家中，韩石山的考证功夫是相当深的。对此，他自己也颇为自负。有人说他的《徐志摩传》比其他任何一个版本都好，他说那是因为自己思考的时间很长，各方面的利弊都想到了，每件事都有精确的考证，连徐志摩和陆小曼哪天晚上发生关系，突破了男女之间的大防，都考证出来了，怎么能不获得好评呢？

不久前，关于鲁迅作品从中学课本"大撤退"的新闻引起多方关注和争论。其实，最早鲜明地提出这一主张和建议的正是韩石山。他认为，鲁迅的文章，有尖锐的观察、深刻的体验、刻薄的用语、苍凉的情感，这些都是常人难以比肩的。但鲁迅的作品有一股"阴冷之气、杀伐之气"，因此，不主张青年人过多看鲁迅作品。年迈之后，再读这样的文字，会有更为深切的体味，也会有更为独到的心得。韩石山一直认为，因为种种原因，当代鲁迅研究遮蔽和掩盖了更加复杂、丰富的思想文化现象，不符合现代思想和文化史的实际状况。因为人都是在大历史环境下生存，他所处的文化背景首先要弄清，这样才能了解他的思想和对社会的作用。现在应该是还原历史、还原真实，还鲁迅一个公道，也是还历史一个公道的时候了。

在有些人看来，韩石山可能是一个惹是生非、颇有争议的人。但我一直认为，作为一名学者型作家，他学养深厚，视野广阔，见解也更加深刻，有些观点难免超前，但却很有理性和见地，值得人们关注和思考。一次在与一位在读的现代文学专业研究生聊天时，我说在当代作家中，韩石山是个值得关注和研究的人物，如果资料收集得完整，再和韩石山本人一样，下一番深入研究、探讨的功夫，写一本韩石山评传，是一件很有价值的事情，书名都有现成的——《"文坛刀客"韩石山》，说不定还会借着韩石山本人的名气和影响力，一不小心成为畅销书呢。

当然，我特别关注韩石山，也与我们都对现代文学有着共同的关注点和兴趣有关。2007年，我编著的一本人物传记《生怕情多累美人——郁达夫的情爱历程》，在C出版社出版后，北京一个图书出版公司主动联系我，希望我再写一本关于郁达夫的传记，纳入他们正在筹划出版的以"落寞与飞扬"为总题的人物传记系列。因为考虑到该书刚刚出版，版权有5年的限制，重新改写也不容易，所以我婉言谢绝了。当时恰好得知韩石山先生也正准备写一本有关郁达夫的传记，于是建议他们与韩石山联系。也许是考虑到韩石山是知名作家，约他的书稿需要付出相当的代价吧，他们对于我的建议不是很积极。我相信，韩石山撰写的郁达夫传也一定有其不同寻常之处，作为韩石山的忠实读者，有机会我一定会认真拜读此书，并相信一定会受益良多。

一生坎坷叹凄凉

——文学洛神萧红掠影

电影《萧红》的上映，让原本知名度不是很高，其作品和生平也并不广为人知的现代女作家萧红渐渐走进更多人的视野。

对于这部影片，观众褒贬不一。特别是影片通过萧红与6个男人的情感故事，来反映其短暂、辉煌而又沉痛、悲凉的一生，展现其非同寻常的情感、婚姻和文学创作之路，引起了一些人的诟病。其中她和两个男人（分别为其前后两任丈夫萧军和端木蕻良）三人同床的镜头，以及影片对于她与鲁迅之间暧昧关系的暗示等等，尤为一些观众不满和非议。不过，我们要实事求是地说，影片中的一些细节或许有所演绎、想象和虚构，但其展示的萧红情路坎坷、命运多舛的历程，大体还是符合实际、经得起推敲的。

萧红，中国现代著名女作家，黑龙江省呼兰县人，原名张乃莹，笔名萧红等，被誉为"30年代的文学洛神"。其代表作有小说《生死场》《呼兰河传》等，是20世纪三四十年代民国四大才女中命运极为悲苦的女性，也是一位文学传奇性人物。

如果用一个字来高度概括萧红的一生，我认为"浪"是比较合适的。具体有三层含义。

其一是"浪漫"，指她对于美好爱情生活的热烈向往与追求。有一首很流行的东北民歌《大姑娘美大姑娘浪》，唱出了东北女人勇敢、热烈的情感生活和追求，萧红应该就属于这种敢想敢做，不甘于平庸，更不屈服于命运的摆布，勇于听从自己内心的召唤，并且极其富有浪漫气息的坚强女性。

其二是"浪迹"，为了生活，为了她终身追求的文学事业，萧红一生四处漂泊，浪迹天下。早年她从东北故乡到北京求学，为了反对包办婚姻，她逃离家庭。1932 年与中学同学同居怀孕后被弃，困于旅馆，萧军英雄救美并和她结婚后，一起在哈尔滨、青岛谋生。随后他们又一起写信给鲁迅并到上海寻找工作，在鲁迅的亲切关怀和大力扶持下，他们一起走进文坛。其间因与萧军产生矛盾，为了求得解脱、缓解矛盾，萧红从上海到日本待了一段时间。1938 年与萧军离婚、与端木蕻良结婚，在此前后，萧红曾在山西临汾民族革命大学任教，并随同西北战地服务团辗转武汉、西安等地，最后浪迹香港。1941 年 12 月日军占领香港，萧红因病重无法回内地，于次年 1 月孤独地客死他乡。

其三特指其灵魂的"流浪"。萧红一生饱受颠沛流离之苦，想过安定的家庭生活而不得。与其自身四处漂泊一样，其心灵也是居无定所、不得安分。终其一生，可以说，萧红在极端苦难与坎坷中，她以柔弱多病的身躯面对世俗，历经反叛、觉醒与抗争，一次次与命运搏击，一生未向命运低头。她生性好强，追求完美，但似乎不太懂得经营自己的婚姻、家庭。她先后两次结婚，都有一个在今天看来也是不同凡俗、一般人也难以理解和接受的细节：两次都是怀着前一个男人的孩子，嫁给后一个男人。所不同的是，前一次那个家庭包办的未婚夫的孩子在她嫁给萧军后，一生下来就抱给了别人，而后一次与端木蕻良结婚后，生下来的萧军的孩子很快就夭折了。从中，我们既可看出萧红对爱情的信仰和热烈追求，先后两任丈夫对她的深情和包容，同时也多少反映了萧红对于情感和婚姻的任性与随意。在那样一个动荡的时代，各种人生变故和矛盾纷至沓来，但她似乎没有处理复杂矛盾和人际关系的能力与艺术，致使其每个阶段的情感都维持不了太长时间，随时迸发出爱情的火花，但每次也因种种时代和个人、主观和客观的因素而匆匆草率地结束，以至于其临终之时发出了死不瞑目的悲叹："半生尽遭白眼冷遇，……身先死，不甘，不甘。"

萧红一生仅仅活了 31 岁，生命虽然短暂，但却因其独特的生活经历和文学创作成就发出耀眼的光芒。电影《萧红》，根据其生平史料和有关传记，先后描述了与她或多或少有所牵连，倾注了她的爱情、友情、亲情的 6 个男人几段故事，简略而又真实地再现了萧红独特的情感历程和婚恋故事，让人感慨不已。萧红和她的两任丈夫萧军、端木蕻良等等，都是一个时代的精英，他们的故事和经历让人感喟，也让人遗憾。

萧红魂归香江之后，几十年来，她的亲朋故旧、文朋诗友，包括萧军、端木蕻良，以及戴望舒、聂绀弩等众多知名不知名的作家、诗人和网友，为她写下了许许多多纪念诗文。其中一个网名叫"独舞清风"的网友，2006 年 7 月 30 日在造访萧红故居后写下的《古风·有感于萧红肖像前》的七言古诗，最为明白晓畅，浅显易懂，同时也全面、细致地概括了萧红短暂而辉煌的一生，读来让人倍感沉痛和凄凉：

> 凝思静坐院中央，百感平生多悲凉。
> 当年抗婚离家走，漂泊流年未归乡。
> 亲情淡，世炎凉，患难之中遇萧郎。
> 志同道合堪心慰，好景谁知不久长。
> 春花秋月情不再，从此情伤心亦伤。
> 拜师鲁迅师恩厚，文坛女杰墨留香。

苦雨潇潇陪寂寞，唯托利笔做刀枪。

苍天无眼怜弱女，百病缠身入膏肓。

多少不甘多少怨，傲骨清魂写铿锵。

三十一载崎岖路，化做雄文祭国殇。

有人曾大胆设问：如果萧红和同样多情浪漫的现代文学家郁达夫相知相遇，将会有怎样的结果？这真是一个很有趣的话题。一个不甘平庸、不屈服于命运的摆布，同时也不乏浪漫情调的才女，和一个同样风流倜傥、没有多少责任感并且四处留情的浪子，谈一场轰轰烈烈的恋爱，甚至阴差阳错走进婚姻的殿堂，其结果，我们闭着眼睛也大抵可以预料，套用一句时下流行的广告语就是："没有最糟，只有更糟。"

温暖一生的围巾

几年前去湘西古城凤凰旅游时，顺便参观了沈从文纪念馆。面对陈列着沈从文曾经伏案工作、创作过大量优秀作品的办公桌椅等生活用品，抚摩、翻阅着那些有关沈从文的各种书籍，我不禁想起了曾经发生在郁达夫和沈从文之间的一个感人至深的动人故事。

那是 20 世纪 20 年代初，沈从文辞别家乡，孤身一人前往时称北平的京城谋生，他原本是想进一所大学读书，然后再图发展。但因当时他的文化程度较低，未能通过大学的入学考试，只好一个人住在沙滩附近一个公寓里，一边在各个大学里旁听，一边不停写作投稿。然而，他投出去的稿件却如同石沉大海，毫无回音。1924 年冬，贫困交加、百般无奈的沈从文，以一个文学青年的身份，给在京的几位知名作家写信，倾诉自己的艰难处境。当时，正受聘在北京大学担任统计学讲师的郁达夫接到沈从文的来信后，亲自去他住的公寓，看望了这个尚不知名的文学青年。

那是一个大雪纷飞、寒气逼人的日子。一走进沈从文住的那个破旧的公寓，郁达夫什么都明白了：屋内没有火炉，沈从文身穿两件夹衣，用棉被裹着两腿在写作。得知沈从文尚未吃饭，郁达夫立即掏出五元钱，请他一道到附近一家餐馆吃饭，结账后将剩下的三块多钱全给了沈从文。告别之前，他还将自己脖子上一条羊毛围巾摘下来，掸去上面的雪花，亲手披在了沈从文的肩上。摸着这条围巾，沈从文感动得热泪盈眶。

郁达夫的来访和慰问，一直让沈从文刻骨铭心，那个普通的羊毛围巾，温暖了沈从文的一生。

此后多年，虽然他们因生活所迫四处奔波，直接的联系并不太多，但却一直彼此牵挂、心心相印。20 世纪 40 年代，郁达夫流落南洋，与王映霞的婚姻处于风雨飘摇之际，他在办理离婚手续前，考虑尚未成人的几个孩子的抚养问题时，最初想到的好友就是沈从文，后来因战乱期间联系不便等原因，他就近将孩子托付给了他在福建当差时的直接上司——福建省政府主席陈仪，这说明沈从文在郁达夫心目中，具有非同一般的地位和分量。

同样，郁达夫对于当初身处困境的沈从文的慰问和关照，也使沈从文感激不已、终生难忘。半个世纪以后，郁达夫的侄女郁风拜访沈从文时，两人谈及了这件往事。郁风在回忆中说："沈先生对我说这话时已是 70 多岁的老人了，但他笑得那么天真、那么激动，他说那情景一辈子也不会忘记：'后来他拿出五块钱，同我出去吃了饭，找回来的钱都留给我了。那时的五块钱啊！'"

郁达夫和沈从文，都是中国现代文学史上的著名作家，堪称一代宗师。他们之间发生的这段故事和终生不渝的真挚友谊启迪后人：锦上添花固然是值得庆幸的好事，但雪中送炭、救人于危难之中更是不可多得的美德。因为，对于一个暂时处于困境中的人来说，来自他人的关心和温暖，那种无私真挚的友情能够点亮一盏心灯，给人以继续前行的信心与力量，它的影响深刻而长远，有时甚至足以改变一个人的前途和命运。

好大一棵树

"头顶一块天，脚踏一方土，风雨中你昂起头，冰雪压不服。"

每当我听到这首歌，就会想起我的父亲，想起给了我灵魂、给了我血肉之躯的生父，更想起与我没有血缘关系，但却将我抚育成人的继父。

我的生父，生活在新旧社会交替的历史大变革时期。和当初那些或多或少带有旧社会印记的人一样，在从地狱进入天堂之际，他首先必须接受炼狱的洗礼。由于他在"大鸣大放"的运动中"鸣"的有点出格，"放"的稍嫌失度，于是便和很多"右派分子"一道，被划入了另册，不得不带着一家老小，"自愿申请"去广阔天地炼红心——接受改造灵魂的再教育。虽然他有着中国读书人传统的正直情操和善良品格，但却缺乏古人那种随遇而安、通脱旷达的胸襟，再加上身体羸弱多病，于是，在一个风雨交加的夜晚，他带着深深的依恋和不平，匆匆地离开了人世。他走得是那么仓促，抛下了与他同甘共苦的妻子，也抛下了 4 个嗷嗷待哺、尚未成年的孩子。一叶无舵的小舟在风雨中飘摇，乌云密布的天空变得更加阴沉。

然而，大地母亲的心胸是那么宽厚而仁慈，寒雪严冰过后毕竟还有春暖花开的季节。正当我们一家处境维艰、难以度日的时候，他——一个农民的后代、大地的儿子勇敢地挑起了常人无法想象的重担。几千年来中国农民所特有的勤劳、刻苦的精神，铸就了他刚强不屈的铮铮铁骨。淳朴、广袤的土地不仅陶冶了他纯净、朴实的性格，更赋予了他宽阔、博大的襟怀。仿佛一阵清风吹散了阴暗沉重的云翳，几近枯萎的幼苗又重新获得了明媚的阳光、甘甜的雨露。

虽然在以后的岁月长河中，也不断地遇到一些激流、险滩，但在他的带领下，家庭的航船克服了一个又一个恶浪，战胜了一次又一次险情，终于走出蜿蜒曲折的河谷，驶进了宽阔、宁静的港湾。如今，我的几个姐妹都已先后成家，而我也在他的支持下读完大学，走上工作岗位，结婚生子，成家立业。

如果说，有着一个没能尽到责任和义务的生父，这是我的不幸，那么，有着这样一个宽厚、纯朴的继父，则又是我不幸之中的大幸。尽管岁月的斧凿已在他的脸上刻下了斑斑皱纹，长年的劳作也使他那挺直的脊背显得微微弯曲，可是，在我的眼里，在我的内心深处，他永远是一棵高大、挺拔的树。它那伟岸的躯干支撑了一块即将坍塌的天空，并给它脚下的土地留下了温馨而浓郁的绿荫。

我怀念给了我灵魂、给了我血肉之躯的生父，他那正直的情操和善良的品格，融进了我的每一个细胞，使我不断地去追求真善美，摒弃假恶丑。我更崇仰与我没有血缘关系，但却将我抚育成人的继父，他那宽厚的胸襟、坚强的意志和几千年来中国农民所特有的勤劳、刻苦的精神，坚定了我对生活的态度和人生的信念，使我渐渐懂得，应该如何去直面风风雨雨的历史与现实，怎样去跋涉坎坎坷坷的人生旅途。

"头顶一块天，脚踏一方土，风雨中你昂起头，冰雪压不服。"

由"校园歌谣"想到的

自《诗经》开始，民间歌谣作为普通百姓的口头文学一直代代相传，源远流长。留心的人们不难发现，作为民间歌谣的一个分支——校园歌谣也是层出不穷，各尽其妙。

记忆中最早的一首校园歌谣是20世纪70年代初读小学时听到的，那是"文革"后期一位反潮流的白卷英雄写在试卷背面的几句诗："我是中国人，何必学外文，不学ABC，能当接班人。"读初中时，正赶上拨乱反正、恢复高考制度的好时光。那时候校园内乃至社会上最流行的口号是："学好数理化，走遍天下都不怕！"字里行间，充溢着历经十年浩劫，备受歧视、压抑太久的"臭老九"扬眉吐气时的豪迈激情。80年代读大学时，耳濡目染的校园歌谣就更多了。记得其中一首是模仿刘禹锡《陋室铭》改编的《教室铭》："分不在高，及格就行。学不在深，作弊则灵。斯是教室，唯我困情。小说传得快，杂志翻得勤。可以打瞌睡，写秘信。无书声之乱耳，无复习之劳形。心里云：混张文凭。"这一校园歌谣形象、生动地描绘了一部分高校学生不思进取、得过且过的精神状态。

大学毕业参加工作后，一次偶然的机会，我又接触到了一些新的校园歌谣。几位正读小学的孩子随口哼唱着："太阳天空照，花儿对我笑。小鸟说：早早早，你为什么背着炸药包？我去炸学校，天天不迟到。一拉线，我就跑。轰隆一声学校炸飞了。……我呀我们真高兴，因为以后不要上学了。"听清了这几句在小学生中很流行的歌词，我不禁哑然失笑：这些乳臭未干的娃娃们，小小年纪竟然如此厌学、狂妄，真是大逆不道。

那么，如今的学生为什么会有这样偏激、强烈的厌学情绪呢？仅仅是因为学业负担过重吗？问题恐怕不是这么简单。中央电视台曾播出一则新闻：东北某中学高一的几名学生，仅仅因为没有完成作业，竟被数学老师罚抄公式3000遍！一位接受记者采访的学生说："这至少需要一个星期的时间。"面对这样的老师，这些"备受折磨"的学生真的很无奈。

据说《诗经》中的很多民间歌谣，是周朝专门选派的一些采诗官从民间搜寻、采集来的，目的是观风俗、明得失，从中了解老百姓的真实心态和想法。在当前中小学一片减负声中，学校、老师及有关教育行政管理部门，也不妨花点时间和精力，收集一些在学生中普遍流行的校园歌谣，并结合教育教学实际进行一些有针对性的分析、对照和整改。倘若果能如此，我相信一定会有所感触，并且获益匪浅。

按 摩 心 灵

如今，人们对于自己的外在形象已是越来越重视，越来越讲究了。一种过去不曾有的新的职业机构——各种美容院或按摩中心遍布于城市的大街小巷。尽管女作家毕淑敏及众多人士撰文对此发表过异议，也无法改变人们业已形成的观念和心态。毕竟，爱美之心，人皆有之。对美的追求与向往是人与生俱来的天性。

值得注意的是，在人们普遍重视对外在形象进行美容与修饰的同时，对心理健康和心理素质的重视，即对心灵的"美容"与"修饰"并没有得到同步关注。资料表明，随着生活节奏的加快和生存竞争的加剧，存有各种心理障碍的人日趋增多。不少人对种种人生困难和挫折的心理承受能力日渐减弱。这就向人们提出了一个新的课题，就是在重视修饰、美化自己外在形象的同时，怎样培养健康、积极的心理素质，塑造美的、充满生机与活力的心灵。一个人如果仅有华丽、炫目的外在形象而没有健康、积极的心理素质，没有美的、充满生机与活力的心灵，那么他就不能说是一个人格健全的人。

以写人生小品著称于世的美国作家马尔腾在其励志文《不要让年纪上身》一文中十分精辟地说道："一个法国美女，每夜用羊脂摩擦皮肤，目的在于保持她的筋肉有弹性和身体的柔软。保持年轻活力的一种更好的方法，是随时用爱的思想，美的思想，快乐的思想，和青年的思想，按摩心灵。"

随时用爱的思想和美的思想按摩心灵，我们就会满怀真挚之情和赤诚之心去面对社会，关爱人生，进而营造出一个充满温馨与和谐的世界；随时用快乐的思想和青年的思想按摩心灵，我们就会勇于直面人生的各种挫折，以毫无畏惧、积极进取的姿态去迎接生活的种种磨难与挑战；随时用爱的思想、美的思想、快乐的思想和青年的思想按摩心灵，我们才会拥有健康、积极的精神状态，才会真正拥有朝气蓬勃、充满生机与活力的人生。

只有如此，人间才能日渐充满真诚，社会才能走向文明，世界才能日趋美好。

低 空 飞 行

古老的希腊神话中，有这样一则流传久远的故事：年轻的伊加拉斯与年老的谭达拉斯一同飞行，漂洋过海飞向另一个共同目的地。伊加拉斯仗着自己年轻和精力旺盛，一下飞得很高，结果他那蜡质的翅膀被炽热的阳光所融化，以致半途扑落，一头跌入了汪洋大海。而那年老的谭达拉斯则凭着经验和智慧，一直低低地飞行，最后安安稳稳地飞到了目的地。

故事本身并不复杂，但其所蕴含的哲理却耐人寻味。伊加拉斯的悲剧告诫人们，年轻固然有其优势，比如精力充沛，心高气盛，有一股"初生牛犊不畏虎"的闯劲，但若不审时度势，不能对自己的长处和短处有着清醒而又准确的把握，扬长避短，量力而行，最终难免会中途"折翅"，欲速则不达。

那位年老的谭达拉斯不愧是一个富有经验和智慧的长者，他不急不躁，一直安安稳稳地低空飞行，并终于到达了成功的彼岸。

低空飞行，是审时度势基础上的科学决断，它避免了可能会有的失败和挫折；低空飞行，是准确把握自身条件后的明智选择，它从细微的成绩中积累了成功的经验。

低空飞行，不是否定高瞻远瞩、志存高远。俄罗斯有一句民谚说得好："对星星瞄准总要比朝树梢射击打得高。"但再远大的目标，也要从一点一滴的成功中积累经验、树立信心。

低空飞行，这是长者的经验和智慧，也是初涉人世、事业刚刚起步的人们应当采取的姿态。

寒 食 诗 话

寒食节现在已被大多数的人淡漠了，但在我国古代却是一个很有特色的传统节日。它的具体日期说法不一，有的说在清明节前一天，有的说在清明节前两天，也有的说就是清明节。有关它的起源和风俗在很多文史典籍中屡见不鲜。

相传春秋时代，晋国有个叫介子推的人，跟随晋公子重耳颠沛流离十九年，历尽千辛万苦。一次，重耳在流亡途中粮尽食绝，饥饿难忍，介子推毅然从自己大腿上割下一块肉，煮熟后供重耳充饥。重耳吃后方知，感动万分。后来重耳回国当了晋文公，而不图名利的介子推却带着高龄的母亲隐居于深山之中。重耳为了报答介子推的"割股之情"，他曾多次亲自入山寻找，介子推都躲着不见。于是重耳听从臣属之计，以火烧山，逼迫介子推出山。介子推却决意不出，最后母子相抱，被焚死于枯柳之下。这件事，感动了晋国的百姓，人们敬重介子推耿直、刚毅的禀性，每到这天，便不忍举火煮饭，仅以冷食度日，这就是寒食节的由来。

在中国古代诗歌中，与寒食节有关的作品时有所见。唐孟云卿的《寒食》诗提到了寒食节的起源："二月江南花满枝，他乡寒食远堪悲。贫居往往无烟火，不独明朝为子推。"韩翃的《寒食》诗借古讽今，寓意深刻："春城无处不飞花，寒食东风御柳斜。日暮汉宫传蜡烛，轻烟散入五侯家。"《西京杂记》载"寒食禁火日，赐侯家蜡烛"。另据《唐书》记载，唐代寒食火禁甚严，官府用鸡毛插入人家灰中查验，如鸡毛焦则有罪，到清明日才取榆柳木火分赐近臣。这里，诗人借汉喻唐，发世事兴废之感。

寒食正值春暖花开的季节。据《唐会要》记载，唐代寒食节前后官府休假三至五天，人们都外出踏青。韦应物的《寒食寄京师诸弟》写的就是节日思亲的感情："雨中禁火空斋冷，江上流莺独坐听。把酒看花想诸弟，杜陵寒食草青青。"寒食又与清明节邻近。清明前后人们习惯于访亲、扫墓，这样，在交通不甚发达的古代，往往要在河上增设渡口，高插彩旗，以作识别。杜牧的《江上偶见》描绘的正是寒食节时风清日丽、草色连天、彩旗飘动、人来人往的画面："楚乡寒食桔花时，野渡临风驻彩旗。草色连云人去住，水纹如縠燕差池。"这是南方"楚乡"的风俗，与此同时，北方的一些地区则又具另一番情趣。韦庄的《鄜州寒食城外醉吟》活跃生动地写出了鄜州（今陕西富县）寒食节时花树摇动，年轻女子荡秋千游戏的场面："满阶杨柳绿丝烟，画出清明二月天。好是隔帘花树动，女郎撩乱送秋千。"

寒食节，是中国古代文化长河中漂荡的一片清丽的叶子，我们回溯去寻它时，心里还可想象它上面有人题写的诗呢！

酿造自己的"卤汁"

现代著名剧作家洪深曾经说过，每一个作家，各有他的一锅"卤汁"，作家的人格、哲学、见解，他的对于一切事物的情绪和态度，都受这一"卤汁"的影响。有了这一锅好的"卤汁"，随便什么在这里渗浸过的材料，都会成为美品珍品；反之，没有好的"卤汁"的浸润，作品便难以成功，难以显示出与众不同的个性和特色。

洪深的这段话，原本是就小品文与漫画创作而言的，其实，推而广之，它也完全适合于一切文学作品。

在浩瀚、悠远的中外文学史上，无论存在着多少形形色色的文学思潮和流派，也无论打出怎样别出心裁的旗帜和口号，有一点早已成了人们的共识，这就是文学作品的生命力就在于它与众不同的个性风格和别具一格的独特魅力。

深入社会、深入生活，从广泛的社会生活中挖掘新鲜、活泼的原料和素材，这是酿造自己的"卤汁"的前提和基础。生活是文学作品取之不尽、用之不竭的源泉，只有从广泛的社会生活中吸取丰富的养料，作品才能够经得起历史的检验。那些脱离现实、脱离生活的玄思妙想、胡编滥造，无异于闭门造车、沙上建塔，终将难免昙花一现的命运。

勤于思考、独具慧眼，从平凡、普通的生活中提炼出深刻、独特的主题和思想，这是酿造自己的"卤汁"的关键所在。"生活中不是缺少美，而是缺少发现。"面对纷纭复杂、五彩斑斓的社会生活，只有那些勤于思考、独具慧眼的人才能够沙里淘金，发掘出既具有一定的社会意义又带有浓厚个性色彩的人生体验。

广泛借鉴，别出机杼，通过对中外优秀文化遗产的学习、借鉴、继承和创新，努力形成具有自己个人风格和独特魅力的语言表达方式，这是酿造自己的"卤汁"的必要条件。

酿造自己的"卤汁"，需要自己独特的生活体验、思想见解和语言风格。有了这样一锅好的"卤汁"的浸润，作品才会有与众不同、别具一格的特色和长久的生命力。

文学是"药"也是"茶"

自古及今的"文人",大都带有一种自命不凡的清高与孤傲。什么"经国之大业、不朽之盛事","文章千古事、官阶一时荣"等等,无不透露出轻天纬地、永垂青史的抱负和荣耀。就这点来说,周作人的心态倒比较实在、平淡。他认为自己读书写文章,纯粹是一种聊以自娱的"翻筋斗":有兴致时,或者想象那对面的高楼上的美人看着(明知她未必看见),很是高兴,不妨在门外的草地上多翻几个筋斗;没有兴致时,或者觉得反正她不会看见,于是便不翻筋斗了,且卧在草地上看云罢。

从文学思潮的角度加以分类,前者倡导"为人生而艺术"的功利主义,后者崇尚"为艺术而艺术"的人生情趣;前者把文学看作是一剂经世济民、疗救社会病毒的"药",后者则把文学看作是一杯芳香四溢、足可品茗回味的"茶"。在文学发展史上,人们常常厚此而薄彼,褒"药"而贬"茶",只强调文学的教化作用、"药用价值",不太重视文学的益智、娱乐和消遣功能。主张"文章合为时而著,歌诗合为事而作"的白居易,同时也写下了很多社会意义并不很大的闲适诗。这一方面固然与他崇尚"达则兼济天下,穷则独善其身"的儒家传统思想不无联系,但另一方面也说明文学的功能毕竟是多方面的。

正如人究竟是需要吃"药"还是想喝"酒"或品"茶",取决于自己的健康状况和个人的嗜好一样,社会对于文学的各种功能的偏重与选择,也取决于具体的社会环境。周作人、林语堂、梁实秋的"罪过",不在于他们谈茶道酒、闲适冲淡的文学主张,而在于当社会产生"恶性肿瘤",鲁迅等一大批进步的作家正千方百计寻求医治社会的"良药"时,他们却不合时宜地一味逃避。

社会永远需要切中肯綮、功效显著的"良药",同时,在生活节奏逐步加快的现代社会,紧张的工作之余,人们也需要来一杯提神壮气、舒筋活血的"浓茶淡酒"。

雕虫一样看刀功

中国是讲究做文章的国度。但自古以来,人们对于文章的价值却有截然相反的两种看法。汉代的扬雄认为寻章摘句写文章不过是壮夫不为的"雕虫小技"。三国时的曹丕则把它提升到"经国之大业,不朽之盛事"的高度。更有一位名不见经传的穷秀才竟然不知天高地厚地说什么"文章千古事,官阶一时荣",让人听了不免牙根发酸。

实事求是地说,无限夸大文章的功能,甚至说它具有"一言兴邦,一言丧邦"的作用,未免夸大其词、言过其实。但像扬雄那样,把它看成不值得一提的"雕虫小技",也似乎走到了另一个极端,太小瞧了古往今来很多"刀笔吏"的手段和功夫。

举两个十分有趣的例子。

相传,太平军西征时所向披靡,在江西痛击了曾国藩的湘军,使其处境极为不妙。曾国藩向朝廷告急,要求补饷扩军。军中幕僚在拟写上报朝廷的奏折时,历数了太平军的勇猛之势,也道出了湘军"屡战屡败"的实情。曾国藩看后十分恼怒。但他毕竟也是一个文章老手,笔下功夫非同小可,对"屡战屡败"一字不改,只把词序颠倒了一下,成为"屡败屡战",无能、常败的将军一下子反变成了百折不挠、英勇顽强的骁将。清廷展阅奏报，觉得他"英气可嘉"，很快如数拨了军饷，使湘军得以苟延残喘。

旧时有谚曰："无徽不成商，无绍不成衙。"另有一个有关绍兴师爷帮人打官司的逸闻也很有趣。传说一位良家妇女正在家中睡觉，被一入室抢劫的强盗夺去了手上的珠宝。初拟的状纸在叙述事件经过时用了"揭被夺珠"四字。一位经验丰富、独具慧眼的绍兴师爷看后，未做一字增减，只把"揭被夺珠"颠倒为"夺珠揭被"，原本一种罪名（揭开被子抢劫珠宝）即刻成了"抢劫"（夺珠）加涉嫌"非礼"（揭被）两种罪名。

抛开其他不谈，如果仅从文字技巧上说，这两位"刀笔吏"的功夫不能不令人佩服，堪称"不着一字，尽得风流"。由此，不免联想到时下日趋增多的新闻官司。现在的一些新闻官司，媒体及其从业人员常常处于十分被动的局面。其中除了一些人恶意刁难，拒绝新闻监督以外，也有一些与新闻从业人员采访不深入，遣词用字不准确，缺乏认真推敲的功夫不无关系。就此而言，上述两则奇闻逸事倒能给予我们一点值得借鉴的教训和启示。对于文字工作者来说，遣词用字毕竟是一件不可疏忽大意的小事，而白纸黑字留给我们回旋的余地则十分有限。

"雕虫一样看刀功。"此话不无道理。

广告的格调

随着社会经济的发展，商业广告已越来越受到生产经营企业的重视，并通过对人们视听感官的强烈刺激，全方位地渗透到了生活的各个领域。有人甚至不无夸张地说，我们每时每刻都被广告所包围，就连赖以生存的空气中也充满了广告的气息。

在形式各异、种类繁多的广告中，以对联为载体的对联式广告，具有较为浓郁的民族风格和特色。其实，以对联这种形式招揽顾客、推销产品自古以来便不乏其例。如一家鞋店用联："由此登堂入室，任君步月轻云。"把商品的功用与对消费者的祝愿自然、巧妙地融为一体，耐人寻味。再如一副理发业联："进来蓬头垢面，出去容光焕发。"运用鲜明的对比来宣传自己的服务质量，具有较强的诱导功能和感召力。另有同样一副用于理发师的对联，据说是太平天国时期翼王石达开所撰："磨砺以须，问天下头颅几许；及锋而试，看老夫手段如何？"文字虽过于直露，闪烁着令人毛骨悚然的"刀光剑影"，但语气之豪迈、想象之诡奇，也自有其睥睨人世、别具一格的豪情与气概。可见，构思精巧的对联式广告有其自身的独特优势，它言简意赅，便于阅读和记忆，虽然仅有上下两联，但却往往给人们留下较深的印象。

制作对联式广告并不是一件十分简单的事，它需要一定的文化底蕴，作得不好就会弄巧成拙、不伦不类，甚至因格调不高而产生不好的社会影响。几年前，某市一家大酒店新开业，大门两侧赫然张挂着一副彩色对联。上联曰："兴也罢衰也罢喝罢"，下联是："东不管西不管酒管"。从形式上看，这副对联对仗工整、平仄规范，更为难得的是，作者竟十分巧妙地把"喝酒"二字天衣无缝地嵌入上下两联当中。但从内容和品位上去推敲，这则公然宣传不要管企业的兴衰存亡，也不要管人生的东西南北，尽管一心"喝酒"的广告，不免显得格调低下，因而刚一出现就立即受到当地媒体的批评。很多年以前，湖南卫视娱乐节目《超级女声》火了，其广告语"超级女声，想唱就唱"几乎家喻户晓，一家洗头房老板灵机一动，公开打出招牌："超级女生，想敲就敲！"据说里面的小姐被称作"超级女生"，只要你出钱——敲背20元——足浴30元，"想敲就敲"！更有甚者，某年去张家界旅游，坐在上山的车上，从车窗里看见路边一个高大的广告牌，上面赫然书写着两行大字："女人一路尖叫，男人一路欢笑。"对此，不少游人纷纷提出质疑：张家界自然风光雄伟壮观自不必说，来此旅游的人无论男女都会有深刻的印象，但凭什么非得说女人"一路尖叫"，男人"一路欢笑"？这不免使人想到，它是否也和那些受到很多观众和读者批评的广告一样，担心人们记不住或者印象不深，故意玩情色广告的把戏，引导消费者往"出位""独特"的方向去思索？诸如此类的现象说明，同样是对联式广告，其中的格调高低、雅俗之别依然一目了然。

寻求最大"公约数"

冬天来临，早出晚归的行人乘车难问题日益凸显，于是拼车现象不可避免地多了起来。近期，某报就先后有多篇稿件涉及这一复杂且有争议的话题。

《铜陵日报》有篇报道《私家车私自载客，出租车很"受伤"》，分别从乘客、出租车司机和管理部门的角度，对私家车私自载客的现象进行了分析。但如果从缓解交通拥堵、解决乘客乘车难的立场出发，换个思维和角度，问题也许并不那么简单。

那么，对于此类问题，有没有更好的解决办法呢？《铜陵日报》刊发的一篇评论《规范拼车管理，倡导文明新风》，推介倡导国外的先进经验和做法，给我们提供了新的思路和对策。文章认为，面对节假日交通拥堵的现象，我们可以借鉴国外的先进经验，倡导拼车时尚，引导人们自觉养成节约能源、注重环保、缓解交通压力的文明新风。与上述报道相比，观点未必针锋相对，却是一个重要的补充，值得我们重视和参考。

"横看成岭侧成峰，远近高低各不同。"从滴滴快车的争议，到拼车现象"情""理""法"的探讨，管理部门、出租车司机和乘客等各相关利益方，肯定是仁者见仁智者见智。也许有一天，有关部门也会借鉴新加坡的做法，私家车中乘坐少于4人，须办理通行证才能上路行驶，空车上路会被罚款。或者像美国曼哈顿的多数街道那样，仅允许乘坐3人以上的私家车进入，车中乘客不够3人则要被处以一定的罚款。不难想象，届时我们在上下班的高峰时段，一定会看到这样的动人景象：很多私家车司机如同淘宝店主一样，见到行人就说："亲，快上我的车吧，免费带你一程，否则我就要被罚款了！"这不正是一个交通便捷、客流通畅、管理有序、文明和谐的美好社会吗？

其实，有关出租车改革、网约车平台建设和私家车合乘规范等问题，一直是争议较多的热门话题。据新华社最新报道，出租车改革征求意见，三成以上聚焦网约车平台。交通运输部在有关推进出租汽车行业改革的《网络预约出租汽车经营服务管理暂行办法》中提出，"私人小客车合乘，是不以赢利为目的，在通勤或节假日出行时，由合乘服务提供者事先发布出行计划，出行线路相同的人选择乘坐合乘服务提供者的小客车，并分摊部分出行成本（仅限燃料成本及通行费）或免费互助的出行方式。"对此，在征集到的205条意见中，有167条意见认为应当支持发展私人小客车合乘，有38条意见认为应该禁止。

值得关注的是，交通运输部相关负责人表示，对私人小客车合乘规范发展等众多问题，还要进一步深入研究论证，对于合理部分充分吸纳，寻求出租汽车行业改革的最大"公约数"，切实让人民群众有更多获得感。毫无疑问，这位负责人的表态是十分务实和积极的。面对不断出现的新问题，我们要积极探索和总结，在认真调查分析的基础上，完善法规，加强管理，尽可能找到相对合理、各方都可以接受的解决方案。

日 志 三 忌

承蒙某领导机关的信任和委托，新年元旦前夕集中阅评了本市 100 多位领导同志的工作日志近 300 篇。其作者有县级以上的部门领导，有各部门各单位副县级班子成员，也有各部门各单位的正科级后备干部和科室主任，日志时间跨度为全市推广工作日志以来的一年半时间。说句实在话，本单位也是从去年底才开始在中层管理人员中推广工作日志制度，也就是说，我自己撰写工作日志至今不过一个多月时间，让我这个刚刚"下水"的新手阅评那些领导干部的工作日志，似乎有点勉为其难。经再三推辞，还是没有辞掉这个差事，好在主其事者说，第一，有简单的评阅标准；第二，他们同时委托多位所谓社科界专家、学者和理论工作者参与其事，最后取平均分决定优劣名次。说到这里，我几乎没有继续拒绝的理由了。我谈不上什么专家、学者，但因为工作关系好歹也算是个理论工作者，何况当年在某高校工作时也是教过写作课的大学老师，自己虽然写不出什么好文章，但对于文章的优劣好坏，大体还是能够比较客观地进行判断和评价。正如周作人曾经说过的，一个古董店的伙计，即使不懂古董的行情，但在店里待了几年，凭直觉和经验大体也能看出样品的货色和价值。

通过仔细阅评这些领导同志的工作日志，感觉收获还是很大。一是比较全面地获悉了过去不太了解的一些部门、一些领导的工作内容和工作方式；二是对不少部门领导的敬业精神和工作态度有所体味，值得自己今后好好学习。在阅评过这 100 多位领导同志的近 300 篇工作日志后，我感觉到以下三个问题值得关注，简称"日志三忌"。

一忌写流水账。一些工作日志只是按照时间顺序填写每天的工作内容，没有一点总结、反思和感悟。整篇日志只有筋骨，没有血肉；只有具体的事务陈述，没有感性的体验和提炼。有些日志甚至从上班开始按照每个小时的时间记录，一直记到夜里休息为止，如同古代帝王的"起居注"。这种简单流水账式的日志，除了起到"备忘录"的作用外，似乎没有更多借鉴和参考价值。

二忌详略失当。工作日志，应该有详有略，详略适当。对于一般性工作点到为止，对于有价值、有开创意义的工作和经验、得失应该详细记录，以便汲取经验和教训，以利改进工作，同时供其他同志参考。但有一些工作日志，不太注意这个分寸，详略明显失当，该详细记录的往往一笔带过，该简单记录的反倒洋洋洒洒，如同一篇相关新闻报道。这样的工作日志，难免会眉毛胡子一把抓，重点不够突出。

三忌过度发挥。撰写工作日志，当然要有所总结，有所反思，有所感悟。但这里的总结、感悟和反思，也要有所节制，三言两语、切中肯綮即可。有些工作日志，就某项工作，分别从有关背景、工作部署、经验教训、得失体会等众多方面，详细发挥，洋洋洒洒，下笔千言。很明显，这大都属于应付检查事后补做的"案头"工作，而不是当天工作后的简单记录。这种过度发挥的日志，不适宜日益紧张的工作节奏。工作日志可以为我们今后撰写专门的经验总结、专题调研报告甚至学术论文，积累素材，提供思路，但却不适宜每天在很短的时间内写出那么多的长篇大论。

综上所述，最佳的工作日志应该是详略适当，简明扼要，既要有当天的工作要点，更要有工作体会和建议，一边思考一边工作，既要总结工作成绩和取得的经验，更要分析存在的问题、原因和改进的对策与思路。唯有如此，才能真正达到通过撰写工作日志，改进工作作风、促进机关效能建设的目的。

证 件 人 生

我们一生会领取各种各样的证件，这些证件不仅反映了自己的学习经历、工作履历，同时也见证着一个人的成长过程和所走过的每一个印迹。

其中，最重要的当然是大学毕业证了。1986 年 7 月，我大学毕业后，拿着毕业证书和派遣证，到铜陵财经专科学校（现铜陵学院）报到。先是被安排在学校基础部，担任大学中文老师，当然就有了省教委审核颁发的高校教师资格证书。五年后，我被安排到学校党委宣传部，从事内外宣传和报纸编辑工作，晋升编辑中级职称，于是，就有了编辑资格证书。其间，为尽快提高工作能力，适应工作需要，我报名参加了人民日报社举办的新闻函授培训班的学习。一年后结业，人民日报社新闻函授部给我颁发了新闻函授培训班的结业证书。

那几年，我结合本职工作，先后在《人民日报》《安徽日报》《新安晚报》等报刊上刊发了消息、通讯、杂文、言论、散文、随笔等各类稿件百余篇。

因为同样从事新闻宣传工作，私下里也就没有把自己当外人。1996 年春，去省城合肥开会，恰好遇到安徽报业集团的张锦俭老师到会指导，他时任《新安晚报》的总编助理，于是，交谈中我顺便向他提出能否为我办个《新安晚报》通讯员证，以便开展采访报道工作。没有想到，张锦俭老师还真记在了心里，不久，果真给我办好并寄来了一个带有照片和钢印的《新安晚报》通讯员证。

虽然这个证件后来使用的机会不多，但我却一直留存下来，没有随便丢弃。现在偶尔看到它还会让我想起，当年我和《新安晚报》有过怎样一段亲密接触、不离不弃的情缘。

2001 年初，我从铜陵财专（现铜陵学院）调到市级党委机关报工作，于是又有了专门的新闻采编人员资格证书和记者证。

岁月匆匆，流年似水。一转眼，我已经先后在省属高校和市级党报工作 37 年了，2023 年初我将离开工作岗位，正式退休。

那时，我还会领到一个退休证，取代过去那些各类证件，进入人生的新阶段，开始退休后的全新生活。

灯 下 闲 话

淡化"状元"意识

每年高考前后，有关高校招生、录取的点滴动态都会成为社会关注的热门话题。特别是高考揭晓，考生陆续接到高校录取通知书时，各种新闻媒体乃至一些商家更是竞相炒作，大肆渲染。诸如"金榜题名""中榜状元"之类的词汇常常出现在媒体上。

笔者认为，目前新闻媒体应当淡化"状元"意识，不宜使用"金榜题名""中榜状元"这类夸大其词的传统说法。

"金榜题名""中榜状元"等等，是封建社会科举制度的产物，字里行间带有浓厚的"读书做官论"的封建思想。高校扩招后，考入大学已不再是什么比登天还难的大事，与古人的"金榜题名"似乎也早已不可同日而语，相提并论。尤为重要的是，多年以来，社会对大学生一直以"天之骄子"相称。但随着高校招生和就业制度的不断改革和深化，高校毕业生业已走上"双向选择、自主择业"的道路。过分渲染"状元""骄子"意识，在某种程度上会助长学生骄傲、自满情绪，造成一部分学生心理期望与社会需求之间的落差和失衡，不利于学生开拓进取、自主创业精神的培养。

新闻语言讲究准确、鲜明、生动，即使是商家发布的广告也应如此。因此，媒体应在专业术语的运用上进行认真的推敲、把关，不能为了招徕顾客而一味恭维、迎合，甚至失去了自身应有的准则和分寸。

我看引博从政

近日，中共安徽省委决定面向全国公开选拔高知识层次的厅、处级职位 107 个，这是我省第一次面向全国公开选拔具有博士学位或两个以上硕士学位的高知识层次人才。

对于这一新举措，不少人表示欣慰和赞同，认为社会青睐专家、学者型官员，这是社会的一大进步，也是时代发展的必然。让更多有事业心、有魄力、有能力的优秀分子进入政界，可以从根本上改善和提高干部队伍的整体素质。但也有一些人对此举的客观效果表示"怀疑"："博士做官能行吗？党政人才与高学历人才不可混为一谈，博士从政是不是新的'学而优则仕'？"

其实，就全国范围来说，引博从政早已不是什么新鲜事。青岛市 2000 年最早面向社会公开选拔 55 名副局级领导干部，最后 7 名博士入围当选。2002 年，郑州市推出大胆的"引博"计划：3 年内引进 150 名博士直接担任副处级领导干部，目前已陆续引进博士 110 人。此举对全国产生一个很强的冲击波。从实际效果来看，近年来，不少博士在行政岗位上很快显露出才华和业务能力，受到社会各界的普遍好评。有关人士认为，"博士从政"产生了两个效应，一是博士们工作热情高，有朝气，有活力，一心干事，琢磨事不琢磨人，给党政机关吹来一股清新的风；二是博士们知识面宽，善于学习，激发了机关干部尤其是年轻干部的学习热潮。因此，"引博从政"是明智之举，有利于改善党政干部队伍知识结构，提高党和政府的执政能力。医学博士、教授、原安徽省副省长、现卫生部副部长蒋作君是从学界步入政坛的。今年2月他在接受《光明日报》记者采访时说："从政以来，我觉得科研的素养对我的行政管理帮助很大：养成了我经常下基层调研的习惯，以避免决策失误。上任后我几乎跑遍了全省105个县。如果要具体说，一是求实的态度；二是创新的精神；三是科学的思维；最后是宽容的胸怀。"

不可否认，"引博从政"在为传统的干部任用体制吹来一股清新之风时，也引发了人们对有些地方盲目引进博士的担忧：在现实生活中，一个专业素质很高的博士未必能够胜任公务员工作。据《南方周末》报道，郑州引进的110名博士中，社会上俗称的"三门博士"——从家门、校门到"衙门"，没有任何工作经验的大约占三分之一。其中，少数人在工作中不适应、有"排异反应"。但更多被引进博士的出色表现表明，郑州的"引博从政"工作是大有成效的，不能因为这三分之一中的部分博士的不适应、不优秀而被整体否定。

从总体上说，拥有较高学历者更多地进入党政机关，对改善机关作风、加强科学决策、提高行政效率等，都提供了更多的可能。有关专家认为，党政机关要拥有高层次人才，不仅要靠"高官""高薪"等激励措施，更要靠能进能出的开放机制、"能者上，庸者下"的公平竞争机制，使各类人才各得其所。

如此创意有点离谱

市场经济背后那只"看不见的手"的确具有非常神奇的魔力，它能激发一些才思敏捷、极富经营意识的人灵感迭出，随时产生出人意料的点子和创意。

几年前曾有媒体报道说，一些地方个别新开的理发店店名竟然叫"最高发院"，一家浴场巨大的招牌是"棕楠海"，还有一家发屋起名叫"发新社"。最近一个正在申报的商标品牌"中央一套"似乎更加出格和离谱：最早进入我们电视生活的"中央一套"，正在被福建长乐市一名叫李振勇的自然人申请抢注为避孕套商标。

创新思维、标新立异无疑是商战中起死回生的制胜绝招，有个性的店名和商标往往会让人过目不忘，制造出令人意想不到的轰动效应。但任何出其不意的点子和创意都不能违背公序良俗，更不能亵渎党政机关和有关单位的称号和形象。诸如"最高发院""中央一套"之类的企业名称和商标品牌，原本是想通过"幽它一默"的方式达到引人注目、出奇制胜的效果，但这样的"幽默"和炒作显然有点出格，触及了有关政策和人们的心理底线，因此它们一出现当即遭到公众和舆论的批评也是预料之中的事情。

有关人士认为，"最高发院""中央一套"这样的企业名称和商标，涉嫌违反《公司登记管理条例》《企业名称登记管理规定》和《中华人民共和国商标法》的有关条款，有关部门应当依法从严审核把关和处理。《商标法》有关条款规定，有害于社会主义道德风尚或者有其他不良影响的，不得作为商标使用。时间将会证明，靠挖空心思的炒作去制造广告效应、误导人群，最终大都会白费苦心、徒劳无益。

廉政广告　多多益善

几年前，深圳市率先在街头竖立了这样一个社会公益性的廉政广告牌："政声人去后，民意闲谈时。"近年来，安徽省铜陵市铜官区纪委、监察局也把一些反腐倡廉警句、格言收集起来，做成 10 多块警示牌，竖立在居民居住比较集中的社区醒目处。其中一块警示牌上写着："一念之贪，损自德，毁自身，殃及子女；两袖清风，躬于行，利于民，感召世人。"这种公益性廉政广告时时敲响着反腐倡廉的警钟，对社区干部群众起到了"随风潜入夜，润物细无声"的宣传教育作用。

多年来，党和政府一直把廉政建设和反腐败斗争作为重要工作来抓，经过长期不懈的努力取得了新的明显成效。但是，在对外开放和发展社会主义市场经济的环境中，廉政建设和反腐败斗争是一项长期、复杂的艰巨任务，依然任重而道远。因此，开展廉政建设和反腐败斗争，既要健全法制，加强制度建设，也要强化教育，加强公民思想道德建设；既要加强对干部的日常监督和管理，也要做好对干部家属、子女及普通群众的教育和引导，从而营造一个廉洁奉公光荣、贪污腐败可耻的社会舆论氛围。

社会公益性廉政广告的出现，将廉政建设和反腐败工作向街头、社区延伸，进一步强化了人民群众对领导干部的监督意识，有利于警醒各级领导干部廉洁自律，始终不渝地保持公仆本色，时刻牢记"立党为公、执政为民"的理想信念，进而从源头上预防和解决腐败问题，也有利于营造一个人人遵守社会公德、职业道德和家庭美德的社会氛围，对更好地开展廉政建设和反腐败宣传教育工作起到积极的促进作用。

廉政广告，多多益善。

关注干部的"生活圈"

日前，中共安徽省铜陵市委组织部在该市党政机关领导干部居住密集的商南社区，定点挂放 10 个"干部监督意见箱"，聘请 10 名党性观念强、坚持原则、公道正派的老党务工作者为干部监督信息员，发挥社区群众的监督作用，对领导干部在社区"八小时以外"的"社交圈""生活圈"及社会公德方面的情况进行监督，为考核、提拔使用干部提供依据。这种把对党政领导干部的监督、管理延伸到社区、深入到日常生活的做法具有一定的创新意识，受到社区居民的欢迎和好评，产生了积极的社会影响。

不可否认，干部的德、能、勤、绩等综合表现情况主要体现在自己的具体工作中，对干部的监督、管理也主要由有关职能部门按照规定程序具体办理，但干部的工作作风和生活作风并非完全隔离、毫无联系，而是密不可分、互相影响。大量事实表明，工作作风好、对自己要求严格的干部，在日常生活和社区居民中常常也能起到表率和模范作用。相反，不注意生活细节、脱离社区群众的干部，工作作风往往也会受到潜移默化的影响，有的甚至会逐渐放松对自己的要求，产生十分严重的后果。在这方面，我们已有不少教训需要认真思考和汲取。

因此，关注干部的"生活圈"，有助于全面、准确掌握领导干部在社区"八小时以外"的表现情况，它不仅是加强对干部监督、管理的有效手段，更是关心、促进干部健康成长的重要举措，值得认真总结和推广。

不可忽视"人的现代化"

为了给自家的手电筒选配一枚合适的灯泡，一位70多岁的老汉竟然到合肥环城公园里"砸灯取泡"，将银河岸边价值8万余元的高科技装饰灯一一砸烂（《新安晚报》的报道）。这种"砸灯取泡"的举动，既反映了窃贼的愚昧、无知，又凸显了公民素质教育的滞后。

随着社会经济的发展，近年来我们的城市更美了，高楼大厦拔地而起，公园、广场相继建成，精心布置的街景、免费的健身器材等各种富有人情味的设施随处可见。令人遗憾的是，在城市建设日益走向现代化的同时，诸如偷割电线电缆、盗窃窨井盖及其他破坏公共设施的行为依然时有发生。这说明，经济的增长、物质的丰富并不能等同于社会的发展和进步，只有物质文明与精神文明相互协调，互相促进，才能真正实现城市的现代化。

一个城市市民社会公德水平的高低，直接影响着城市的社会秩序、社会风气和文明程度。美国著名社会学家英格尔斯在其专著《人的现代化》一书中写道："人的现代化是国家现代化不可缺少的因素。它并不是现代化过程结束后的副产品，而是现代化制度与经济赖以长期发展并取得成功的先决条件。"所谓"人的现代化"，就是人的综合素质的提高。因此，建设现代化城市，必须同时加强社会公德教育，不断提高全体市民的素质，使之与现代化文明城市的要求相适应。

评 优 之 忧

日前，一位企业负责人对前去检查工作的领导抱怨说，如今，少数行业主管部门和行政执法机关，不在认真开展服务上下功夫，却十分热衷于评优、达标、授牌等活动。仅去年一年，该企业就被省、市有关部门授予各类荣誉牌匾一二十个，简直到了奖牌成"灾"的地步。这些形形色色、大小不一的牌匾，陈列室里摆不下，有些只好被十分委屈地弃之一隅，任其蒙尘纳垢。

这位企业负责人的抱怨和忧虑值得关注和深思。应当肯定，作为一种激励机制，适当开展评优、表彰活动，有助于总结、推广基层单位的先进做法和经验，对各单位更好地开展相关工作会起到一定的示范、促进作用。但企业的工作千头万绪，如果条条块块、方方面面都隔三岔五去组织评奖、授牌，无疑会给企业的正常经营带来一定的影响。奖牌成"灾"的弊端至少有三：一是分散精力，干扰了企业的正常经营；二是耗费资金，增加了企业的经济负担；三是流于形式，助长了一些人形式主义的工作作风。

奖牌成"灾"的根源，除了一些部门和少数人工作漂浮、作风不实之外，评奖收费的利益驱动也是人所共知、心照不宣的重要因素。少数行业主管部门和行政执法机关，不去踏踏实实地为企业、为基层服务，而是在巧立名目提高收费上打主意，以至于被老百姓戏称为"服务就是收费"，不去服务，只管收费。在当前全市开展"改进工作作风、优化发展环境"专项活动中，各级行业主管部门和行政执法机关有必要认真剖析一下奖牌成"灾"现象，切实解除企业的评优之忧。

不能仅从自身需要出发

不久前，发生在省内某高速公路上的一件交通事故处罚权之争，经有关媒体披露后引起人们的关注。事故发生后，当地公路管埋部门、公安交警部门同时出动，争相处理，结果不仅事故没有得到及时处理，反而因双方相持不下造成长达数小时的交通堵塞。据透露，这两个部门之所以互不相让，争夺事故的处理权，其出发点并不是及时、妥善处理交通事故，而是要收取包括清障费在内的一笔交通违章处罚金。

这是一种典型的本位主义现象。本位主义的重要特征，就是开展工作、执行政策和规定，均以部门利益为准则，有利的就执行，不利的就互相推诿。

诚然，随着社会的快速发展和行业分工的越来越细，要求有关行业主管部门明确自己的职责范围，严格按规定和程序履行自己的权利和义务。但任何行业、任何部门都不是绝对孤立存在的，因此，有关行业主管部门和行政执法机关，在履行自己的职责时，不能仅从自身需要出发，而要以服务群众、服务基层的大局为重，互相支持，互相配合，及时提供高效、优质的服务。倘若不是如此，而是像上述两个单位一样，不讲原则，本位主义思想严重，有利的事情争着去做，无利可图的便一推了之，不仅不能提供优质服务，反而会降低效率，影响发展。

克服本位主义思想，是各级行业主管部门和行政执法机关面临的共同任务，也是改进工作作风、优化发展环境、提高工作效率的重要内容之一。

清除特权思想

日前，市有关部门接到群众举报说，每年报刊征订时节，便有一些人拿着各有来头的"红头文件"，利用手中的特权，强行摊派、征订各种行业性报刊。这种利用部门名义和手中的权力，强行摊派、征订行为，不仅增加了企业的经济负担，也严重冲击了党报党刊的发行工作，理所当然地受到基层群众的反对和抵制。

从本质上说，一切政府部门和行政执法机关的权力都是党和人民赋予的，为纳税人服务、为全体人民谋利益，是其义不容辞的职责和义务。但在实际工作中，一些政府部门和行政执法机关，不能摆正自己的位置。一些部门将政府权力部门化、部门权力商品化，把党和人民赋予的权力，作为谋取部门利益的工具。少数行政执法人员自以为高人一等，特权思想严重，有的甚至乱收费、乱罚款、乱摊派，以权谋私，为所欲为。这不仅背离党的全心全意为人民服务的宗旨，损害党和政府在人民群众中的形象，也严重破坏了经济发展环境，影响和阻碍了社会经济及各项事业的健康、协调发展。

改进工作作风、优化发展环境，必须清除特权思想，有效地遏制以权谋私行为，力戒政府权力部门化、部门权力商品化。为此，一方面要加强党的宗旨教育，牢固树立立党为公、执政为民

的思想意识，不断提高行政执法人员的政治素质。另一方面还要
建立健全必要的监督约束机制，从制度上确保政府部门和行政执
法机关及其工作人员依法行政，正确行使党和人民赋予的神圣权
力，努力以真诚、规范、高效、优质的服务，树立政府部门与行
政执法机关在人民群众中的崇高威望和良好形象。

力戒奢华之风

改革开放以后，随着社会经济的发展，在人民群众的总体生
活水平不断提高的同时，各机关、部门和单位的工作条件、工作
环境也得到了很大改善。应该说，在工作需要、财力允许的前提
下，适当提高物质条件，改善工作环境，有助于激发干部、职工
的工作热情，提高工作效率。但一段时期以来，少数机关、部门
和单位不从本部门、本单位的实际情况和需要出发，讲排场、比
阔气，盲目攀比，滋长了奢侈、浮华之风，这不能不引起足够的
关注和警惕。

必须清醒地看到，当前政府的财力还十分有限，发展的压
力与挑战依然严峻，面临的各种问题还很多，企业改制及其相关
工作还要进一步深化、完善和配套。面对这种状况，各级领导干
部应当廉洁奉公，勤政为民，急群众之所急，想群众之所想，时
刻把群众的冷暖挂在心头，齐心协力、千方百计做好本部门、本
单位的工作，而不是讲排场，比阔气。奢侈、浮华之风不仅浪费
财力、物力，而且影响了领导干部在群众中的形象和威信，损害
党群、干群关系，还会消磨人的意志，助长享乐思想，影响一个
部门或单位干部、职工的精神状态和工作作风，使干部、职工丧

失奋发向上、开拓进取的雄心，阻碍改革开放和各项事业的健康发展。

"历览前贤国与家，成由勤俭败由奢。"李商隐在《咏史》诗中所揭示的道理，值得我们深思和记取。各级领导干部要先天下之忧而忧，后天下之乐而乐，从人民群众的根本利益出发，着眼于改革开放和经济发展的大局，自觉克服享乐思想，力戒奢侈、浮华之风，团结和带领群众攻坚克难，开拓前进，为加快发展、富民强市作出新贡献。

倡导"短实新"的文风

改进文风会风，是贯彻落实中央八项规定、坚决反对"四风"的重要内容之一，中央关于改进作风的八项规定中，就有改进文风的具体规定。落实中央的要求，努力在转变文风方面取得实效，是摆在我们面前的一项重要政治任务。

习近平同志 2010 年在中央党校的重要讲话中，对"长假空"文风进行了批评，提倡树立"短实新"的文风。做到"短实新"，这是衡量文风的根本标准。短，就是要力求简短精练、直截了当，观点鲜明、重点突出。能够三言两语说清楚的事绝不拖泥带水，能够用短小篇幅阐明的道理绝不绕弯子。实，就是力求反映事物的本来面目，分析问题要客观、全面，既要指出现象，更要弄清本质；阐述对策要具体、实在，要有针对性和可操作性。新，就是力求思想深刻、富有新意。能否讲出新意，反映一个人的思想水平、理论水平、经验水平以及语言表达能力。

倡导"短实新"的文风，思想上要高度重视，充分认识到

"假长空"文风的危害。早在延安整风期间，毛泽东同志就在《反对党八股》一文中，深刻阐述了反对党八股、树立好文风的重大意义。习近平同志也明确指出："不良文风蔓延开来，损害党的威信，导致干部脱离群众，使党的理论和路线方针政策在群众中失去感召力、亲和力。"文风不好，官话套话盛行，必然造成群众与党和政府的隔阂。转变文风，这是党的宗旨和人民政府性质所决定，是人民群众的期待。

倡导"短实新"的文风，实践中更要身体力行。毛泽东、邓小平等老一辈革命家的很多著作，习近平总书记的一系列重要讲话和文章，都为我们树立了很好的典范。《之江新语》一书，是时任浙江省委书记的习近平在《浙江日报》上写的专栏文章集。书中的文章，篇幅简短，一事一议，但却内容丰富，言之有物，切中要害。文章从实际出发又非就事论事，有深刻而独到的见解，文章关注的是干部群众工作和生活中的众多问题，使用的是群众熟悉的通俗语言，值得我们认真学习和揣摩。

倡导"短实新"的文风，领导带头是关键。改进文风关键是提高领导干部的综合素质，增强党性修养。对人民利益高度负责，写文章和讲话就会带着真情实感，就能够切中问题的要害和实质。领导干部作风扎实，文章和讲话就平实；作风漂浮，文章和讲话难免假大空。因此，作为领导干部，要经常深入基层调查研究，着力解决实际问题。同时，要把改进文风同改进党风统一起来，特别要大力改进会风，努力活跃党内生活，扩大党内民主，创造鼓励讲真话、提倡讲新话的宽松环境。

真实是新闻的生命

不久前，广西日报传媒集团指示集团下属的《南国早报》编辑出版了一本书：《我们错了》。书中集纳了近十年来这家报纸比较有代表性的报道差错案例，详细记录了造成差错的原因、差错引起的后果以及报社的处理决定，并且以"教训"的形式予以分析和点评。同时，书中还以"总编辑手记"的形式收集了9篇报社总编辑对于如何避免失实报道和报道差错的心得体会，以利将来少犯错误或不犯错误。此事经央视"焦点访谈"栏目和众多媒体报道后，引起社会各界的广泛关注和好评。

近年来，随着社会环境的变化、传媒格局的调整，新闻领域出现了一些新情况、新问题，其中一个比较突出的问题，就是虚假新闻屡禁不止，低俗之风时有发生，既影响媒体的公信力，影响党群、干群之间的关系，也有损党和政府的形象。为此，从去年11月份开始，全国新闻战线广泛开展了为期半年、主题为"杜绝虚假报道、增强社会责任、加强新闻职业道德建设"的专项教育活动。各级各类新闻单位结合自身特点，查找薄弱环节，分析产生原因，建章立制，有针对性地加以解决。在深入开展专项教育活动中，广西日报传媒集团自曝家丑、主动承认错误，既可以警示每一位编辑记者，向虚假新闻说不，也是新闻职业精神的表现，勇气可嘉。因为，只有敢于正视自身存在的不足，才能采取切实措施，通过解决问题不断发展和进步。这是对读者、对历史的高度负责，这样的媒体才有公信力，才会赢得社会的尊重。

真实是新闻的生命，今天的新闻就是明天的历史。新闻报道应该真实准确、全面客观，坚守新闻真实的生命线，杜绝虚假报道的产生、传播，这是新闻工作的基本准则，也是新闻媒体必须承担的社会责任。因此，广大新闻工作者必须把"真实是新闻的生命"铭刻于心、落实于行，自觉维护新闻工作的良好形象。自律是杜绝虚假新闻的关键。首先，各级各类媒体都要自律，要把社会效益放在首位，时刻牢记肩负的责任和使命，不采用虚假之类不正当的竞争手段，不负责任地追求收视率、点击率和发行量。其次，记者要学会自律，要真正深入基层，切实转变作风，杜绝虚假不实新闻的源头。最后，加强行业自律，就是要通过深入开展教育活动，提高编辑记者素养，建立社会化监督网络，形成杜绝虚假新闻的长效机制。

去年底，《华西都市报》等6家报刊因刊登虚假失实报道被新闻出版总署通报批评。近日，国家广电总局、新闻出版总署、中国记协再次向社会公布举报电话，表示要通过新闻界的自律和社会化的监督网络，确保新闻报道客观真实，切实维护新闻真实性和媒体公信力。毫无疑问，这一系列的举措，都将有助于增强广大新闻工作者贴近群众、贴近实际、贴近生活的意识，进一步提高新闻从业人员的政治素质、业务素质和其他综合素质，进一步提高报纸的公信力，进而不断提高我们的舆论引导能力。

作风建设的关键是办实事求实效

自中央政治局作出关于改进工作作风、密切联系群众的八项规定以后，各级地方政府雷厉风行，纷纷出台相应具体措施，认真贯彻落实中央决定精神。

工作作风上的问题和不足，体现在方方面面，既有思想认识、领导作风上的简单粗糙、高高在上，也有工作程序、方式方法上的脱离实际、繁文缛节，其实质是官僚主义、形式主义盛行，只求表面上的风光，不讲实际效果，严重脱离群众。习近平总书记曾经多次指出，当前一些党员和干部存在的不按客观规律办事，急功近利，说假话、大话、空话的问题，如果不重视、不警惕、不纠正，其消极影响和后果不可低估。在新一届中共中央政治局常委与中外记者见面时，习近平总书记更是严肃强调："新形势下，我们党面临着许多严峻挑战，党内存在着许多亟待解决的问题。尤其是一些党员干部中发生的贪污腐败、脱离群众、形式主义、官僚主义等问题，必须下大气力解决。"令人欣喜的是，新一届中央领导集体诞生以后，从中央政治局到各级地方政府，分别就改进工作作风、密切联系群众做出了具体规定，铜陵市委市政府关于改进工作作风、密切联系群众的实施细则，更是从改进调查研究、精简各类会议、精简文件简报、规范各类活动、改进新闻报道、密切联系群众、厉行勤俭节约等7个方面提出了明确具体的要求。这是对中央政治局八项规定的具体落实，也是紧密结合铜陵实际采取的重要举措。

作风建设的关键是讲实话、办实事、求实效。新一届中央领导人早年都曾在最艰苦、最基层的岗位经受过洗礼历练，这造就了他们浓厚的平民情怀，形成了朴实无华的工作作风，他们对民间呼声有着深切体察，对官僚作风深恶痛绝。新一届中央领导言行中的"亲民"行为广受好评，务实亲民、不说官话套话、重实干的特质表露无遗，引发外界广泛关注。我们有理由期待，有中央政治局的引领示范，有各级党委、政府领导的身先士卒，通过一件件具体细微的工作入手，各级领导干部和机关的工作作风一定会有极大的改进，我们党通过数十年艰苦奋斗逐渐形成的深入调查研究、密切联系群众、倡导求真务实的优良传统和作风也一定会代代相传，不断发扬光大。

舆论监督也是正面宣传

近日，很多媒体集中报道了内蒙古呼格案，法院再审判决宣告原审被告人呼格吉勒图无罪，并向其父母送达了再审判决书。这一离奇冤案的来龙去脉，引起社会各界的广泛关注。其实，近年来，类似的错判但最终得以改正的死刑案例已先后发生多起。这一方面说明，司法机关敢于面对事实，及时纠正冤假错案，体现了法治的进步和有错必纠的勇气；另一方面，也反映出鉴于历史和现实的原因，严明执法、公正司法还有很长的路要走。尤为重要的是，这起错案最终能够得到重审纠正，与新华社记者连续采写五篇内参具有很大的内在联系。这也再一次证明，舆论监督对于司法机关不是可有可无的事，及时、恰当的舆论监督，不是添乱而是帮忙，舆论监督也是正面宣传。

一段时间以来，一些部门和领导总是习惯于将舆论监督视为负面报道，媒体和记者在正常报道某些在审案件时，总是受到这样那样的干扰和制约。甚至某些地方制定有关全面推进依法治市文件时，在涉及"加强对司法活动的监督"条款中，也只是片面强调"规范媒体对案件的报道，防止舆论影响司法公正"，只字不提舆论对司法活动的正常报道和合法监督。这种只强调规范管理，不提及积极支持适当采访和合法监督的做法，无疑是不全面也是不妥当的。

多年来，党内很多文件都有积极支持"舆论监督"的提法和要求，2005年，中共中央办公厅专门印发的《关于进一步加强和改进舆论监督工作的意见》，对于充分发挥新闻媒体舆论监督在统一思想、凝聚力量，促进改革发展、维护社会稳定中的积极作用，进一步加强和改进舆论监督工作，作出全面具体部署。中央有关领导，也先后就"善待媒体、善用媒体、善管媒体"提出明确要求。这充分说明，在依法治国方略的指导下，各级行政、执法机关，都不仅仅要"善管媒体"，更要"善待媒体、善用媒体"，充分发挥媒体舆论监督的积极作用和正能量。

新闻媒体的舆论监督是党和政府工作的一部分，既是党的批评与自我批评的作风通过新闻手段的反映，也是人民群众依法管理好自己的事务所行使的民主监督权利。一个不会与媒体打交道、不会发挥媒体力量推动工作的领导，不可能是一个适应时代要求的领导。各级领导干部要从善待媒体、善用媒体、善管媒体入手，尊重新闻规律，做好舆论引导工作；要把媒体当作自己的同路人和朋友，以真诚的态度对待媒体的采访，不应当漠视、敌视媒体；要正确对待媒体的舆论监督，把媒体的批评报道作为改进工作的推动力。实践也充分证明，近年来陆续纠正改判、与内蒙古呼格案类似的多起死刑案件，都与当初舆论监督的缺失不无一定关系。可以设想，如果这类缺乏确凿证据且有很大争议的重大案件，在审理阶段，媒体不是仅仅听司法机关的一面之词，也能适当反映被告方律师的质疑和不同声音，进而延缓此类重大复杂案件的匆忙决断，是不是可以大大减少类似错案的发生？如果真能达到这样的效果，这不仅不是对司法公正的影响和干扰，反而恰恰是对司法公正的正当维护。

舆论监督也是正面宣传，我们要有勇气和信心转变传统思维，接受新的观念。"善待媒体、善用媒体、善管媒体"，更应该成为我们身体力行的准则。

建设和谐社会需要负责任的记者

近日，浙江电视台记者将茶水当作尿液的样本送至杭州多家医院化验，10 家医院有 6 家检出茶水"发炎"，有 5 家医院开出消炎药，总计药费 1300 元左右。（《中国新闻网》）

记者这一暗访结果公开报道后，立即引起众多观众和网友的兴趣，很多网友对此发表评论，有人不无调侃地说，这不是茶水里有炎症，而是医疗体系、医风医德"发炎"了。

严格地说，这已经不算是新闻，早在一年前，安徽《新安晚报》的记者就在省城合肥暗访发现了这个问题，该报报道后当即引起了很多读者的关注和讨论。不过，在不同时间不同地点发生完全一样的新闻，也足以说明这一现象具有相当的普遍性，值得有关部门重视和深思。然而，对于这个新闻，笔者更关注的不是在市场化大潮影响下，一些医院、医生的医风医德沦丧的问题，而是作为"好事之徒"的记者的勇气与良知。

对于被曝光的医院和一切发生所谓负面新闻的垄断机构来说，如此暗访调查、"专门找碴儿"的记者是令人讨厌和不受欢迎的，因为他们损害了自己的既得利益和社会威信。但对于广大群众来说，这些"好事之徒"恰恰是令人尊敬的勇士，他们所在的媒体也是值得社会信赖的"喉舌"，因为这样的新闻满足了普通百姓的知情权，发挥了媒体的舆论监督作用，进而从根本上维护了公民的自身利益。

记得曾经看过"文革"时期一篇批判复旦大学新闻学教授王中的文章，其中列举的罪状之一就是他曾经鼓吹过"记者不讨厌，不是好记者"。其实，王中教授的观点还是不无道理的。与那些热衷于赶场子、拿红包，表面上似乎广受欢迎的"红包"记者相比，这些甘心深入社会基层、勇于揭露种种违规甚至违法行为、努力维护群众利益，令一些垄断机构"讨厌"的记者和他们所代表的媒体无疑更得民心，也会更多地赢得社会的尊重和敬意。

网上曾有一篇很流行的帖子《没有记者的社会就是和谐社会》，文章正话反说，生动俏皮，令人解颐。现实情况恰恰相反，因为诸如干净茶水里查出有"炎症"这样的闹剧天天在我们周围上演，这就充分表明，建设和谐社会，需要更多专门找碴儿、令人"讨厌"的记者和负责任、敢担当的媒体，他们的良知、道德和勇气是开展舆论监督、建设和谐社会不可缺少的利器。

为升学宴注入新内涵

一年一度的高考及随之而来的谢师宴、升学宴等等，一直是媒体和社会关注的热门话题。高考年年举行，孩子有幸升入高等学府继续深造当然值得高兴，亲朋好友欢聚一堂表示祝贺也理所应当。不久前，笔者参加一位同事家儿子的升学宴，却感受到了不同寻常的新鲜气息，使我对升学宴有了全新的认识和感悟。

升学宴免不了要吃喝娱乐，但这次升学宴却有了全新的内涵和氛围，不仅有嘉宾和亲朋好友先后致辞祝贺，对即将升入高校学习的学子予以勉励和嘉奖，更重要也更加特别的内容之一是，那位即将升入上海某高校学习的学子，在宴会前激情飞扬地回顾和总结了十几年来自己的成长历程，饱含深情地回忆了家人在自己成长、学习各个阶段，给予自己的无私关怀、勉励和付出的心血与汗水，表达了自己对于家人、老师和亲朋好友的深深感激之情，以及对于美好未来的展望与期待。看得出来，这个准大学生在升学宴上的激情演讲是做了充分准备的，不仅文辞精美，内容丰富，而且以其真挚的情感和心声打动了到场的每一位来宾。不少带着孩子前来赴宴的家长不无感慨地说，这个升学宴不同一般，让还在中学读书的孩子受到了特别的教育和洗礼。

仔细琢磨，这个升学宴之所以显得不同寻常、别具一格，给我们留下了十分深刻的印象，主要是因为与一般的谢师宴、升学宴相比，那位即将升学的学子的激情演说为它增添了以下三个新鲜元素：一是"总结"，比较系统地回顾和总结了自己十多年的成长历程，尤其是在一些学习、生活的关键环节自己的得与失；二是"感恩"，感谢十多年来老师、家人和亲朋好友的关心与支持，特别是在人生的重要阶段家人所给予的无私关怀与帮助；三是"励志"，总结过去的得失，明确今后的努力方向，在充分彰显个性的同时激励自己向着更高的目标奋进。

随着高等教育的普及和升学率的逐年提高，现在考大学似乎已不再是什么难事，因此，每年依然火爆的谢师宴、升学宴难免会受到一些人的非议。我想，只要不是简单的吃吃喝喝，而是与时俱进，赋予升学宴一些新内涵，举办升学宴依然具有特殊的意义和价值。至少，它可以提醒已经长大成人、即将进入高校学习的学子，自己已经走过了怎样的学习、成长历程，在此期间自己和家人、老师付出了多少努力和心血，促使他们认真思考今后的路应该如何去走，进而从进入高校的第一天起，就对自己有一个全新的认识和期待，这对自己以后的成长、成才都会有百利而无一害。所以，给升学宴注入一些新鲜独特、体现孩子的个性特征，同时也符合时代发展要求的新元素和新内涵，还是很有新意的创举，值得肯定和提倡。

发扬群众办报的优良传统

近日，一直以报道别人为己任的《铜陵日报》先后报道了两则发生在报社内部的"新闻"：一是专门召开读者恳谈会，听取来自一县三区基层一线的同志和新老读者关于如何进一步办好报纸、促进报业发展的意见和建议；二是在全市范围内聘请了十多名特约评论员，邀请他们积极为《铜陵日报》《铜都晨刊》各类评论栏目撰写稿件。留心的读者或许已经注意到，《铜陵日报》《铜都晨刊》近期评论作品明显增多，其中既有报社采编人员结合工作实际撰写的短小精悍、新鲜活泼的新闻评论，也有新近聘任的特约评论员围绕全市经济社会发展目标和日常生活中的各类现象发表的独到见解与感受。

召开读者恳谈会、聘请特约评论员，听取基层群众、读者的意见和建议，吸纳社会各界有识之士共同参与办报，既是报社自身业务建设和报业发展的需要，也是对全党办报、群众办报这一党报优良传统的继承和发扬。

坚持群众办报是党报的优良传统。报纸要赢得群众喜爱，博得群众青睐，就要密切联系群众，真心实意地依靠群众办报。毛泽东同志曾在《对晋绥日报编辑人员的谈话》一文中指出："办报和办别的事一样，都要认真地办，才能办好，靠全体人民群众来办，靠全党来办，而不能靠少数人关起门来办。"

党报，是党和人民的耳目喉舌。办好报纸，要依靠全党，依靠人民群众。把各方面的积极分子、专家学者和热心读者，团结在报社编辑部的周围，为报纸写稿或提供新闻线索，一方面可以弥补报社自身采编力量的局限，将新闻视角延伸到更加广阔的社会生活领域；另一方面也可以借助有关专家学者和社会各界有识之士，就有关重大决策和热门话题，及时进行必要的背景分析和评论，发表自己的独到观点和见解，进一步提升报纸的内涵与品位。铜陵日报社这次聘请的十多名特约评论员，来自市党政机关、综合部门、事业单位和高校等单位，他们十分熟悉全市经济社会发展情况，了解全市各项重大决策的制定过程，同时也具有很强的政治敏锐性和扎实的文字功底。他们动笔撰写的有关评论有着得天独厚的专业背景和深度，因此也更具有说服力和权威性。

铜陵日报社集思广益，积极实行开门办报、群众办报的做法，是积极贯彻落实新闻工作贴近生活、贴近实际、贴近群众"三贴近"原则的具体体现，是在新形势下继承和发扬全党办报、群众办报优良传统的有益探索。目前，这一做法已经产生了比较明显的效果，受到广大读者的关注和好评，它对报社采编工作也将会产生积极的效应。

论 文 书 评

激扬文字　挥斥方遒
——毛泽东杂文笔法学习札记

　　毛泽东不仅是伟大的马克思主义者，杰出的无产阶级革命家、理论家、军事家，而且是一位拥有大气派、大手笔的文章里手，一位既时时勃发出浩然正气，又不乏幽默、机智，笔法纵横凌厉、汪洋恣肆的杂文家。

　　早在青年时期，毛泽东就先后在《湘江评论》、《湖南大公报》、上海《时事新报》、上海《申报》、上海《民国日报》、北京《晨报》等报刊上发表了数十篇随感、政论、时评等杂文作品。随后，在为中国人民革命和建设事业呕心沥血、矢志奋斗的漫长过程中，他又结合不同历史时期的政治形势、中心任务和工作实践，写下了许许多多具有现实指导意义和历史文献价值的灿烂篇章。在这些珍贵的文献中，不仅有许多完全可以作为杂文佳作赏读的篇章，而且在很多庄重、严肃的政论、讲话、调查报告、学术著作，乃至一些日常公牍、信函、电文之中，也随处可以见到那种兴之所至、随意点染而又睿智机敏、才思横溢、文采飞扬的杂文笔法，十分值得我们赏读和借鉴。

所谓杂文笔法，就是杂文这一文体中常见的与其他文体有明显区别的一些运思规律、行文技法、语言风格。有人将杂文的笔法归纳为十多种，诸如以小见大、小题大做、借古讽今、声东击西、顺手一击、欲抑先扬、好用反语、借题发挥、用语双关、对照比较、引经据典、形象说理、幽默含蓄、冷嘲热讽等等。但杂文笔法并非刻意雕琢之术，而是养成气质，挥洒自如，浑出自然，即鲁迅所说的涉笔成趣。

在毛泽东的杂文作品和其他文献著作中，最突出的杂文笔法有以下几种。

（一）引经据典，旁征博引

杂文常见的笔法之一，就是行文中常运用一些含义深远的古代故事或一些经典著作中源远流长的典语。这种引经据典、旁征博引的笔法，不仅有助于增强文章的感染力和说服力，而且可以增强杂文的色彩和气氛，并有助于增厚杂文的知识性、趣味性。

毛泽东具有博大精深的历史和文学修养，可谓学贯古今中西。他既主张学习、继承古人语言中有生命力的东西，又提倡多多吸收外国的新鲜用语。在毛泽东的杂文作品和诸多文献著作中，古今中外的典故随处可见。从《列子·汤问》中"愚公移山"的故事到古希腊伊索笔下的"农夫与蛇"的寓言，从"星星之火，可以燎原"的古语到"鹬蚌相争，渔翁得利""螳螂捕蝉，黄雀在后"的典故，常常是意到笔随，信手拈来。有人根据《毛泽东著作大辞典》的词条约略统计，在迄今已公开发表的毛泽东杂文及其他文献著作中，引用过的成语典故共有500多个。

用典虽是杂文的常用笔法之一，但用得不当，也有行文滞涩、运笔不畅的弊端，特别是在一篇文章中串用多种典故，往往会有古人说的"文章殆用书抄"及"掉书袋"之嫌。毛泽东杂文却没有这种缺点，即使在一篇文章之中连用多种典故，他也能做到自然贴切、恰到好处。比如在《致邵力子》这篇仅300多字的书简体杂文中，毛泽东一连用了范仲淹的"一路哭"（"路"是当时的行政区划）、《孟子》中的"越人弯弓"、《庄子·逍遥游》中的"河汉"、《三国演义》里的"天下之势，合久必分，分久必合"四个典故，不仅不显得滞涩、艰深，反倒"化腐朽为神奇"，给人以多姿多彩、言简意赅之感。再如，在《别了，司徒雷登》一文的后半部分，毛泽东先后直接间接地引用了民间传说"太公钓鱼，愿者上钩"、《礼记·檀弓下》中的"嗟来之食"、韩愈的《伯夷颂》、老子说的"民不畏死，奈何以死惧之"及李密《陈情表》中的"茕茕孑立，形影相吊"五个典故，也都显得自然贴切，酣畅淋漓。

毛泽东之所以能如此旁征博引、挥洒自如，正是因为他有博大精深的历史、文学修养和高超、非凡的运用语言、文字的能力。

（二）巧用民谚，比喻贴切

杂文是文艺性的论文，是诗与政论的结合。形象思维与抽象思维紧密结合，通过生动、具体的形象去说理，是杂文语言的基本特征之一。而要使杂文的语言生动、形象起来，巧用民谚、俗语，多用形象、比喻的修辞手法，便是一种十分常见而有效的途径。这种运用民谚、俗语，多用形象、贴切的比喻的笔法，在毛泽东的杂文作品和其他文献著作中时有所见。

在《改造我们的学习》一文中，他以"墙上芦苇，头重脚轻根底浅；山间竹笋，嘴尖皮厚腹中空"这副对联，替那些夸夸其谈，脱离实际的主观主义者"画像"；在《讲真话，不偷、不装、不吹》一文中，他以"猪鼻子里插葱——装象"这一民间流传的歇后语，批评党内那些装模作样、不懂装懂的同志；在《反对党八股》一文里，空话连篇、言之无物的长文章，被他喻为"懒婆娘的裹脚，又臭又长"，语言无味、面目可憎的"学生腔"，被他喻为上海滩上的"小瘪三"；在《自由是对必然的认识和对客观世界的改造》一文中，他将王明等脱离实际但却"妄欲充当人们的向导"的主观主义"老爷们"，比作"盲人骑瞎马，夜半临深池"；在《评战犯求和》一文中，他又把国民党将手里的军队看作命根子，比作大观园里贾宝玉一时一刻也离它不得的那块系在颈子上的"石头"。

以上种种民谚、俗语和生动贴切的比喻，不仅大大增强了杂文语言的生动性和形象性，同时也大大增强了文章的感染力。

（三）兴之所至，率意而谈

杂文姓杂，所谓"杂"，一是指杂文题材的多样化，二是指文体形式的多样化，三是指表现形式的多样化。其中，就包含着一种兴之所至、率意而谈的闲适笔调，也就是有人称之为"善纵""善搭"，风马牛而相及的那种议论风生、自由驰骋的笔法。

在毛泽东的杂文和其他文献著作中，有不少这种兴之所至、率意而谈的"闲笔"。如《坚持艰苦奋斗，密切联系群众》一文，在批评一些同志闹地位、闹名誉，"争名夺利"的错误思想和作风时，文中插入了这样一段风趣、幽默的注释：

听说去年评级的时候，就有些人闹得不像样子，痛哭流涕。人不是长着两只眼睛吗？两只眼睛里面有水，叫眼泪。评级评得跟他不对头的时候，就双泪长流。

在《关于帝国主义和一切反动派是不是真老虎的问题》一文中，也有这种兴之所至、自由驰骋的"闲笔"：

> 怕与不怕，是一个对立统一法则。一点不怕，无忧无虑，真正单纯的乐神，从来没有。每一个人都是忧患与生俱来。学生们怕考试，儿童怕父母有偏爱，三灾八难，五劳七伤，发烧四十一度，以及"天有不测风云，人有旦夕祸福"之类，不可胜数。

这种兴之所至，自由驰骋的闲适笔调，既增加了文章的杂文色彩和兴味，又使文章显得摇曳多姿、气势恢宏。

（四）仿拟、改造、新造、反造词语，精辟而又幽默

一般来说，生造词语是写文章的大忌，应尽力避免和克服。但在杂文这一特定的文体中，仿拟、生造词语有时反倒是一种十分常见的笔法。成熟、高明的杂文作家常常有意无意地仿拟、生造出一些看似滑稽、不协调实际意味深长的词语，借以达到生动奇巧、风趣幽默的效果。比如鲁迅模仿"公理""深闺"造出的"婆理""浅闺"，台湾杂文家柏杨生造的"影钟学""说不准学"等等，既幽默含蓄，又深刻有力。

在毛泽东的杂文作品和诸多文献著作中，也常有这种杂文笔法。如：

（1）"有一出戏，叫《林冲夜奔》，唱词里说：'男儿有泪不轻弹，只因未到伤心处。'我们现在有些同志，他们也是男儿（也许还有女儿），他们是男儿有泪不轻弹，只因未到评级时。"（《坚持艰苦奋斗，密切联系群众》）

（2）"有很多的顽固分子，他们是顽固专门学校毕业的。他们今天顽固，明天顽固，后天还是顽固。"（《新民主主义的宪政》）

前者是仿拟，通过仿拟的两句唱词，幽默、含蓄地批评了一些同志"争名夺利的错误思想和作风"。后者是新造，借新造的"顽固专门学校"一词，轻松而又辛辣地嘲讽了那些顽固不化的落后分子。

（五）冷嘲热讽，机智睿敏

如同幽默一样，讽刺也是杂文写作中常用的笔法。合理、恰当地运用讽刺笔法，可以寓庄于谐，发人深省，增强杂文的战斗力。

关于讽刺，毛泽东曾经说过："有几种讽刺：有对付敌人的，有对付同盟者的，有对付自己队伍的，态度各有不同。"（《在延安文艺座谈会上的讲话》）也就是说，在运用讽刺的笔法时，要分清敌友，对于不同的对象，讽刺的分寸和态度也应有所不同，"不能站到敌对的立场和对待敌人的态度来对待同志。必须是满腔热情地用保护人民事业和提高人民觉悟的态度来说话，而不能用嘲笑和攻击的态度来说话。"（《要分析，不要片面性》）

毛泽东以自己的杂文创作实践了这一正确的理论和主张。对于自己队伍中的内部矛盾，他总是站在人民大众的立场上，用风趣、幽默的语言进行善意的劝勉，即使要进行必要的严厉批评乃至讽刺，其立足点也总是为了惩前毖后，治病救人，批评讽刺之中充满了真挚和善意。如《反对自由主义》《反对党八股》《讲真话，不偷、不装、不吹》等等。相反，对于敌人和顽固不化、形形色色的敌对势力，他则针锋相对、慷慨激昂地予以揭发、批驳，严正谴责，乃至嬉笑怒骂，冷嘲热讽。如《质问国民党》《评战犯求和》《别了，司徒雷登》《"友谊"，还是侵略?》等等。

值得一提的是，在毛泽东的那些对敌人进行批驳的杂文作品和论战文献中，嬉笑怒骂、冷嘲热讽之余，也不时透露出轻松自如、机智睿敏。

1949 年初，蒋介石在元旦致词中发表了求和声明。毛泽东洞穿了他的反革命阴谋，在《评战犯求和》一文中，他对蒋介石的花言巧语、阴谋诡计淋漓尽致地一一予以揭露和驳斥。文章最后以轻松的笔调写道：

"要问：这样的新闻是否在市场上还有销路? 是否还值得人们看上一眼? 根据我们所得的北平城内的消息是：'元旦物价上午略跌，下午复原。'外国通讯社说：'上海对于蒋介石新年致词的反映是冷淡的。'这就答复了战犯蒋介石的销路问题。我们早就说过，蒋介石已经失了灵魂，只是一具僵尸，什么人也不相信他了。"

以新闻舆论的冷淡来映衬蒋介石求和阴谋的"销路"，既显得客观、公正，又十分机智、睿敏，同时也不乏讽刺、幽默的色彩。这种举重若轻的笔法，看似信手拈来，实是别具匠心。

应当指出，以上几点只是笔者学习毛泽东杂文作品的点滴体会，它远远不能概括毛泽东杂文作品的全貌。作为一名伟大的政治家和理论家，毛泽东的杂文作品，其思想之深邃、精辟，气势之恢宏、雄伟，笔法之酣畅、凌厉，后人是难以望其项背的。发掘、整理、学习和研究毛泽东的杂文作品，不仅有助于进一步丰富和深化杂文创作的理论研究，而且对于繁荣和发展当代的杂文创作也有着重要的现实指导意义。

狂叛品格　古今笑谈
——李敖杂文印象

初读李敖的作品，给我印象最深的是他那种傲视天下、独迈千古、笔意纵横的狂放姿态。同柏杨一样，李敖也是一个"大坐牢家"兼"大作家"。但与柏杨不同的是，李敖既是传统文化的叛逆者，更是现实政治的批评家。他著书上百，被禁六十余种，内容广泛博杂，而尤以对中国传统文化的无情解剖和当代台湾政治黑幕的深刻揭露为重点。早在 20 世纪 60 年代初，李敖就开始在《文星》杂志连续发表文章，对中国传统文化中的沉疴进行猛烈抨击，与学界名流展开"中西文化"论战，并指名道姓地批评朝野高官。这方面的文章分别收录在《文化论战丹火录》《蒋介石研究文集》《传统下的独白》《历史与人像》《李敖千秋评论丛书》《万岁评论丛书》等文集中。在这些文章里，自称经过十多年的牢狱之苦，早已练就金刚不坏之身的李敖，正像手拿金箍棒的孙悟空大闹天宫一样，对数千年来中国传统文化的负面影响等进行了剔肤见骨、淋漓尽致的鞭挞和嘲弄。

正是因为李敖的笔触常常尖锐地干预现实，才被西方媒体誉为中国近代以来最杰出的批评家。有人甚至评价说，李敖只打老虎，不打苍蝇，比监察院还像监察院。这也正是他不为台湾当局所容，先后两次入狱的根源。

与其文章的内容相比，李敖杂文的语言风格、行文方式更是超凡脱俗、别具一格。为了鲜明地表达自己对传统守旧势力的反叛与轻蔑，李敖常常以一种幽默、游戏、放荡不羁的笔墨来论述历史、评议现实。他宣称明朝"文章二十五品"之说尽管林林总总，但却漏掉一品——就是自己所推崇和发扬的"狂叛品"。他认为"狂叛品的文章最大特色是率真与痛快，有什么就说什么，该怎么说就怎么说。"在这一点上，他宣称自己已超越了鲁迅。"嬉笑怒骂，皆成文章。"这是李敖与鲁迅杂文的共同特点，但与鲁迅杂文的隐晦、曲折相比，李敖的杂文显得更加尖锐、泼辣、直爽、舒畅，因而也更易为普通读者所接受。

毕业于历史系、博览群书的李敖，对于卷帙浩繁的历史典籍相当熟悉。他的杂文常常引经据典、旁征博引，无论是中外史料，还是各种笔记、野史，都能十分自然、贴切地为其所用，成为他针砭现实、品评世情的由头和工具。为了达到一种特殊的效果，李敖有时不惜借用为很多上流人士所非议的"下流语言""粗言秽语"，就像击鼓骂曹的祢衡，以赤身裸体的方式当众辱骂曹操一般。这也是他的杂文被一些人讥为"思想偏激、语言粗俗""有流氓气"的原因。

李敖对自己的学识、才华及文章有着相当的自信。他不仅认为自己读书最多，几乎无书可读，而且毫不愧怍地宣称"五十年来和五百年内，中国人写白话文的前三名是——李敖、李敖、李敖！"一人包揽了五百年内的全部金、银、铜牌，不可一世的狂傲之气喷薄而出、一览无余。由此李敖又获得了中国第一"狂人"的雅号。

"上下古今事，都付笑谈中。"这是李敖在自己的文集《上下古今谈》序言里，套用、改写《三国演义》开篇题词的最后两句。其实，它也足以概括李敖杂文的总体风貌。

机智诙谐　妙趣横生
——读草军书的历史小说《轻松幽默侃唐朝》

近年来，很多名不见经传的草根写作者异军突起，与众多专家、学者一样，纷纷走进历史文化的写作领域，他们的作品也是殊途同归，一起进入图书市场，甚至同时成为畅销书，进入许许多多普通百姓的阅读视野。

在这些渐渐崛起的草根写作者中，就有来自铜陵有色控股公司的网络作家草军书。今年以来，他所撰写的一部系列网络小说《轻松幽默侃唐朝》开始在文化艺术出版社陆续出版。我有幸在第一时间获得作者赠阅的该系列小说第一卷《潜龙在渊》、第二卷《乾坤一统》，并且以非常急迫的心情匆匆拜读了一遍，以期先睹为快。

诚如作者在序言中所说，"让幽默的阳光照进历史，让历史的天空生动鲜活"，是他写作此书的目标和追求。这是一本可以让读者在历史客厅的沙发上随意落座、随手翻阅、随口大笑的，以诙谐搞笑为主基调的正史图书。该书最大的特点是以轻松幽默的笔调叙述唐朝相关人物和历史，以俏皮劲道的语言将雄唐三百年的历史娓娓道来，让读者在了解真实历史事件的同时笑口常开，享受阅读文字所带来的快感和愉悦。

匆匆读过前两册，掩卷沉思，我不能不敬佩作者的总体构思和宏观掌控的技巧。首先，是敬佩他对唐朝历史的总体把握能力。唐朝历史虽然只有三百年，但毕竟有着大唐盛世这个辉煌的历史荣耀，从太原起兵时的初创，到安史之乱后的败亡，其间经历了多少风风雨雨，相关史书、传说和民间记录可谓汗牛充栋。要写一部涵盖整个唐代的历史题材小说，作者要看多少史料，做多少案头准备工作啊，因为没有对唐朝历史走向的整体把握，就不可能写出这样一部较为完整的作品。其次，是敬佩作者对于唐朝历史人物的了解、熟悉程度和准确、精到的评价。俗话说，乱世出英雄，三百年的唐朝历史，也是豪强四起、英雄辈出、风云变幻的时代，要拨开历史的风尘和迷雾，描画出那些创造历史、改写历史的英雄豪杰的人生轨迹和生动细节，没有高超的技巧和语言艺术，是难以很好把握的。

在阅读这部历史小说过程中，最让我感到新鲜、有趣，印象极为深刻的，还是那些随处可见的作者那独特的幽默、调侃的笔法，轻松活泼、时时闪耀着作者聪明智慧和语言技巧的幽默因子。可以说，机智诙谐、妙趣横生，是这部小说的整体格调。作者轻松幽默的笔调、俏皮劲道的语言在此书中比比皆是。

第一，体现在各个章节的标题上。如第一卷《潜龙在渊》里的几章标题："杨广的'四声运动'""杨玄感：一个只凭感觉造反的人""表演系高材生：李渊""李密：一个不回家的人"等等，既有对人物个性的准确把握，也是对有关事件的高度概括，很容易引起读者的阅读兴趣。

第二，体现在讲述的故事和具体情节中。诸如"超级模仿秀""一个女人引发的血案""逃跑不止'七十码'""颜色革命"等等，一看标题，就知道是引用当今国内甚至国际社会刚刚发生的实际生活或政治事件做类比，让人很有亲近感，仿佛远去的历史人物和事件就在我们身边一幕幕地出现。

第三，体现在对历史人物的评说中。这样的例子就更多了，几乎随处可见。现实中有"范跑跑""躲猫猫"，他的笔下就有"裴跑跑"（裴寂）、"王躲躲"（王薄）、"裴逃逃"（裴长才）。甚至连腾讯与360网站之间的"3Q"之战还没结束，"我爸是李刚"这个网络流行语刚一诞生，作者立马就引申发挥，把它们写进了他正在写的后续作品有关章节之中，体现了他与时俱进的敏锐、追赶时尚潮流的智慧。

正是因为有着这些生动、有趣的幽默因子的存在，此书读起来才不会像一般历史读物那样让人望而生畏、读之无味。这也正是此类历史读物广为流行、大受欢迎的原因。因为，它贴近一般普通百姓的生活，善于用当代草根阶层的视角和语言去透视、解读历史事件和历史人物，所以才能走进更多人的阅读视野，被更多的读者所接受和理解。这种天性诙谐、气势纵横、妙趣横生的阅读快感，我以前只是在唐德刚先生撰写的《胡适杂忆》和李敖的一些历史与现实题材的杂文中有所体验，在连续出版的系列历史小说中，我还是第一次感受到这种自由挥洒、妙趣横生的生动调侃的笔法，所以印象就尤其深刻。

凡事有一利就会有一弊。正如学术性的历史著作，因为要讲究字字有出处，事事有来历，不可附会演绎，结果难免会失之枯燥、生涩，一般读者难以卒读一样，大量采用现代语言和历史穿梭笔法写成的历史小说，有时也会让一些读者产生误解，担心作者过多附会演绎，用笔太过随意，难免会走得太远而失之油滑，使人对原本大体真实的历史产生疑问和不信任感。

更为重要的，就像有些读者和网友担心的那样，书中穿插引用了不少流行歌曲中的歌词、民间通俗用语和那些因当前热点新闻事件而产生的网络语言，一旦时过境迁，后来的读者不再了解我们这个社会特定的时代背景、当前发生的一系列社会事件和当时流行的网络语言，也就会像我们今天解读鲁迅的杂文一样，需要对很多语言素材详加注解，才能明白作者的言外之意，才会报以会心的一笑，否则就会因时事的变迁和语言的隔膜，产生新的阅读障碍。

当然，这是从纯粹的历史著作、特别是作为比较专业的历史学术作品的角度，提出的意见和看法。作为一种为普通百姓阅读的通俗历史小说，我们不能对此提出过于苛刻的要求。因此，从轻松阅读、快乐读史的目标来看，此书无疑是极为成功的，我相信这部系列历史小说还会因为它所拥有的独特魅力和价值，越来越受到更多读者的关注和欢迎。

地市党报改革发展的思考与对策

实现地市报业"振兴计划"，地市党报应认真研究面临的诸多问题和挑战，树立新的办报理念，深化体制改革，完善内部运行机制，积极探索报业数字化发展战略，充分把握报纸作为新闻传媒信息的源头地位，积极采用数字化技术，实现报纸新闻内容、纸质报纸、网络报纸和电子版销售的完美融合。

地市党报在全国整个报业体系中占有重要的地位。但是相对中央和省级报业来说，地市报却有明显的弱势。除少数发达地区以外，因种种主客观因素的影响，不少地市党报在办报理念、报道内容和手段、采编运行机制、人力资源管理及考核激励措施等众多方面都显得相对滞后。报业规模小，经济实力弱，版面数量少，内容较单薄；管理机制落后，规章制度缺失；人力资源管理薄弱，考核激励措施不力；与数字化报业存在一定距离等，是地市报普遍存在的问题。

2006年8月，国家新闻出版总署发布《全国报纸出版业"十一五"发展纲要》，其中明确提出了地市报业市场振兴计划："深度挖掘地市一级报纸市场潜力，力争在'十一五'期末将一般地市报纸平均期发行量由目前不足3.5万份提高到6万份以上，报业收入实现翻番，形成全国报业新一轮增长的主要拉动力量。"要求"推动地市级党报深化体制机制改革，贯彻'三贴近'要求，努力探索新形势下地市党报的发展之路"。

（一）创新办报理念，丰富报道内容

目前，不少地市党报在办报理念和报道内容上还存在一些局限，突出的表现就是观念保守，领导活动和会议新闻较多，有思想、有深度的专题报道过少。其实，坚持政治家办报和正确的舆论导向，与贴近百姓、服务群众的具体新闻实践并不矛盾，要通过创新办报理念、丰富报道内容，努力将宣传任务和新闻规律有机结合起来，进一步突出地市党报的新闻性。

在增强权威性的同时，进一步改进领导活动和会议报道，少一些程式化的一般报道，多一些鲜活的内容。紧紧围绕市委市政府的中心工作，经常根据市委市政府一个时期的重点工作或重大部署，主动策划战役性宣传报道。在坚持党性原则的前提下，更好地贯彻"三贴近"原则。在坚持做好时政主流新闻的同时，强化社会民生新闻，加强与社会的联动和互动，不断增强地市党报的服务性。在增强报纸的可读性和实用性上下功夫，把新闻纸办成实用纸。同时，以读者的需要为坐标，办好各种专刊、专版、

专栏，并在版面特色上下功夫，创新版面质量，把报纸办得更好看更耐看。

（二）深化体制改革，完善制度建设

计划经济条件下，报社和文化单位均按事业单位对待，内部体制和运作机制实行事业单位的模式，事实证明，这已很难适应市场经济日益发展的新形势。管理的理念不更新，必将阻碍新的生产力发展。地方报业要大发展，必须对现行体制和机制做适当调整和改进，以适应报业市场化运作的需要。借鉴一些发达地区的媒体改革经验，地市党报要在以下几个方面加快改革的步伐和进度。

调整内设机构，实行扁平化管理。实行扁平化管理，力求简洁、高效，符合报社生产报纸这个特种产品的需要。现在已有很多报社都实行采编分离制度，只有少数专副刊版面实行采编合一。很多报社通过调整内设机构，实行扁平化管理，比较普遍的做法是取消过多过细的部门设置，紧密结合采编业务设立编辑、采访两大中心，分管总编辑、中心主任和版面责任编辑、记者直接交流沟通，减少中间环节，使领导和编辑部的意图能够及时、准确地贯彻落实到具体版面和记者、编辑的工作中。编辑中心、采访中心根据具体分工，设立不同的部室或小组，有关新闻版面（含国际国内新闻）尽量由一个编辑部门统一制作，工作职责明确、具体，互相配合、支持，运转有序、高效。

实行竞聘上岗，双向选择，理顺工作关系，形成整体合力。要按照文化体制改革的总体部署和要求，适时改革地市党报内部管理体制和运行机制，推行全员聘任制，进行人事和分配制度改革。实行竞聘上岗，双向选择，给每个员工自由选择岗位的权力和机会。很多发达地区的报社早已实行全员聘任制,实行合同管理,在编人员和聘用制人员统一标准和要求。全体员工在与报社定期签订劳动合同的同时,按期签订上岗协议书,各部门负责人和报社签订上岗协议,每个员工和部门负责人签订上岗协议,到期就重新聘任、签约。这些举措有助于体现公平公正,理顺工作关系,减少内部矛盾,形成整体合力。

健全规章制度,规范工作程序。为保证报纸质量的稳定提高,很多报社都有比较严格、规范的规章制度和工作程序。值得地市党报关注和研究的是,除了正常的业务分工、采编合作,每大下午开一次编前会以外,目前不少先进地区报社每天上午都召开一个采前会(也即新闻策划会),及时通报、汇总当天的新闻线索,组织策划重点新闻,指导记者采写稿件,酝酿次日见报的头条和重点报道,这无疑会使记者的报道更有超前意识和深度,对此,地市党报可以很好地学习和借鉴。

(三)以人为本,建立科学评价体系

人是生产力的第一要素,人力资源是生产力最重要的资源。受客观条件的制约,市级媒体在人力资源的配置、开发、培训和管理等方面都还不够系统和完善,不能适应报业发展的新形势。因此,要解放生产力,调动人的积极性,必须进一步加强人力资源的开发和管理,建立健全适应时代发展要求的人力资源培训和管理办法,不断提高全体新闻从业人员的整体素质。同时参考、借鉴其他先进媒体的经验和做法,改革粗放、简单的考核制度,建立全面、科学的绩效考核评价体系。

现在比较成熟和规范的报社都对采编人员采用打分制,并建立了多层次、全方位的考核奖惩制度。有的实行经费总额包干,报社每年将经费按人员比例划拨给日报和所属子报,由日报、子报进行二次分配,有的根据人员数量和承担的工作任务将经费划到各部门,由各部门再进行二次分配。很多先进报社的考核制度比较完善、科学,根据不同岗位和期限,设置了具有激励、奖惩作用的多元考核体系。有些奖励措施值得地市党报学习和借鉴:数量奖:根据绩效考核,记者、编辑按分取酬,多劳多得(一般由专门成立的报社考核机构当天上午评定);质量奖:根据稿件和版面质量,再次评定好稿和好版面奖(一般由下午的编前会评定,主要落在重点稿件和重点版面上);月度好稿奖:按月评比一定数量的各类新闻稿件并予以奖励;月度优秀策划奖:记者、编辑都可以申报策划选题,提交策划报告,见报后根据策划报告和社会效益按月评奖。此外,一些报社还专门设立社长或总编辑特别奖,设立社长或总编辑基金,每年单列预算和开支,主要用于对在某项工作中取得突出成绩的集体和个人予以表彰奖励。如个人奖、项目奖、特别贡献奖等等。这些奖项一般由各部门根据具体工作不定期申报,也可以按季度、年度评选,还可以根据工作需要,随时设立独家新闻奖、头条新闻奖、人物新闻奖等特别奖项,充分发挥社长或总编辑特别奖在指导重点报道和调动记者、编辑工作方向上的指挥棒作用。

(四)对接新媒体,迎接数字化

当前,数字技术的运用正以不可想象的渗透力每日每时地发展着,数字技术支撑的新传媒,如网站、电子报、手机报,其成长之势咄咄逼人。因此,地市党报要敢于正视现实,积极探索新旧媒体融合之道,以新的观念和姿态迎接数字化时代的到来,努力拓展报业多元化发展的新空间。在网络信息时代,网上看报将成为一种新的阅读方式。纸质报纸、网络报纸都是重要的报纸形态。地市党报对新传媒既不能束手无策，也不能漠然视之，与其为其所逼，不如早早地"拿来"为我所用。传统报业要认清报业形态改变的各种可能，充分把握报纸机构作为新闻传媒信息的源头地位，积极采用数字化技术，实现报纸新闻内容、纸质报纸、网络报纸和电子版销售的完美融合。就发展趋势看，地市报应冷静把握传媒竞争角逐的大势，及时决策，加强数字技术的运用，发展数字技术新媒体，建设和装备以平面媒体为内容依托的网站，发布电子报和数字新闻，开辟博客空间，将网站办成集发布、交流为一体的传播空间，作为平面媒体的盟友，形成报网结合，相互支持，良性发展的新态势。

附：点滴深处念师恩

俞　彪

　　先生在大学没有教授过我的课，按现在流行的说法，先生算是我的"编外"老师了。但先生给予我的影响和对我的帮助，却比任何授过我课的"正宗"老师都要多。当我对大学许多老师逐渐淡忘，模糊得不能叫出他们名字的时候，先生的影子却一直驻在我的心中；先生激励我的那些话语，也常常在我的耳边响起。

　　我和先生的认识，很凑巧，却也必然。读大学的时候，我热衷文学，经常写些散文、诗歌向外投稿，并且希望自己在这方面有所发展。刚好学校的校报发出通知，说要在新入学的新生里招聘几名校报记者，协助编辑老师做好校报的编辑、采访。而先生，正好负责校报的编辑工作。当先生看过我递过去的几篇短文，满意地点着头，笑着说："我宣布录取你了。欢迎你加入我们这个小团体……"我和先生，就这样走在了一起。但由于我内向而自我封闭的性格，加上不善与人交往，在那之后的半个学期时间里，我和先生的关系，并没有走得太近，对校报，我也只是象征性地做些义务工作，没有实质性地参与进来。

　　入学三个月的一天，先生把我们这些新招进来的校报记者召集在一起，说要聚会一次，地点就选在刚建成开通的贯穿城市南北的铜陵长江大桥。周末，吃过早饭，我们一行10多人搭乘公交车来到大桥。走在桥上，大家有说有笑，慷慨激昂，显得十分兴奋。然而看着桥底滚滚东去的长江流水，吹着冬天略有寒意的北风，我的心情却莫名地忧伤起来。从小在父母日夜无休止的吵架中长大，从小在贫穷却无法改变现状的日子中生活，我打记事的时候，性格就变得忧郁而孤僻，喜欢独处，不适应在人群中生活。于是我放慢了脚步，逐渐落在先生带领的大部队后面。

我一个人孤独地在桥上走着。不知不觉中，先生来到我的身边。我本以为先生会责怪我，说我不和大家集体活动。然而先生只是默默看着我，过了一会儿，伸出手，轻轻拍着我的肩膀说："从你忧伤的眼中，我看到了过去的自己。没想到你和我的过去，竟有这么多相似之处：忧郁而孤单。但我从过去走了出来。我想，你也能。"

先生一句平淡的鼓励话语，一下激起我心灵深处对生活的热爱，一股暖流像电一样穿透我的全身。我冲动地握着先生的手，却是一句话也说不出来。

"我和你一样，从农村出来的，家境贫寒，读书的时候，总被别人瞧不起，特别自卑。我把自己封闭起来。但是那样的日子过得太压抑了，很难受。后来我尝试着改变生活，终于，我走出来了。"先生和我并排走着，说："其实每个人在他的成长过程中都不是一帆风顺的。关键的是我们要学会打开自己，敞开心扉，把自己融入这个社会中。从今以后，我交给你一个'任务'：有空的时候，多到校报编辑部去，帮我做事。"

听了先生的话，我使劲地点着头，说："我听您的……"

先生说以后让我"帮他做事"，可实际情况是在后来的日子中，先生一直都是在"帮我做事"。那时，我虽然爱好文学，也发表了几篇文章，但对新闻写作却完全生疏，对编辑、校对工作的内容和流程更是一窍不通。自从和先生在一起后，先生经常策划出一些选题，让我独自采访，并写出新闻稿来。稿子写好之后，从标题到内容，先生都是亲自帮我修改、润色，并教我如何掌握新闻写作技巧。每期校报编辑出版的时候，从报纸文章的编辑、校对到印刷整个流程，先生都会带上我们，让我们熟悉流程。而每次和先生在一起的时候，先生说怕影响我们学业，并不让我们真正做事，更多的是让我们在一旁观望，先生自己操作。正是因为在校报编辑部的这份经历，使得我在大学期间修完专业课之外，还掌握了另外一门技能：新闻写作。大学毕业后，我顺利地进入一家大型企业从事宣传工作，后来辞职到北京，凭着这份能力，我又在一家杂志社应聘为记者，从事起与自己专业并不相关的编辑工作。我想，这都要感谢先生当年给我的机会和对我的栽培。也正是和先生在一起的那段日子，我逐渐变得开朗，不再封闭自己，与人交往也不像以前那么怯场，慢慢融入了社会这个大学堂。

　　和我们在一起，先生丝毫没有老师的架子。他经常跟我说："在校报编辑部，我们不是师生关系，你是我的小同事。我们是朋友。"正因为先生这样对我们，所以他和我们在一起的时候非常随便；我们跟他在一起，也特别自在，不会拘束。冬天，编完一期报纸，有时我们会相约三五个人去学校附近的一家小酒馆涮火锅，大家吃得面红耳赤，抬头抹一下嘴边的白菜叶子，又埋头继续；夏天，我们偶尔会买上几瓶啤酒，甩着胳膊大喝一通，醉了也不在乎。而每次外出吃饭，都是先生掏腰包。先生说："你们别以为我现在吃亏，其实我赚你们的呢。等你们毕业工作后我去了你们那里，就会让你们请客，到时我可一分不出哦。"我们听了，齐声说："等我们工作后，您去我们那里，保管让您喝个够。"而因为工作性质的关系，先生去外地较少，我们对先生的诺言竟很难兑现。

大学最后一年，因为一边忙于学业，一边忙于找工作，我去校报编辑部的次数越来越少，与先生的交往也不像以前那么多了。后来因为急着去新单位报到，我连与先生道别的一面也没有见，然而先生却没有见怪，一直惦记着我的就业情况。当听别的老师说起我的工作在离校前三天最终落实下来，去一家企业做宣传工作，先生极是高兴，对别的老师说："我没看错，像俞彪这么踏实肯学的人，自然会有好单位看中的。一个人，只要努力了，终是会有回报的。"先生长长地松了一口气，脸上洋溢着喜悦而由衷的笑容，仿佛我不只是他的一个学生，而是他的家人，担心我多日，却终于有了出息一样。

工作以后，因为单位效益不景气，一年后我辞职到了北京，做了"北漂一族"。在北京打拼了几年，2001年春节我决定回老家一趟看望父母，顺便去先生工作的城市看望先生。屈指算来，我有四五年时间没有见到先生了。先前因为在北京的工作一直不太顺利，没有做出什么成绩，加之后来又听说先生也换了单位，外出的这几年，我几乎没和先生取得联系。我不知道这次和先生见面，我们是否还会像以前一样聊得来，先生会不会责怪我？我们之间，还能找回从前的那种亲密吗？

抱着忐忑不安的心情，正月初八上班第一天中午，我赶到了先生上班的单位，我正要上楼打听先生在哪间办公室，却见先生快步从传达室那边走了过来。几年没见，先生还是那么神采奕奕的样子。先生看到我，很是惊讶，显然他是没有想到我会突然"袭击"他，提前一个电话也没打，让他没有丝毫的准备。

我本以为先生会让我到他的办公室，我们好好聊上一个下午，然而先生说他下午有个采访任务，马上就要出发。我们只是站在原地，简单地说了几句话。临走，我把我在北京的地址和单位告诉他了，希望他有空到北京去的时候找我。先生握着我的手说："以后去北京，肯定会找你的，只是今天我有紧急采访任务，不能陪你了。"我故意笑着说："我能理解您。我们以后会有很多见面的机会，也不在乎这一次。"说着，我们一起从楼里出来，然后分手。

重新走在马路上，我的心里一阵怅然。我感觉，我和先生之间已经有隔阂了，先生或许是见怪我这么多年没和他联系了。而且在校报编辑部，我的好几个师兄师弟凭着在校报学来的新闻采编经验，找到了比我还好的工作，而他们这些人，也都是先生的得意学生，我在其中，又能占到多大的分量呢？况且随着时间的流逝，再深的感情，也有变淡的时候。在我的心里，我是希望我和先生之间，还能保留那份我在学校时先生对我的感情，先生和我随便地聊天，听我无拘无束地说话，可是又怎么能做到呢？先生这次对我淡淡的接待，就是很好的证明。否则，我特意看望先生，来到先生单位的楼下，先生为什么不让我进他的办公室呢？而所谓的工作忙，我想只不过是托词罢了。

带着郁闷的心情，我回到北京，又像往常一样的工作。就在我认为我和先生之间的感情，终于随着时间慢慢消逝了的时候，却接到先生寄来的一封厚厚的信，里面全是我在全国各地发表文章的样刊，还有先生的一封亲笔信，信中说这些年来他一直在打听我的近况，却始终没有消息，只是从全国各地的报刊上看到我发表的文章，于是顺手剪贴下来，从文章中知道我在北京过得不错，而且心态也比以前调整得更好，他很是高兴。信的末尾说:"那天匆忙说话之中,我听说你晚上就住在附近的一罗姓朋友家,我办好工作赶回来之后,照着附近的家庭电话挨个打过去,希望能找到你,却终是没有。此次没能与你好好一叙,甚为遗憾……"

看着桌上先生为我剪下的整齐样刊,读着先生对我充满关切的信,我不由呆住了。我没有想到,这些年来,我没主动和先生联系过,先生依然默默地关注着我,关心着我,我每取得的一个成绩,都会令先生高兴;我在成长道路上每迈开的一步,都会让先生开心。先生对我,非但没有随着时间的流逝而削减对我的爱意,而是更加惦念和牵挂。想着先生在我走后挨个拨电话的情景,我的泪,一下涌了出来。

2005年秋天,先生来北京出差,先生一个星期前就给我打来电话,让我先安排好手头的事情,如果方便的话,希望见上一面。先生到来的那天,我特意请假陪他,我们在先生下榻的旅馆,面对面坐着,畅快地聊着别后这几年的事情。当听到我在北京已经买房,在单位,工作也很得领导的认可,先生特别高兴。中午的时候,我要请他在一家高档饭店吃饭,先生一把拉住我,把我拽到附近的一家小酒馆,只简单要了几个菜,两瓶啤酒。我不满先生的做法,说:"难得您几年来一次,怎么也要吃得像样点,何况我现在的经济基础也比以前好了。"

先生端起酒杯,"咕咚"喝一大口,抹着嘴说:"你现在在北京生活得很好,我听了真是开心,这比在高档饭店请我吃饭好多了,好多了呀……"说着,先生露出一脸欣慰的样子,呵呵笑起来。

那一刻,我突然明白:我与先生,虽没有真正的师生关系,却早已经超过了一般学生与老师之间的情谊;我与先生,虽然不是兄弟，先生却早已经把我当作亲弟弟一般呵护与关心，先生在我的心中，也已如慈父、兄长。我与先生，早已经融为一家了……

先生，原安徽铜陵财专（现铜陵学院）校报编辑部主任王祥龙，21世纪初他从学校调到市级党委机关报工作，直至退休。

代后记：一滴水也能折射出太阳的光芒

本书共分为上下两篇，上篇《流年碎影》是记录我个人独特经历、见闻、收获和人生感悟的非虚构系列作品，其中部分稿件先后在有关报刊发表，并在有关新媒体和"新三届"等微信公众号连载。下篇《陋室散墨》为散文随笔等作品选，也都曾经在有关报刊发表过，是从我多年撰写的众多作品中挑选出来的。

我出生于20世纪60年代初，20世纪50年代末父亲被划为"右派"后下放农村。这样的时代背景和家庭出身，给我的青少年时期甚至一生，都带来独特而深远的影响。在改革开放浪潮的洗礼下，经历过年少时的忧郁，青春期的迷惘，80年代初，在学校和众多老师的接力培养和精心哺育下，通过自己的拼搏和努力，我十分幸运地考上了大学，成为时代骄子和家庭的希望，并由此改变了个人和家庭的命运。

我本凡人，一介草民，没有什么惊天动地的业绩。但是，一滴水也能折射出太阳的光芒。走过风风雨雨的几十年，在进入人生的新阶段，开启退休后的新生活时，我想做个阶段性的回顾和总结。我认为，给历史留一份档案，给家庭留一份记录，给自己的人生做个阶段性的总结，很有必要也很有意义。

我将《流年碎影》这个系列的写作定位为"非虚构写作"。

广义上说，一切以现实元素为背景的写作行为，都可以称为非虚构文学创作（写作）。历史需要来自现实的鲜活档案和标本，家庭需要了解家族的过往和历史，个人更需要进行人生的总结和回望。希望从我的心灵律动和个人成长史，从一个特殊家庭在特殊历史时期的生存、挣扎和新生的真实记录，反映时代的进步和变迁，客观地反映改革开放给我们这个社会、国家和几代人带来的深刻变化和影响。

这个非虚构写作系列共有 4 个章节 70 多篇文章，第一章《家在太阳岛》记录的是我青少年时期的生活、经历和情感波澜；第二章《大学时代：我的青春我的梦》描述的是我大学 4 年的学习和生活片段；第三章《象牙塔里的岁月》反映的是我大学毕业后在某高校工作的经历和见闻；第四章《进入媒体圈》是我从高校调入市级党委机关报后的工作经历、收获和感悟。其中，有父母家人的不幸遭遇，有我少年时的苦涩、青春期的彷徨，有初入职场的茫然、工作中的挫折和磨炼，更有在改革开放的时代背景下，个人的自我觉醒和努力奋进，还有对于美好生活的期待、关于人生的思考，以及人生路上遭遇挫折后的不屈与抗争。我力图将个人的成长经历融入时代的发展大潮，把握时代发展脉络和个人的成长史，同时穿插进大量具体感性的生活片段，值得记录的人物、事件，以及在人生不同阶段不同场景下的真实心灵体验和感悟。

"怨而不怒，哀而不伤"，是这个非虚构系列作品的底色和基本格调。作为一名资深编辑和党报工作者，我知道把握分寸感的必要性，在真实记录历史，客观反映一个人、一个家庭在大时代的沉浮变迁时，努力体现积极阳光的一面。其中，有我童年的创伤记忆，有青春年少时的迷失和彷徨，更有人生路上遇到的一系列反映友好、互助、温情的人和事。

改革开放以来，中国社会的发展进步举世瞩目。从蒙昧落后走向文明开化，这是中国也是世界文明发展的大趋势。对此，我充满期待，满怀信心。

值此书稿出版之际，我首先要感谢我的大学老师查振科。早在20世纪80年代，我还在安徽师范大学中文系读书时，他就对我这个来自特殊家庭的特殊学生，倾注了特别的关注和关爱，在系领导的安排下，他曾经专门到我的家乡进行外调，配合校系领导做了认真细致的思想政治工作，让我及时从迷惘、彷徨中走了出来，走上了人生和工作的正常轨道。在我大学毕业之前，查老师读研、读博离开了安徽师大，先后在文化部艺术司、中国艺术研究院和文化艺术出版社等单位担任领导工作。我大学毕业参加工作后，他到铜陵出差也仅匆匆见过两次。但他对我的关心依然如故，在得知我将出版这本书时，查老师欣然同意为我作序，且语多嘉勉，给予了热情积极的肯定和支持，此中情谊，让我深受感动并终生难忘。

我还要特别感谢中国文史出版社和编辑团队，他们认真细致的工作，让本书增色不少，对此我印象深刻，深表谢意，并将永远铭记于心！

王祥龙

2023 年 8 月 18 日